国学经典藏书

千家诗

孙永娟　评注

吉林大学出版社
长春

图书在版编目（CIP）数据

千家诗 / 孙永娟评注 . —长春：吉林大学出版社，2020.10
（国学经典藏书）
ISBN 978-7-5692-7006-8

Ⅰ . ①千… Ⅱ . ①孙… Ⅲ . ①古典诗歌 – 诗集 – 中国 Ⅳ . ① I222.72

中国版本图书馆 CIP 数据核字（2020）第 168955 号

国学经典藏书：千家诗
GUOXUE JINGDIAN CANGSHU: QIANJIA SHI

作　　者：孙永娟 评注
策划编辑：魏丹丹
责任编辑：郜玉乐
责任校对：马宁徽
装帧设计：蒋宏工作室
开　　本：880mm × 1230mm　1/32
字　　数：196 千字
印　　张：9.5
版　　次：2020 年 10 月第 1 版
印　　次：2024 年 4 月第 3 次印刷

出版发行：吉林大学出版社
地　　址：长春市人民大街 4059 号（130021）
0431-89580028/29/21
http://www.jlup.com.cn
E-mail:jdcbs@jlu.edu.cn
印　　刷：河北松源印刷有限公司

ISBN 978-7-5692-7006-8　　定价：40.00 元

编者的话

经典是人类知识体系的根基,是人类的精神家园,是我们走向未来的起点。莎士比亚说过:“生活里没有书籍,就好像没有阳光;智慧里没有书籍,就好像鸟儿没有翅膀。”21 世纪中国国民的阅读生活中最迫切的事情是什么?我们的回答是阅读经典!

中国有数千年一脉相传、光辉灿烂的文化,并长期处于世界文化发展的前列,尤其是在近代以前,曾长期引领亚洲乃至世界文化的发展方向。长期超稳定的社会发展形态和以小农生产为基础的、悠闲的宗法农业社会,塑造了中华民族注重实际、过分地偏重经验、重视历史的文化心理特征。从殷商时代的“古训是式”(《诗经·大雅·烝民》),到孔子的“述而不作,信而好古”(《论语·述而》),可以清楚地看出这种文化心理不断强化的轨迹。于是,历史就被赋予了神圣的光环,它既是人们获得知识的源泉,也是人们价值标准的出处。它不再是僵死的、过去的东西,而是生动活泼、富有生命力,并对现世仍有巨大指导作用的事实。因而就形成了这样一种固定的文化思维方式,也就是“以铜为鉴,可正衣冠;以古为鉴,可知兴替;以人为鉴,可明得失”(《新唐书·魏徵传》)。中国的文化人世代相承,均从历史中寻求真理,寻求“修身、齐家、治国、平天下”的崇高理想模式。

这种对于历史所怀有的深沉强烈的认同感，正是历史典籍赖以发展、繁荣的文化心理基础。历史上最初给历史典籍的研究和整理工作涂上政治、道德和伦理色彩的是春秋时期的孔子。当时的孔子因感“周室微而礼乐废、《诗》《书》缺”，于是乃删订了《诗》《书》《礼》《乐》《易》《春秋》等“六经”（见《史记·孔子世家》），寄托了自己在政治上“复礼”和道德上“归仁”的最高理想。孔子以后，历史典籍的编撰无不遵循着这一最高原则。所以《隋书·经籍志》总序中就说：“夫经籍也者，机神之妙旨，圣哲之能事。所以经天地，纬阴阳，正纲纪，弘道德，显仁足以利物，藏用足以独善……其王者之所以树风声，流显号，美教化，移风俗，何莫由乎斯道？……其教有适，其用无穷，实仁义之陶钧，诚道德之橐籥也。……夫仁义礼智，所以治国也；方技数术，所以治身也。诸子为经籍之鼓吹，文章乃政化之黼黻，皆为治国之具也。”（《隋书·经籍志一》）由此可见，历史典籍的编撰整理工作，已不仅仅是文化技术问题，更重要的是它还负有“正纲纪，弘道德”的政治和道德使命。于是，在两千多年的历史发展过程中，先人们为我们留下了汗牛充栋的文化典籍。这些宝贵的精神财富，不仅是我们中华民族的骄傲，也是全人类的骄傲，并已成为世界文化宝藏的重要组成部分。

中国的先哲们一向对古代典籍充满崇敬之情，他们认为，先王之道、历史经验、人伦道德以及治国安邦之术、读书治学之法等等，都蕴藏于典籍之中。文献典籍是先王之道、历史经验、人伦道德等赖以传递后世的重要手段。离开书籍，后人将无法从前朝吸取历史经验，无法传承先王之道。在日新月异的当代，如何对待这份优秀的文化遗产？毛泽东同志早就指出：“中国的长期封建社会中，创造了灿烂的古代文化。清理古代文化的发展过程，剔除其封建性的糟粕，吸取其民主性的精华，是发展民族新文化、提高民族自信心的必要条件。……中国现时的新文化也是从古代的旧文化发展而来，因此，我们必须尊重自己的历史，决不能割断历史。但是，这种尊重是给历史以一定的科学地位，是尊重历史的辩证法的发展，而不是颂古非今。”（毛泽东《新民主主义论》）古代典籍，不仅对中华民族的形成与发展历史地发挥了巨大的凝聚力作用，而且在当今中华民族伟大复兴中，依然会发挥无可替代的重要作用。

在科学技术迅猛发展的当代社会，人们的生活、观念正在发生着巨大而深刻的变革，面对蓬勃发展的现代科技和汹涌而至的各种思潮，人们依然能深切地感受到中国传统文化无所不在的巨大力量。人们渴望了解这种无形的力量源泉，于是绚丽多姿的中华典籍就成了人们首要的选择。它能够使我们在精神上成为坚强、忠诚和有理智的人，成为能够真正爱人类、尊重人类劳动、衷心地欣赏人类的伟大劳动所产生的美好果实的人。所以，在今天，我们要阅读经典；当数字化、网络化带来的“信息爆炸”占领人们的头脑、占用人们的时间时，我们要阅读经典；当中华民族迈向和平崛起和民族复兴的伟大征程时，我们更要阅读经典。因此，读经典，这个我们习以为常的平凡过程，实际上就成了人的心灵和上下古今一切民族的伟大智慧相结合的过程。但由于时代的变迁，这些经典对现代人来说已是谜一样的存在。为继承这份优秀的文化遗产，帮助人们更好地利用这些经典，在全国学术界诸多专家学者的支持下，我们策划了这套“国学经典藏书”丛书。

丛书以弘扬传统、推陈出新、汇聚英华为宗旨，以具有中等以上文化程度的广大读者为对象，从我国古代经、史、子、集四部典籍中精选 50 种，以全注全译或节选的形式结集出版。在书目的选择上，重点选取我国古代哲学、历史、地理、文学、科技、教育、生活等领域历经岁月洗礼、汇聚人类最重要的精神创造和知识积累的不朽之作。既注重选取历史上脍炙人口、深入人心的经典名著，又注重其适应现代社会的人文价值趋向。丛书不仅精校原文，而且从前言、题解，到注释、译文，均在吸收历代学者研究成果的基础上精心编撰。在注重学术性标准的基础上，尽量做到通俗易懂。我们相信，本丛书的出版，对提高人们的古代典籍认知水平，阅读和利用中华传统经典，传播中华优秀文化，提高人们的民族自信心和文化自豪感，进而为中华民族伟大复兴做贡献，均将起到应有的作用。高尔基说："书籍是人类进步的阶梯。""要热爱读书，它会使你的生活轻松，它会友爱地帮助你了解纷繁复杂的思想、感情和事件；它会教导你尊重别人和你自己；它以热爱世界、热爱人类的情感，来鼓舞智慧和心灵。""当书本给我讲到闻所未闻、见所未见的人物、感情、思想和态度时，似乎是每一本书都在我面前打开一扇窗户，并让我看到一个不可思议的新世界。""每一本书是一级小阶梯，我每爬一级，就……更接近美好生活的观念，更热爱这书"（《高尔基论青年》，中国青年出版社 1956 年版）。流传千年的文化经典，让我们受益匪浅，使我们懂得更多。正如德国著名作家歌德所说："读一本好书，就是和一位品德高尚的人谈话。"的确，读一本好书，就像是结交了一位良师益友。我们真诚希望，这套经典丛书能够真正进入您的生活，成为人人应读、必读和常读的名著。

陈　虎

庚子岁孟秋

前　言

《千家诗》是在宋元之际出现的诗歌选集，面世之后，便在民间广泛流传。明清时期，《千家诗》流传最广，成为蒙学必备的教材之一，当时因蒙学读物《三字经》《百家姓》《千字文》《千家诗》对应儒家的“四书”，而被称为“启蒙小四书”。作为最早的比较完善的诗类蒙学读物，《千家诗》“易于成诵，故流传不废”，妇孺皆能记诵其中一二诗句，蒙学馆用它作为教材，可见，《千家诗》的影响非常大。

《千家诗》全称为《分门纂类唐宋时贤千家诗选》，相传为南宋刘克庄(号后村)所编，因此在清代有的重刻本就直接称其为《后村千家诗》。现存最早的《千家诗》为元刊本。在元代，《千家诗》不是今天所见到的模样，而是仿照类书体例编辑的诗歌选集，属于工具书，前二十卷全以“物”为中心，共分为十三门，一百一十八类，每一类下又以唐贤、宋贤、时贤排序。虽然元代在刊刻时不断强调，“不惟助诗人之唱和，亦可供童辈之习读”，但是它类书式的编排方式和驳杂的内容并不适合童辈习读。

为了便于蒙童接受，明代各版本《千家诗》切实开始围绕“训蒙”而展开编排，一是削减篇幅；二是只选七言律、绝句，绝句在前，律诗在后；三是以时序编排；四是增加注释和图像。从这些编排上可以看出，明代刊本的刊印主要是为了适应普通大众的接受：一是符合大众接受能力，二是注意从易到难，三是注意与环境相应，四是形象易懂。明代流传的题名谢枋得选编的二卷本《增补重订千家诗》一直延续到清代，生活在明清之际的王相对该书进行了补注，名为《增补重订千家诗注解》。同时，王相还根据《增补重订千家诗》的编排体例，另外选注了以唐宋五言律、绝为内容的《新镌五言千家诗笺注》二卷。与谢枋得选本相比，王相的选注本错误少，总体水平较高，但五言律、绝难度较高，并不适合童蒙学习。

今天见到的《千家诗》由《七言千家诗》与《五言千家诗》合编而成。“七言”缘起于题为“后村先生编集”的《分门纂类唐宋时贤千家诗选》中一百四十二首的七言体《千家诗》，而“五言”则是由王相选编。尽管《七言千家诗》注重宋诗，《五言千家诗》是唐诗选本，但是后人还是合二为一，总称《千家诗》，成为清代最流行的本子，原来的《七言千家诗》逐渐退出历史舞台。

《千家诗》的最后合编，也不能忽视一个文学因素。明清初诗坛有的尊唐，有的崇宋，有的喜唐尊宋……当时各种诗选也是层出不穷，而《千家诗》则兼收唐、宋两朝诗，各不偏废。自乾隆以后，桐城派提倡唐宋诗文并举，《千家诗》在内容上正合需要，随着桐城派诗文主张在社会上的逐渐扩大和深入，《千家诗》的声誉也愈来愈高了。

《千家诗》流传广泛的原因得益于它定位于普通大众和童蒙。《千家诗》诗选唐宋，且只选五七言律、绝二体，这很容易让儿童把握；《千家诗》在各体下又按春夏秋冬四季的顺序来分类编排，注重人文关怀。

《千家诗》在明清时期已经深入人们的日常生活中，宴会时采用《千家诗》作为酒令，这在《红楼梦》中也有体现。时至今日，《千家诗》仍然备受喜爱。一本《千家诗》，从元代开始直到今天，这是多么深厚的传承。这也印证了我们的祖国是一个诗的国度，人们对诗的喜爱是流淌在血脉之中的。

本书在注释《千家诗》时分为题解、注释两部分。题解部分着重介绍作者，简单介绍诗歌内容和所用修辞方法。注释部分尽可能做到详细，愿读者在充分理解的基础上，了解诗意，深谙诗情。

孙永娟

2020 年 5 月

目　录

卷一　五言绝句

卷二　七言绝句

卷三　五言律诗

卷四　七言律诗

卷一　五言绝句

春 眠

孟浩然

〔题解〕

孟浩然(689—740),唐代著名诗人,襄州襄阳(今湖北襄阳)人,世称孟襄阳。孟浩然早年隐居在鹿门山,后到长安谋求官职,考进士不中,他在《书怀贻京邑同好》诗中说:“三十既成立,嗟吁命不通。”后又回到襄阳。孟浩然仕途之路走不通,却成为一位有代表性的田园诗人。他的作品以五言诗居多,主要是描写山水行旅、田园生活及其所见所想,风格清淡而自然。当然也有人认为孟浩然算不得田园诗人,因为他的田园诗不多,但是后人觉得孟浩然是田园诗人,首先是他自己爱在诗中标榜自己的田园趣味,其次就是他的诗风淡泊(参葛兆光《唐诗选注》)。

这首诗也题作《春晓》,又作《春晚绝句》,是孟浩然隐居鹿门山时所作。这首小诗选择的是春日早晨醒来前后的时间片段,这是人一天当中思想活动的起始阶段,也是人的情感最富于生发的时刻,作者把这一时刻描写得细致入微。所描绘的画面是现实生活的常见场景,却让人感受到诗人清新脱俗的诗心。小诗语言平易浅近,情真意浓。

春眠不觉晓,①处处闻啼鸟。②
夜来风雨声,③花落知多少。④

〔注释〕

①眠:睡觉。不觉晓:不知道天亮了。晓,天刚亮的时候。

②处处:到处。闻:听见。啼鸟:鸟啼,鸟的啼叫声。

③“夜来”句:一作“欲知昨夜风”。夜来,昨夜以来。

④“花落”句:一作“花落无多少”。知多少,不知有多少。知,不知,表示推想。

访袁拾遗不遇

孟浩然

〔题解〕

诗题又作《洛中访袁拾遗不遇》。拾遗,古代官职名称。袁拾遗,指袁瓘,唐玄宗时任左拾遗。孟浩然到洛阳寻访好友袁瓘,而袁瓘已被贬江岭,孟浩然就写了此诗;后来孟浩然又到岭南寻访,而袁瓘又遇赦而归,授太祝之职,孟浩然还写了一首诗《南还舟中寄袁太祝》。后来,孟浩然在长安与袁瓘重逢,不久,袁瓘调任赣县尉,孟浩然又写诗《送袁太祝尉豫章》。

在这首诗中,作者写富有才华的朋友被贬到岭南,含蓄地讽刺了时政,表达了作者不平、惆怅、幽怨之情,也流露出对友人的关心、想念和对其遭遇的痛惜之情。全诗运用对比手法,才子与流人、洛中与江岭相对比。才子变为流人,可见境遇不平;洛中变为江岭,可见相隔遥远。写法上,抑扬结合。“闻说梅花早”是一扬,“何如此地春”是一抑。一扬一抑,则感伤倍出。

洛中访才子,①江岭作流人。②
闻说梅花早,③何如此地春。④

〔注释〕

①洛中:指洛阳。洛中,一作“洛阳”。才子:才学高的人,这里指袁瓘。

②江岭：这里指大庾岭，在今广东、江西交界处。唐代的罪人常被流放到岭外。流人：获罪被流放的人，这里指袁瓘因罪被流放到岭南。

③闻说：听他人的传言。梅花早：梅花早开。

④何如：怎比得上。此地：一作“北地”，指洛阳。

送郭司仓

王昌龄

〔题解〕

王昌龄（694？—765？），字少伯，一说京兆长安（今陕西西安）人，一说山西太原人。盛唐著名边塞诗人。王昌龄仕途很不得意，虽然考中了进士，但是一直都在外地做小官。他曾经被贬到岭南，又被贬到江宁（今江苏南京），天宝七年（748）又被贬到龙标（今湖南黔阳），因此人们称他为王江宁或王龙标，有“诗家夫子王江宁”之称。王昌龄的绝句长于抒情，善于心理刻画，能以典型的情景、精练的语言表现丰富的内涵，意味浑厚深长。

这首诗是写诗人春日送别友人郭司仓。司仓，管理仓库的小官。这首小诗以淮水之绿表明诗人留客之心的殷切，以明月、春潮来表达离愁。整首诗从环境入手，让周围景物说出自己的心情和思想，这种手法在王昌龄的送别诗中很常见。

映门淮水绿，①留骑主人心。②
明月随良掾，③春潮夜夜深。④

〔注释〕

①淮（huái）水：淮河，发源于河南桐柏山，流经安徽、江苏，注入长江。

②留骑：留客的意思。骑，坐骑。

③良掾（yuàn）：好官吏，此指郭司仓。掾，古代府、州、县属官的通称。

④春潮：春天的潮汐。形容水势凶猛。

洛阳道

储光羲

〔题解〕

储光羲（706—763），字不详，祖籍兖州（今山东兖州）人，家居润州延陵（今江苏丹阳），唐代诗人。擅长山水田园诗，体裁多为五言古诗，格调高逸，意趣深远。“储光羲的五言古诗语言风格很接近魏晋人，不仅常用虚词，很少对仗，连句子都常常直接化用魏晋诗句”（葛兆光《唐诗选注》）。

《洛阳道》这首诗是储光羲所作《洛阳道五首献吕四郎中》中的第三首。“洛阳道”，属乐府《横吹曲辞》，唐人用乐府旧题写作，大多是借旧题写时事，并不是旧题的原意。全诗表面上描写的是贵族公子游春出行的场面：公子们在大道上旁若无人，不可一世。全诗没有一句议论之语，但在这铺陈描述之中，其实流露出的是诗人对贵族公子骄奢的讽刺之情。明代的唐汝询在《唐诗解》中点评此诗：“此赋道中所见，盖有‘世胄蹑高位，英俊沉下僚’之意。”解说得也是很有道理的。

大道直如发，①春来佳气多。②
五陵贵公子，③双双鸣玉珂。④

〔注释〕

①大道:大路。

②来:一作“日”。佳气:指阳气,春天气温回升,生气蓬勃。

③五陵:在长安附近,是汉代高祖、惠帝、景帝、武帝、昭帝五个皇帝的陵墓。附近也有很多贵族的葬地,祭礼郊游的多为贵公子。在这里泛指权贵人家。

④玉珂:用玉石装饰的马勒,两勒相击而发声,又叫鸣珂。

独坐敬亭山

李　白

〔题解〕

李白(701—762),字太白,号青莲居士,唐朝诗人,被后人誉为“诗仙”。李白存世诗文千余篇,有《李太白集》传世。李白是盛唐最有天赋的诗人,他的诗气象宏伟开阔,想象丰富奇特,语言流畅自然。葛兆光在《唐诗选注》中说:“李白身上浓重的诗人气质和豪爽的天真性情使他不愿意像其他诗人那样斟字酌句,涵泳体味,把心头的心思掖掖藏藏,也不愿意被诗律、声病捆手绑脚,弄得磕磕绊绊,他的心思和他的话语之间仿佛没有闸门,心头的冲动总是那么急不可耐,争先恐后地从喉咙里奔跑出来,于是,他的诗一方面由于‘讯快’而自然流畅、气脉贯通……一方面由于‘讯快’而显出了豪爽潇洒……”这无疑是对李白诗歌特点最准确的概括。

天宝十二载(753),李白离开长安,秋天到了宣城,这是李白第二次游宣城,作了这首诗。“敬亭山在府(今安徽宣城)城北十里，古名昭亭，东临宛、句二水，南俯城闉，烟市风帆，极目如画”（赵宏恩等《江南通志》）。此地历代都被吟咏，如南朝诗人谢朓游赏宣城曾作《游敬亭山诗》，明代的王思任也有比较闻名的《敬亭山记》。李白的这首诗写出了诗人独坐敬亭山时的闲情，也隐隐传递出了诗人在现实生活中的孤寂。在诗人孤寂的心灵世界中，只要有一座敬亭山就可以得到慰藉。严羽评价道："与寒山一片石语，惟山有耳；与敬亭山相看，惟山有目，不怕聋聩杀世上人。古人胸怀眼界，直如此孤旷。"

众鸟高飞尽，①孤云独去闲。②
相看两不厌，③只有敬亭山。④

〔注释〕

①尽：没有了。

②孤云：陶渊明《咏贫士诗》中有"孤云独无依"，是指天空上孤独的一片云。独去：独自去。闲：悠闲自在的样子。

③相：你看我，我看你。两：指诗人和敬亭山。不厌：不满足。

④只有：一作"唯有"。

登鹳雀楼

王之涣

〔题解〕

王之涣（688—742），盛唐诗人，字季凌，蓟门（今河北蓟县）人，一说晋阳（今山西太原）人。曾任冀州衡水（今河北衡水）主簿，被诬告后辞官归家，后调补文安县（今河北文安）尉，卒于任上。他的诗多被当时乐工制曲歌唱，常与高适、王昌龄等相唱和，以善于描写边塞风光著称。他的作品现存仅有六首绝句，以《登鹳雀楼》《凉州词》为代表作。

鹳雀楼，旧址在山西永济，楼高三层，传说常有鹳雀在此停留，故有此名。《登鹳雀楼》是写登鹳雀楼时所见的开阔景象，表现出了诗人一种积极进取的精神风貌和不凡的胸襟抱负。诗中四句全是对偶句：前两句是正对，两句中“白日”和“黄河”两个名词相对，“白”与“黄”两个色彩相对，“依”与“入”两个动词相对。后两句为流水对，完全没有对仗的痕迹。后两句借前两句的写景而转入说理，语句极为工整，过渡自然。整首诗简洁凝练，意味深长，境界阔大。成为历来写鹳雀楼诗之冠，流传最广。

白日依山尽，①黄河入海流。
欲穷千里目，②更上一层楼。③

〔注释〕

①白日：太阳。依：依傍。尽：消失。这句诗是说太阳落山了。

②欲：想要得到某种东西或达到某种目的的愿望，但也有希望、想要的意思。穷：尽，使达到极点。千里目：形容放眼千里，眼界宽阔。

③更：副词，相当于再、复、又。

观永乐公主入蕃

孙　逖

〔题解〕

孙逖（tì）（695—761），唐代诗人，幼时英俊，文思敏速。开元十年(722)、十四年(726),中文藻宏丽、贤良方正二科,名震长安,拜左拾遗。善于思考,文理精炼,《旧唐书》称其“文思敏速”。

《观永乐公主入蕃》作于唐玄宗开元五年(717),诗题又作《同洛阳李少府观永乐公主入蕃》。永乐公主是东平王外孙女杨元嗣的女儿,开元五年十二月被封为永乐公主。开元五年十一月契丹王李失活朝见玄宗。十二月,玄宗将永乐公主嫁给了他。这首诗采取了先抑后扬的方式,写出了永乐公主嫁到藩地,将会带去一片生机。“边地莺花少,年来未觉新”,诗歌开头两句就极力渲染边塞的荒凉,写卢龙塞地区气候寒冷,即使新年之后,也很少听到鸟鸣,更别说见到花开。诗的后两句则极力渲染永乐公主的意外降临,才给龙塞带来了春天。抑扬之间可见赞美之情。

边地莺花少,①年来未觉新。②
美人天上落,③龙塞始应春。④

〔注释〕

①莺花少:很少听到鸟鸣、见到花开。
②觉:发觉、察觉。新:这里指春天的新气象。
③美人:指永乐公主。
④龙塞:即卢龙塞,在今河北卢龙西北。

春 怨

金昌绪

〔题解〕

金昌绪(生卒年不详),余杭(今浙江杭州)人,唐代诗人。

平生只留下这首诗，被收录在顾陶编的《唐诗类选》中。

《春怨》一作《伊州歌》，《伊州》是唐代流行歌曲之一，歌词大多写闺怨。绝句的作法，大致说来有三种。一是最常见的上下两截的章法。一二句起承，第三句转接，前后两层意思。二是一句一截，一句一意的章法，杜甫最擅长这种。三是一意直下，这是比较难以驾驭的，需要上句勾连下句，下句紧接上句；上下句或在行为上衔接，或在因果上相生，并且四句连属成为一个整体。在这种体式上，《春怨》是一个范式。这首诗通过写思妇追打啼鸟的憨态与心理活动，含蓄地表达了对远在辽西的丈夫的思念之情。

打起黄莺儿，①莫教枝上啼。②
啼时惊妾梦，③不得到辽西。④

〔注释〕

①打起：赶走。黄莺：春天的候鸟。黄莺啼叫，是春天特有的，它们啼叫是为了求偶。"儿"读"ní"，这样就与"啼"与"西"押韵了。

②莫教：不让。啼：黄莺叫。

③妾：古代女子自称的谦辞。

④辽西：辽河以西地区，为唐代边防戍守地区之一。今辽宁省的西部以及河北省山海关以北地区。

左掖梨花

丘　为

〔题解〕

丘为（703—798），嘉兴（今浙江嘉兴）人。曾任左散骑常侍,累官至太子右庶子。与王维、刘长卿是好友。擅作五言诗,内容多是田园风物,为盛唐山水田园诗人之一。

左掖,唐时指门下省。《唐六典》记载,在宣政门内,殿东有东上合门,殿西有西上合门。东上合门,是门下省。西上合门,是中书省。丘为所任左散骑常侍也属于门下省,因此出左掖。作者在这首诗中表达了希望受到赏识、官运亨通的美好愿望。这首诗写出了古代士大夫普遍存在的积极用世的心态,诗人能把眼前景和心中志向融为一体,不露痕迹,艺术性很强。

冷艳全欺雪,①余香乍入衣。②
春风且莫定,③吹向玉阶飞。④

〔注释〕

①冷艳:形容梨花洁白如雪,冰冷艳丽。欺:胜过。

②乍:突然。入衣:指香气浸透衣服。

③莫定:不要静止。

④玉阶:宫殿前光洁似玉的石阶。

思君恩

令狐楚

〔题解〕

令狐楚(766—837),字壳士,宜州(今属陕西)人。曾任太原节度使书记、判官。宪宗时,任知制诰,后来官至中书侍郎同平章事,并担任过诸镇节度使。令狐楚才思俊丽,能文能诗,以四六文为世人所称道。

《思君恩》写宫廷后妃们盼望皇帝光临的心理。据《旧唐书·后妃传》:“唐因隋制,皇后之下,有贵妃、淑妃、德妃、贤妃各一人,为夫人,正一品;昭仪、昭容、昭媛、修仪、修容、修媛、充仪、充容、充媛各一人,为九嫔,正二品;婕妤九人,正三品;美人九人,正四品;才人九人,正五品;宝林二十七人,正六品;御女二十七人,正七品;采女二十七人,正八品。”以上明文规定的皇帝的妻妾有如此之多,但得宠的只能是极少数,失宠者占了绝大多数,所以盼望皇帝的恩宠是后妃们极其普遍的心理。这首小诗写的就是妃嫔们的失意,表达了她们希望君王宠幸的急切和久久盼望却不得的幽怨之情。

小苑莺歌歇,[1]长门蝶舞多。[2]
眼看春又去,翠辇不曾过。[3]

〔注释〕

①小苑:皇宫的林苑。莺歌:黄莺的叫声像歌声一样好听。

②长门:长门宫,汉武帝时陈皇后失宠贬居之地,后来就以“长门”借指失宠女子居住的宫院。

③翠辇(niǎn):装饰有翠羽的帝王车驾。

题袁氏别业

贺知章

〔题解〕

贺知章(659—744),字季真,晚号四明狂客,会稽(今浙江绍兴)人。历任太常博士、太子宾客、礼部侍郎兼集贤院学士。

天宝三载(744)正月离开长安返乡当道士。贺知章晚年纵诞,与张旭、包融、张若虚并称“吴中四士”,“这些来自吴地的文人都有些狂放不羁的性格,诗歌也多是自然流畅的路数,也许这是受了吴楚精神的熏染和吴地民歌的影响的缘故”(葛兆光《唐诗选注》)。贺知章擅长七言绝句,诗风明快洒脱,多表现出粗犷豪放、诙谐谈笑的性情。

《题袁氏别业》一作《偶游主人园》。“别业”即别墅,一般都坐落在风景优美的地方,“袁氏别业”即袁姓人家的园林,诗人偶然到此,见美景流连忘返。此诗正好表现出诗人狂放的一面。

主人不相识,①偶坐为林泉。②
莫谩愁沽酒,③囊中自有钱。④

〔注释〕

①主人:别墅主人。

②偶坐:偶尔小坐。林泉:林木与泉石,指林木与泉石环抱的秀美景色。也指隐居的地方。

③莫谩:无须、不用。沽:买。

④囊:袋子、口袋。

夜送赵纵

杨　炯

〔题解〕

杨炯(650—692),字令明,华州华阴(今陕西华阴)人。自幼聪明博学,十一岁应神童举及第,被授待制弘文馆,后来任校书郎、盈川令。与王勃、卢照邻、骆宾王并称为“初唐四杰”。杨炯留存下来的诗歌良莠不齐,有的还留有陈隋时期搬弄辞藻的通病,有的却也能任情任性,激奋昂扬。

赵纵,赵州人,其余不详。《夜送赵纵》,可谓一气呵成。写两人从白天到夜晚,在一起已经待了很长时间,依依惜别之情不言而喻。诗中用和氏璧做比喻,很贴切地表现出赵纵有才能、人品好,前途不可限量。清毛先舒《诗辩坻》卷三评此诗:“初唐四子,人知其才绮有余,故自不乏神韵。若盈川《夜送赵纵》,第三句一语完题,前后俱用虚境……二十字中而游刃如此,何等高笔!”

赵氏连城璧,①由来天下传。②
送君还旧府,③明月满前川。④

〔注释〕

①赵氏连城璧:《史记·廉颇蔺相如列传》记载,赵惠文王得到了美玉和氏璧,秦昭王知道后,要用十五座城池交换,故称和氏璧为连城璧。在这里是指价值连城的玉,用来比喻赵纵人才难得。

②由来:从来。

③君:指赵纵。旧府:赵国的故地,指赵纵的家乡山西。在这里,送还,既是送人,也暗用了完璧归赵的典故,与首句相照应。

④明月:这里指璧如月,人如璧。与首句呼应。川:平原,道路。

竹里馆

王　维

〔题解〕

王维(700—761),字摩诘,原籍太原郡祁县(今山西祁县),

后其父迁居蒲州(今山西永济西),遂为蒲州人。历任右拾遗、给事中、尚书右丞。王维的诗歌内容很广泛,山水诗尤其著名,是盛唐山水田园诗代表人物之一。王维的诗风,古人评论较为准确:“澄澹精微”(司空图《与李生论诗书》)、“淳古淡泊”(欧阳修《书梅圣俞稿后》)、“清深闲淡”(魏庆之《诗人玉屑》)、“味摩诘之诗,诗中有画;观摩诘之画,画中有诗”(苏轼《东坡题跋》卷下《书摩诘蓝田烟雨图》)……王维诗风的形成,“一是既擅绘画又精乐理的王维有极出色的声、色感觉”,“二是在盛唐诗人中,王维是很能全面吸收汉魏六朝诗歌长处的,一方面他学了陶渊明的淡旷闲恬……另一方面他又学了谢灵运、谢朓(tiǎo)一流的精致工巧,在朴素淡雅的诗句中融入了尖新流丽,使诗歌既不过分枯瘠质直,又不过分浓艳华丽”(葛兆光《唐诗选注》)。竹里馆是王维在蓝田县(今属陕西西安)南辋川谷别墅周围的胜景之一,房屋周围有竹林,因此称为竹里馆。王维在这首诗里抒发了了无杂念、闲静自得的情绪。顾璘评此诗曰:“一时清兴,适与景会。”这首诗就体现了王维“诗中有画”的独特意境。

独坐幽篁里,①弹琴复长啸。②
深林人不知,③明月来相照。④

〔注释〕

①幽篁(huáng):深密幽暗的竹林。《楚辞·九歌·山鬼》:“余处幽篁兮终不见天。”

②复:又。啸(xiào):嘬口发出长而清脆的声音,类似于打口哨。古代一些士人常用啸来抒发感情。

③深林:指“幽篁”。

④相照:与“独坐”相应,左右无人相伴,只有明月来陪伴。

送朱大入秦

孟浩然

〔题解〕

朱大,名去非,岑仲勉《唐人行第录》说“去非乃朱大之名”,孟浩然的好友。孟浩然为朱大写了两首送别诗,可见两人的友谊很深。“秦”指长安(今陕西西安),《送朱大入秦》就是送朱大到长安。这首诗化用了战国时期吴国的季札以宝剑相赠友人的典故,勉励友人,同时也抒发了自己仕途的失意。孟浩然的作品,一般都是清旷闲远,平淡率真,但这首诗却写得侠骨豪情,神采飞扬,颇有壮逸之感。孟浩然一生都是跃跃欲试,想兴利除弊,想宝剑出鞘为世所用,这是他的平生志向。

游人五陵去,①宝剑值千金。②
分手脱相赠,③平生一片心。④

〔注释〕

①游人:游子或旅客,这里指朱大。五陵:在长安,是唐朝贵族聚居的地方。

②值千金:价值千金,形容剑之名贵。

③分手:分别。脱:摘下,解下。

④平生:往常,平素。

长干曲

崔　颢

〔题解〕

崔颢(约704—754),汴州(今河南开封)人。崔颢早年诗歌比较艳丽,元辛文房《唐才子传》称其“少年为诗,意浮艳,多陷轻薄”,后期的边塞生活经历,使得他的诗歌风格豪迈。

崔颢所写《长干曲》组诗共四首,是联章体,都是些船行路途中的男女对话,这是第一首。长干曲,一作“江南曲”,一作“长干行”,属乐府《杂曲歌辞》,多为男女情歌。“长干”即“长干里”,许嵩《建康实录》卷二《太祖下》黄武五年(226)冬十月条引《丹阳记》自注云:“大长干寺道西有张子布宅,在淮水南,对瓦官寺门,张侯桥所也。桥近宅,因以为名。其长干是里巷名,江东谓山陇之间曰干。建康南五里有山冈,其间平地,民庶杂居,有大长干、小长干、东长干,并是地里名。小长干在瓦官南,巷西头出江也。”这组诗,读起来让人感觉言浅意深。王夫之《姜寨诗话》写道:“墨气所射,四表无穷,无字处皆其意也。”

君家何处住?①妾住在横塘。②
停船暂借问,③或恐是同乡。④

〔注释〕

①君:敬称,您。何处住:一作“定何处”。

②横塘:古堤名,靠近长干里。三国吴大帝时于建业(今南京)南淮

水(今秦淮河)南岸修筑,也为百姓聚居之地。《文选》刘渊林注:“横塘在淮水南,近江渚,缘江筑长堤,谓之横塘。”

③借问:请问,向人询问。

④或恐:恐怕是,也许是。一作“或可”。

咏史

高适

〔题解〕

高适(约700—765),字达夫,渤海蓨(今河北景县)人。《旧唐书·高适传》称其“少濩(huò)落,不事生业,家贫,客于梁(今河南开封)、宋(今河南商丘),以求丐取给”。曾任剑南西川节度使,被召回京,任刑部侍郎,转散骑常侍。高适为盛唐边塞诗代表人物之一。诗歌风格豪迈,感情激昂,语言明快。

咏史诗是诗人以史实为题材来抒情、言志或说理的诗。从高适的生活经历来看,他直到五十岁才时来运转,可见他在人生道路上是艰辛备尝,感慨颇多。这首诗表面上看是评说史实,实际上是寄予了对把自己看成布衣之人的嘲笑和轻蔑之情。唐汝询曰:“达夫少尝落魄,晚年始贵,疑当时必有轻之者,故借古人以咏之。”(《唐诗解》卷二十二)《旧唐书·高适传》:“宋州刺史张九皋荐举有道科,时右相李林甫擅权,薄于风雅,唯以举子待之。”此诗似当时所作。

尚有绨袍赠,①应怜范叔寒。②
不知天下士,③犹作布衣看。④

〔注释〕

①尚有:尚且还有。绨(tì)袍:用粗丝绸做成的长袍。

②怜:同情。范叔:范雎(suī),字叔,战国时期魏国人。《史记·范雎蔡泽列传》记载,范雎当时为魏中大夫须贾的门客。范雎随须贾出使齐国,齐襄王赠给范雎很多礼物。须贾嫉妒,回国后在魏相面前告范雎私通齐国。魏相大怒,差点儿打死他。范雎后来逃到秦国,化名张禄,并当上了秦国的宰相。范雎听说须贾出使秦国,于是就穿着破衣服去见他,须贾见状就起了同情心,还送给他一件袍子。后来,须贾知道所要见的张禄就是范雎,就登门谢罪。范雎念他还有点儿同情心,就将他放了。这首诗的前两句用的就是这个典故。

③天下士:这里指杰出的人才。士,古代读书人的通称。

④犹:还。布衣:平民百姓。看:对待。

罢相作

李适之

〔题解〕

李适之(694—747),一名昌,陇西成纪(今甘肃秦安)人,为唐恒山王李承乾之孙。玄宗开元中,历任通州刺史、河南尹、御史大夫、刑部尚书等要职。天宝元年(742)代牛仙客为左相。受到奸相李林甫的陷害,罢知政事,后被贬为宜春太守,最终自杀于任所。李适之喜欢饮酒,每次与宾客宴饮,喝一斗都不醉。他夜晚饮酒,白天却不耽误工作。

《罢相作》应写于天宝元年罢相后不久,主要写罢相后所感受到的人情冷暖。这首小诗,使用了反语、双关、对比的手法。如"贤"字显然指陷害他的李林甫,李林甫根本就不是什么贤人,所以“避贤”在这里是反话。“乐圣”是双关语，唐朝称皇帝为“圣人”，曹操的臣僚称清酒为“圣人”。魏时，喝醉了的人，酒清者为圣人，酒浊者为贤人。之前门庭若市与现在的门庭冷落相对比。整首小诗怨而不怒，曲折含蓄。

避贤初罢相，①乐圣且衔杯。②
为问门前客，③今朝几个来？

〔注释〕

①避贤：避位让贤，辞去相位给贤者担任。李适之天宝元年任左相，后遭李林甫算计，失去相位。这里是用了讽刺的手法。

②乐圣：古人有酒醉为中圣人、清酒为圣人、浊酒为贤人的说法。此处指喜欢喝酒。衔杯：喝酒。杜甫诗“衔杯乐圣称避贤”，就是从这两句“避贤初罢相，乐圣且衔杯”化用而来。

③为问：询问。门前客：以前任丞相时登门拜访的宾客。

逢侠者

钱　起

〔题解〕

钱起（约720—782），字仲文，吴兴（今浙江湖州）人。唐玄宗天宝十载（751）举进士，授秘书省校书郎，历任蓝田县尉、司勋员外郎、司封郎中、考功郎中等官职，居“大历十才子”之首。钱起的诗歌是时代的折射，他身处盛、中唐，诗风的嬗变在他的身上体现得十分明显，他的诗歌没有盛唐一代的大气象、恢宏的抱负，似乎时代的变革，把他的诗歌带入了清冷、幽暗的境地。

“他时常的恬淡宁静似乎有些垂头丧气，好像气球顿时泄气变瘪”，“不过，有一点他确实很像王维，擅长五言近体诗，也善于写山水。有的诗句很有南朝二谢那种警觉的韵味，往往观察细腻，选景新巧而且用词精致”（葛兆光《唐诗选注》）。

这首诗用典故，写诗人与侠者偶然相遇，谈得很投机，告别之际诗人抒发依依惜别的友情，也流露出诗人对豪侠生活的向往。侠者即侠客，指那些敢于见义勇为、舍己助人的人。这首五绝同金昌绪的《春怨》结构一样，一意直下。整首诗声韵昂扬，令人振奋。

燕赵悲歌士，①相逢剧孟家。②
寸心言不尽，③前路日将斜。

〔注释〕

①燕赵：古时燕、赵两国出了许多勇士，因此后人就用燕赵人士指代侠士。

②剧孟：汉代著名的侠士，洛阳人，素有豪侠的名声。杜甫有诗句：“剧孟七国畏，马卿四赋良”，说的就是剧孟武艺的高强。这里“剧孟”是用来指代洛阳。

③寸心：心中。因为心位于胸中的方寸之地，因此称为寸心。

江行望匡庐①

钱　珝

〔题解〕

钱珝（生卒年不详），字瑞文，吴兴（今浙江湖州）人，为钱起曾孙。曾任太常博士、京兆府参军、蓝田尉、知制诰、中书舍人等官职。唐昭宗光化三年(900)六月被贬为抚州司马,钱珝当时经襄阳沿汉水南下至武昌,再沿长江东下至鄱阳湖,最后沿抚河南下至抚州。一路上写《江行无题一百首》,此诗为其中的第六十九首,抒发了久经战乱的诗人对出家人生活的向往。这首诗原本没有题目,现在的题目为后人所加。这首诗中,作者怀着对庐山的倾慕之情,但是却无法登临。全诗紧扣"望"字,既有对庐山可望而不可即的惆怅,也暗喻作者对世途险恶的担心,期盼着能如僧人一般归隐山中。《柳亭诗话》评价此诗:"含蓄有味。"

咫尺愁风雨,②匡庐不可登。③
只疑云雾窟,④犹有六朝僧。⑤

〔注释〕

①一说此诗作者为钱起。

②咫尺:比喻很近。咫,古代称八寸为咫。

③匡庐:庐山,在江西九江南。因为周朝的匡俗曾经在这里隐居,后人就称此山为庐山、匡山。

④云雾窟:云雾缭绕的石窟。

⑤六朝:是指公元222—589年间,建都于建康(今江苏南京)的东吴、东晋、宋、齐、梁、陈六个朝代。这个时期,佛教盛行,僧人多在名山居住。

答李浣三首(其三)

韦应物

〔题解〕

韦应物(737—约792),京兆万年(今陕西西安)人。唐玄宗天宝十载(751),入宫为皇帝的卫士。肃宗乾元元年(758)入太学读书,代宗广德元年(763)为洛阳丞,后担任过滁州刺史、江州刺史、左司郎中、苏州刺史等官职。

韦应物的五言诗,淡雅清新,这首诗足见这一特点。李浣是诗人任洛阳丞时的同事,于代宗永泰元年(765)担任洛阳主簿。韦应物还在《对雨赠李主簿高秀才》一诗中写道:"吏局劳佳士,宾筵得上才。终朝狎文墨,高兴共徘徊。"可见他们相处甚欢。后因韦应物秉公执法,得罪了军队官兵,被告了一状,于是于大历元年(766)罢官闲居,李浣也受到牵连,丢掉了官职,到楚地隐居。他给韦应物写了一首诗,韦应物写《答李浣三首》作为回应,这是其中的第三首。这首诗抒发了诗人的高雅志趣和对友人的关心之情。袁宏道评这首诗曰:"闲趣可掬。"

林中观易罢,①溪上对鸥闲。②
楚俗饶词客,③何人最往还?④

〔注释〕

①观易:详看《易经》。易,《周易》,又称《易》《易经》,儒家经典著作。

②溪上:指溪边。岸边曰上。鸥:鸟名,是一种捕鱼而食的水鸟。

③楚俗:楚地的风俗习气。楚,春秋战国时期诸侯国名,在今湖北一带。饶:多。词客:词人墨客,指擅长写文章的人。

④最往还:来往最多。

秋风引

刘禹锡

〔题解〕

刘禹锡(772—842),字梦得,洛阳(今河南洛阳)人。安史之乱时,全家避居嘉兴(今浙江嘉兴)。唐德宗贞元九年(793),考取进士与博学宏词科。十一年(795),复考取吏部取士科,授太子校书郎,官至监察御史。顺宗即位,刘禹锡为永贞革新重要成员,失败后被贬为朗州(今湖南常德)司马。元和十年(815)被召回,又出任连州(今广东连州)刺史,官至太子宾客。苏辙在《童蒙诗训》中评价刘禹锡的诗"晚年多令人学刘禹锡诗,以为用意深远有曲折处",可见刘禹锡诗歌细腻婉转的特点,他的诗歌也干净明快、自然精巧、流畅平易。

《秋风引》属乐府琴曲歌词,当作于贞元二十一年(805),即诗人被贬为朗州司马初期。诗人在诗中抒发了羁旅之思。从整首诗中我们可以看出,诗人对自然界中时序变迁、物候变化的敏感及其内心细致入微的感受,这都是诗人被贬谪到外地孤独思乡的反映。这首诗情景相契,寄情于物,将思念故乡的情感融于这秋风之中。

何处秋风至,①萧萧送雁群。②
朝来入庭树,③孤客最先闻。④

〔注释〕

①何处:什么地方,从什么地方来的。至:到。
②萧萧:形容风吹草木的声音。雁群:大雁的群队。
③朝:初。
④孤客:孤独的在异乡的人。闻:听到。

秋夜寄丘二十二员外

韦应物

〔题解〕

韦应物于唐德宗贞元五年(789)至贞元七年(791)任苏州刺史,生活优裕,过着潇洒的士大夫生活。任满罢职后,他就寄住在苏州的永定寺里,后来在苏州去世。

诗题也作《秋夜寄丹》,丘二十二即丘丹,嘉兴人,在家族中排行二十二。曾任诸暨(今浙江诸暨)县令、仓部员外郎、户部员外郎等官职,后隐居在杭州临平山,与韦应物交往频繁。此诗作于贞元五年秋天,诗人秋夜怀念隐居的友人,抒发了对友人的真挚情感。这首诗依旧体现了韦应物五言绝句的特点:笔下从容,淡淡着墨,语浅情深,言简意长。沈德潜评此诗曰:"幽绝。"

怀君属秋夜,①散步咏凉天。②
山空松子落,③幽人应未眠。④

〔注释〕

①怀君:怀念您。属:正值,适逢。

②咏：吟咏、歌咏。凉天：秋天。

③"山空"句：王尧衢曰："木落则山空矣。松子落，山中夜静时也。"

④幽人：幽居隐逸的人，此处指丘员外。王尧衢曰："应，是遥想之词，遥想其未眠时，当亦有幽兴怀秋也。"

秋　日

耿　沣

〔题解〕

耿沣(wéi)，生卒年不详，字洪源，河东(今山西永济西)人。唐代宗宝应二年(763)举进士，任盩(zhōu)厔(今陕西周至)县尉，后入朝任左拾遗。大历十年(775)、十一年(776)间，以左拾遗身份任括图书使往江淮一带。唐德宗贞元初期为大理司法，贞元年间卒于许州(今河南许昌)司法参军任上。耿沣擅长作诗，为"大历十才子"之一，其诗不事雕琢，以质朴见长，风格自成一家。

这首诗通过描绘秋季荒凉的景象，表现了诗人的寂寞孤独之感，抒发了悯时伤乱的感情。范晞文《对床夜语》评价此诗："抱荒寂之余感。"全诗以非常自然朴素的语言，从静态的写景开始，然后以动态的景致结束。其中由景而情，又由情而景，以景结情，这种写法使得全诗蕴藉隽永。

返照入闾巷，[1]忧来与谁语？[2]
古道无人行，[3]秋风动禾黍。[4]

〔注释〕

①返照：夕阳的余光。闾巷：里巷，乡里。

②忧来：一作“愁来”。

③古道：古老道路，也指古代崇尚的操守典范。无：一作“少”。

④禾黍（shǔ）：禾与黍，泛指黍稷稻麦等粮食作物。这里暗用典故。《诗经·王风·黍离》记载，平王东迁洛邑后，东周士大夫去故都镐京，见宗庙宫室都被夷为田地，田地里种满黍稷，令人忧伤彷徨，悲从中来：“彼黍离离，彼稷之苗。行迈靡靡，中心摇摇。知我者谓我心忧，不知我者谓我何求。悠悠苍天，此何人哉？”由此，黍离之悲或禾黍之悲就成为凭吊兴亡、感慨世事变迁的代名词。

秋日湖上

薛　莹

〔题解〕

薛莹，生卒年不详，唐文宗时人。《全唐诗》录其断句“花留身住越，月递梦还秦”，由此或可推断为秦（今陕西）人。从现存诗歌来看，薛莹喜欢在各地漫游，交往的人多为隐士、道士与僧人。诗的内容多表现隐逸生活。

这首诗所选择的时间是日落时，地点是太湖。太湖一带是战国时期吴、越争霸的地方，后有六朝争雄。这样的时间和地点，描绘满目苍茫的太湖，很容易引起人们对世事无常的感慨，生出淡泊名利之意，其中也蕴含着对唐帝国日益衰败的伤感之情。此诗寥寥数语就将今与古、虚与实、景与情融合起来，寓虚于实，古今一概，情景相融。

落日五湖游，①烟波处处愁。②
浮沉千古事，③谁与问东流？

〔注释〕

①五湖:这里指江苏的太湖。
②烟波:烟雾笼罩的水面。
③浮沉:指国家的兴亡治乱。

宫中题

李　昂

〔题解〕

李昂(809—840),即唐文宗,他是穆宗第二个儿子。在他的哥哥敬宗李湛被宦官害死以后,他又被宦官立为皇帝。李昂即位后力图改变宦官专权的局面,于太和九年(835)谋诛宦官,失败,谋臣十余家被宦官所杀,史称甘露事变。甘露事变失败后,文宗更加受制于宦官,最后被宦官谋害而死。《全唐诗话》中舒元舆说道:"太和九年,诛王涯等,仇士良愈专恣。文宗恶之,虽登临游幸,未尝为乐,或瞠目独语,左右莫敢进问。因题诗曰:'辇路生春草,上林花满枝。凭高何限意,无复侍臣知。'一日,看牡丹,或吟曰:'拆者如语,含者如咽,俯者如愁,仰者如悦。'吟罢,方省元舆词,不觉叹息,泣下沾衣。"宋计有功《唐诗纪事》也说道:"甘露事后,帝不乐,往往瞠目独语云:'须杀此辈,令我君臣间绝。'后赋诗。"

这首诗反映了唐代后期宦官干政的现象。诗歌语言平淡朴素,抒发了一位被囚禁而欲有所作为的君王沉重抑郁、无奈沮丧的心情。

辇路生秋草，[①]上林花满枝。[②]
凭高何限意，[③]无复侍臣知。

〔注释〕

①辇(niǎn)路：也称辇道，天子车驾常经过的大道。辇，古时用人推或拉的车，后特指君后所乘车。秋：也作“春”。

②上林：即上林苑，原为秦、西汉时皇家园林名称，这里指唐宫禁内皇家园林。满枝：也作“发时”。

③凭：倚，这里指临高眺望。何限：无限。

寻隐者不遇

贾　岛

〔题解〕

贾岛(779—843)，字浪仙，一作阆仙，范阳(今河北涿州)人。早年曾为僧，法名无本，后来还俗。还俗后应举，但一直未考取。后来因为偶遇文宗皇帝，在开成二年(837)被授为遂州长江县(今四川蓬溪)主簿，世称贾长江，任满后迁普州(今四川安岳)司仓参军。武宗会昌三年(843)卒于任所。贾岛作诗用心刻苦，由“推敲”的传说就可看出；贾岛一生仕途不顺畅，“喜为穷苦之句”。由这两点，我们再看贾岛的诗歌，就能体会其诗歌紧敛、狭窄、清寒的诗风了：“苦思苦吟使他往往极精心地在有限的范围内斟酌清字新词，穷苦困顿使他往往心境压抑地寻找衰飒寒疏的诗境，而用精致尖巧的语言写清冷衰飒的诗境就是贾岛诗的特点。”(葛兆光《唐诗选注》)唐人有很多访隐者不遇诗,意味闲雅,脍炙人口。比如李商隐的:"城郭休过识者稀,哀猿啼处有柴扉。沧江白石樵渔路,日暮归来雨满衣。"(《访隐者不遇成二绝·其二》)韦应物的:"九日驱驰一日闲,寻君不遇又空还。怪来诗思清人骨,门对寒流雪满山。"(《休假日访王侍御不遇》)

贾岛的这首小诗,用了设问、反问等修辞手法和对话的形式,写得既简练精巧,又曲折跌宕,更有着悠远的味道。

松下问童子,①言师采药去。②
只在此山中,云深不知处。③

〔注释〕

①童子:没有成年的人,小孩。在这里是指"隐者"的弟子或仆人。

②言:回答,说。

③云深:指山上的云雾。不知处:不知道在什么地方。

汾上惊秋

苏　颋

〔题解〕

苏颋(tǐng)(670—727),字廷硕,京兆武功(今陕西武功)人,武后朝举进士,官至紫微侍郎、同紫微黄门平章事,知政事(也就是宰相)。苏颋的诗有骨力,有韵味,情景俱佳。这首诗的写作背景是西汉武帝元鼎元年(前116),得鼎汾水上。元鼎四年(前113)冬十月,武帝至汾阴(今山西万荣),十一月,立后土祠于汾阴脽上。到了唐开元十年(722),大臣张说建议重修后土祠祭祀后土神。作为礼部尚书，苏颋当年秋天被玄宗派到汾阴主持后土祠的整修与扩建工作，就在这年秋天，苏颋写下了这首诗，抒发了作者的悲秋之情和羁旅之思。唐汝询《唐诗解》的"太原早秋"中写道："此感秋而怀归也……今太原近塞而寒，故霜威独早……"并在此条下面做按语："原人汾上之作，必用秋风辞语，如廷硕'北风吹白云，万里渡河汾'，嘉州'白云犹是汉时秋'，读者咸知其来历。太白用其语而化之，曰"云色渡河秋"，使无蹊径可寻。"由此可见汾上与秋风词不可分解的原因。

北风吹白云，万里渡河汾。①
心绪逢摇落，②秋声不可闻。③

〔注释〕

①河汾：指汾水流入黄河的一段。河，黄河。

②心绪：心境、心情。摇落：树叶凋零，这里比喻秋天。

③不可闻：不忍听。

蜀道后期

张　说

〔题解〕

张说（667—730），字道济，一字说之，原籍范阳（今河北涿州），世居河东（今山西永济西），后来迁居洛阳（今河南洛阳）。武则天载初元年（689），考取学贯古今科，对策天下第一，授太子校书郎。后官至宰相，封燕国公。张说的散文写得好，与苏颋并称“燕许大手笔”，被誉为“海内文章伯”。诗歌写得平平，但是“谪岳州后诗益凄婉，人谓得江山之助”《新唐书·张说传》。

这首诗题目中的“后期”是指晚于预定的时间期限，这里的意思是诗人还在入四川的途中，无法按照原先约定好的时间到家。这首诗着重描写了游子归心似箭的心情和不能按时回家的懊恼心情，但却没有消沉之意。在旅途中与日月争先，再通过秋风超越日月的速度，还有从“蜀道”至“洛阳”的空间里，总体上形成了旷远弘阔的意境。沈归愚曾评价道：“秋风先到，巧思妙义，难以言传。”

客心争日月，①来往预期程。②
秋风不相待，③先至洛阳城。④

〔注释〕

①客心：客居他乡的心情。争日月：争抢时间，同时间竞争。
②预期程：事先计划路程所需要的时间。
③不相待：不肯等待。
④洛阳：当时的首都。武则天称帝后定都洛阳。

静夜思

李　白

〔题解〕

李白虽然出生于碎叶（唐时属安西都护府，今属吉尔吉斯共和国），但他从五岁开始，就长期住在蜀郡绵州彰明（今四川江油），因此该地当为诗人心目中的故乡。作者年轻时离开故乡后，就再也没有回去过，在夜深人静时难免产生对故乡的思念之情。这首诗所表达的感情是具有普遍意义的，也是很深沉的。此诗用极其简练、清浅的语言，从时间、环境、人物、动作等全面的角度写尽了游子的思乡之情。俞樾《湖海笔谈》对这首诗分析得很恰切："'床前明月光'，初以为地上之霜耳，乃举头而见明月，则低头而思故乡矣：此以见月色之感人者深也。盖欲言其感人之深，而但言如何相感，则虽深仍浅矣。以无情言情则情出，从无意写意则意真，如此者可以言诗乎？"这首小诗真是如元范德机的《木天禁语》中的"五言短古篇法"所说的："辞简意味长，言语不可明白说尽，含糊则有余味。"

床前明月光，①疑是地上霜。②
举头望山月，③低头思故乡。

〔注释〕

①床：今传五种说法。一指井台，二指井栏，三即"窗"的通假字，四指坐卧的器具，五解释为胡床。

②疑：疑心，好像。

③举头：抬头。望：一作看。

秋浦歌

李　白

〔题解〕

李白在天宝三载(744)春，被赐金放归后，漫游各地。于天宝十三载(754)，在秋浦(今安徽贵池)写了《秋浦歌十七首》，此诗为其中的第十五首。诗人当时已经是五十四五岁了。秋浦，唐时县名，属于池州，在今安徽池州贵池西南。这首诗采用自问自答的形式，运用夸张的手法，淋漓尽致地抒发了诗人壮志未酬的苦闷心情。唐汝询《唐诗解》分析此诗："《秋浦歌》白发三千丈，发因愁而白，愁既长，则发亦长矣。故下句解之曰'缘愁似个长'，言愁如许而发亦似之也。我想平时初未尝有是，不知镜中从何语得此秋霜乎。托兴深微，辞难实解，读者当求之意象之外。"

白发三千丈，①缘愁似个长。②
不知明镜里，何处得秋霜？③

〔注释〕

①"白发"句：《渔隐丛话》评价道："其句可谓豪矣！"《李太白全集》王琦集注此诗道："起句奇甚，得下文一解，字字皆成妙义。洵非仙才，那能作此。"

②缘：因为。个：这样。诗的前两句是倒装句式。

③何处：何时。秋霜：秋天的白霜，这里用来形容头发像秋霜一样白。

赠乔侍御

陈子昂

〔题解〕

陈子昂（661—702），字伯玉，梓州射洪（今四川射洪）人。唐睿宗文明元年（684）举进士，任麟台正字，迁右拾遗。他曾两次从军入塞,后一次因与主将武攸宜意见不合,遭到排挤打击。武后圣历元年(698),解官回乡,被武三思指使县令段简陷害,死于狱中。陈子昂是初唐重要的诗人、文学家,论诗强调“兴寄”,提倡“汉魏风骨”“正始之音”,反对齐梁绮靡文风,对诗歌走向盛唐起到了承上启下的作用。他的诗多慷慨激昂、悲凉豪壮,但也缺少才韵。

这首诗,诗题一作《题祀山烽树赠乔十二侍御》,乔侍御即乔知之,也是唐代诗人,曾于武后垂拱元年(685)、万岁通天元年(696)两次出征,与陈子昂关系密切,两人颇多赠答之作,这是其中的一首。这首酬赠诗是在第二次出征时,登上幽州台所作。古代酬赠诗的范围很广,这首诗是替朋友打抱不平,表达了对乔侍御怀才不遇的深切同情,同时诗人也在诗中寄寓了自己的一腔忧愤。这首小诗的写法是典型的以史言事,首句的汉庭、云阁都是汉代的。在唐诗中以汉代唐是唐代诗人的通常做法。

汉庭荣巧宦,①云阁薄边功。②
可怜骢马使,③白首为谁雄?④

〔注释〕

①汉庭:指汉朝,这里借指唐朝。庭,一作“廷”。荣巧宦:荣宠善于投机取巧的官吏。“荣”在这里用作动词,荣宠、宠信。

②云阁:指汉代的云台、麒麟阁。汉明帝曾令人画二十八将的肖像陈列于云台,汉宣帝曾令人画十一位功臣的肖像陈列于麒麟阁。云阁由此就被用来代指表彰功臣的地方。薄:轻视。

③可怜:可叹。骢马使:东汉桓典为御使,以行事严正出名,常乘骢马,被称为骢马使。骢马,比喻好马。这里是借指乔侍御。

④为谁雄:为谁而称雄。这句诗的意思是说,一片雄心无法舒展。

答武陵太守

王昌龄

〔题解〕

王昌龄开元二十七年(739)被贬岭南,次年北归,出任江宁(今属江苏南京)县丞,不久又被贬为龙标(今湖南黔阳西南)县尉。诗题一作《答武陵田太守》,"武陵"即今湖南常德,"太守"为唐代郡一级最高行政长官。诗人从江宁至龙标,经过武陵郡时,受到了田太守的热情招待,所以分外感动,临别特写此诗作为答谢。诗中将田太守比作战国时候的魏公子,将自己比作魏公子门下的食客,抒发了作者的敬意和知恩图报的心情。这也是一首酬赠诗,体现了唐代尚武重侠客的风气。《邵亭文集》卷十一评价此诗:"意兴豪迈,了不以远谪干怀。"

仗剑行千里,①微躯敢一言。②
曾为大梁客,③不负信陵恩。④

〔注释〕

①仗剑:拿着剑,持剑。

②微躯:微贱的躯体,自谦之辞,诗人自称。敢:一作"感"。自言冒昧之辞。

③大梁:战国时魏国都城,今河南开封。大梁客即指信陵君的门客,此处代指诗人自己。

④信陵:地名,今河南宁陵。在这里代指魏国的信陵君魏无忌。信陵君曾养食客三千人,以礼贤下士闻名于世。信陵恩,即指信陵君礼贤下士,此处代指武陵太守对作者的恩惠。

行军九日思长安故园

岑 参

〔题解〕

岑参(约715—770),祖籍南阳(今河南南阳),后迁居荆州江陵(今湖北荆州)。唐天宝十三载(754),在封常清幕府任安西北庭节度判官,后来升为支度副使。西北多年的军旅生活,成就了岑参边塞派代表诗人之名,他与高适齐名,并称"高岑"。他的边塞诗雄奇瑰丽,风格奇峭,慷慨激昂。岑参的边塞诗突破了前人固定的意象,运用瑰丽奇异的词汇、出人意料的幻想,充满了鲜丽奇诡的色彩,让人过目不忘。殷璠《河岳英灵集》中评价岑参的诗歌特点:"语奇体峻,意亦造奇。"玄宗天宝十四载(755)十二月安禄山叛乱,次年攻陷长安。至德二载(757)二月,肃宗至凤翔(今陕西凤翔),当时岑参随行任右补阙。长安于至德二载九月收复,不过九月上旬还被叛军控制。此诗作于九月九日重阳节,抒发了诗人对长安的思念和内心的沉痛之情。明顾璘《唐音评点》说:"此篇亦贵于二十字中备见题意。"

强欲登高去,①无人送酒来。②
遥怜故园菊,③应傍战场开。④

〔注释〕

①强欲:勉强要。登高:九月九日重阳节时,古代有登高、饮酒、赏菊的风俗。南朝吴均《续齐谐记》说:"汝南桓景,随费长房游学累年,长房谓曰:'九月九日,汝家当有灾,急宜去,令家人各作绛囊,盛茱萸以系臂,登

高饮菊花酒，此祸可除。'景如言，齐家登山。夕还，见鸡犬牛羊一时暴死，长房闻之曰：'此可代也。'今世人每九日登高饮菊酒，妇人带茱萸囊，盖始于此。"

②"送酒"句：句中暗用了一个典故，《南史·隐逸传》说："（陶渊明）尝九月九日无酒，出宅边菊丛中坐，久之，逢弘送酒至，即便就酌，醉而后归。"弘指王弘，他于晋安帝义熙十四年(418)任江州刺史，常以酒馈赠陶渊明。

③怜：怜惜。

④应：应该。傍：靠近、接近。

婕妤怨

皇甫冉

〔题解〕

皇甫冉（约717—约770），字茂政，润州丹阳（今江苏丹阳）人。他是晋代高士皇甫谧的后人，十岁就能作文写诗，被张九龄呼为小友。唐玄宗天宝十五载(756)以第一名的成绩举进士，授无锡（今江苏无锡）尉。代宗大历初，为河南节度使掌书记，后官至右补阙。"大历十才子"之一。诗歌风格清丽，被世人所重。高仲武评价皇甫冉："冉诗巧于文字，发调新奇，远出情外。"（《中兴间气集》）

这首诗题也作"婕妤春怨"。"婕妤怨"是乐府旧题，婕妤指班婕妤，曾得到汉成帝的宠幸。赵飞燕姐妹入宫后，班婕妤失宠，自请到长信宫侍奉太后。班婕妤写有《怨歌行》抒写自己的苦闷与忧愤。诗人借用汉代婕妤的哀怨，表现了对失宠宫女的同情，批判了君恩不公的社会现实，抒发了诗人怀才不遇的郁闷之情。

花枝出建章，[1]凤管发昭阳。[2]
借问承恩者，[3]双蛾几许长！[4]

〔注释〕

①花枝：比喻美丽的嫔妃、宫女，这里指得宠的嫔妃。建章：宫名，为汉武帝建造的宫苑名称，在长安城外未央宫的西边。

②凤管：乐器名。这里指制作精良的管乐器。昭阳：汉文帝所居之处，即昭阳舍，在西汉皇家宫殿未央宫中。前两句中的建章和昭阳，是诗词中得宠后妃住处的象征之地。

③承恩：受皇上宠爱。

④双蛾：古代以女子的眉毛细长为美，称女子眉毛为蛾眉。这里以蛾眉代指美色。几许：几多，有多长。

题竹林寺

朱　放

〔题解〕

朱放（？—约788），字长通，襄州襄阳（今湖北襄阳）人。早年居襄阳，安史之乱中，移居剡县（今浙江嵊州）、山阴（今浙江绍兴），《唐才子传》说他："南来卜隐剡溪、镜湖间，排青紫之念，结庐云卧，钓水樵山。"唐德宗建中三年（782）曾任江西节度参谋，不久便辞官。贞元二年（786）征为右拾遗，推辞不就。后来在扬州去世。朱放擅长写诗，风度清越，很有诗名。

诗题也作《题鹤林寺》。竹林寺，在润州（今江苏镇江）西南的黄鹤山。诗借景抒怀，写对竹林寺的留恋，含蓄地抒发了对隐士生活的向往之情，同时也暗含着对现实生活的不满。这四句诗中“岁月人间促”“能得几回过”,是内心的感慨,是抒发议论;“烟霞此地多”“殷勤竹林寺”,是对自然景物的描写。一写一论、一虚一实之间,将诗歌的艺术表达得开阔而邈远。

岁月人间促,[①]烟霞此地多。[②]
殷勤竹林寺,[③]能得几回过?[④]

〔注释〕

①岁月:时光。促:短暂。

②烟霞:原意是烟雾和云霞,也指山水胜景。

③殷勤:亲切的情意。

④能得:也作“更得”,再得,再能够。

过三闾大夫庙

戴叔伦

〔题解〕

戴叔伦(732—789),字幼公,润州金坛(今江苏金坛)人。官至抚州(今江西抚州)刺史、容州(今广西容县)刺史,后升容管经略史,兼御史中丞。戴叔伦为“大历十才子”之一,作品以反映农村生活见长,大多采用七言歌行的形式,为中唐新乐府诗的先声。对其诗歌特点,《大历诗略》评价:“戴叔伦诗,品既不高,体又不健,只以指事陈词婉切动人,不可谓非唐音之好者。”《诗学渊源》评价:“诗清新曲雅,而不涉秾纤。”

这首诗题一作《三闾庙》,又作《题三闾庙》。三闾指楚国昭、屈、景三姓王族。屈原主管过这三姓王族的教育,被称为三闾大夫。三闾大夫庙,或简称三闾庙,是祭祀屈原的。这首诗以深沉凄婉的笔调,描写屈原庙冷落凄凉的景象,抒发了对屈原怀才不遇、忠而见谗的深切同情。施补华《岘佣说诗》评价此诗:"并不用意,而言外自有一种悲凉感慨之气,五绝中此格最高。"

沅湘流不尽,[1]屈子怨何深。[2]
日暮秋风起,萧萧枫树林。[3]

〔注释〕

①沅(yuán)湘:指沅江和湘江,沅江、湘江是湖南的两条主要河流。

②"屈子"句:屈原的怨恨好似沅江、湘江的河水一样深。屈子,屈原。怨,哀怨、悲怨。何深,多么地深。

③"日暮"二句:此处化用屈原的《九歌》《招魂》中的诗句:"袅袅兮秋风,洞庭波兮木叶下""湛湛江水兮上有枫,目极千里兮伤春心。魂兮归来哀江南"。秋风:一作"秋烟"。萧萧,风吹树木发出的响声。

于易水送人

骆宾王

〔题解〕

骆宾王(约638—684),字观光,婺州义乌(今浙江义乌)人。七岁能赋诗,唐高宗乾封二年(667)对策入选,授奉礼郎。曾于咸亨元年(670)从军出塞,又于咸亨三年(672)从军西南,官至侍御史。高宗调露元年(679),武后当权,因数次上疏言事获罪下狱，次年秋被贬为临海（今浙江临海）县丞。睿宗文明年间，随徐敬业起兵讨武后，作檄传天下，武后读之说："有如此才不用，宰相过也。"敬业兵败，宾王亡命，不知所之。骆宾王"作为一个承上启下的诗人，他在诗歌形式语言上起的变革意义似乎并不如后来的沈佺期、宋之问、杜审言，而在诗歌主题内涵上的变革意义则与卢照邻、杨炯、王勃一样重要"，"诗歌多了一种刚健、悲凉而饱满的情绪"（葛兆光《唐诗选注》）。易水在河北易县境内，在北京西南不远处。这首诗借荆轲易水别燕丹的史实，抒发了诗人与友人离别的悲壮之情。

此地别燕丹，①壮士发冲冠。②
昔时人已没，③今日水犹寒。④

〔注释〕

①此地：这里，这个地方。指易水岸边。别燕丹：指的是荆轲作别燕太子丹。

②壮士：意气豪壮而勇敢的人，勇士。这里指荆轲，战国时期卫国人。《史记·刺客列传》记载，荆轲承诺燕太子丹出使秦国刺杀秦王嬴政，"太子及宾客知其事者，皆白衣冠以送之。至易水之上，既祖，取道，高渐离击筑，荆轲和而歌，为变徵之声，士皆垂泪涕泣。又前而为歌曰：'风萧萧兮易水寒，壮士一去兮不复还！'复为羽声忼慨，士皆瞋目，发尽上指冠。于是荆轲就车而去，终已不顾"。发冲冠：形容人极端愤怒，因而头发直立，把帽子都冲起来了。冠，帽子。《史记·廉颇蔺相如列传》："相如因持璧却立，倚柱，怒发上冲冠。"

③昔时：往日，从前。人：一种说法为单指荆轲，另一种说法为当时在场的人。没：死，即"殁"字。

④水：指易水。犹：仍然。

别卢秦卿

司空曙

〔题解〕

司空曙(约720—约790),字文明,广平(今河北永年)人。安史之乱,避地南方。曾考取过进士,代宗大历初任洛阳主簿,后入朝为左拾遗。德宗建中年间贬长林县丞,晚年在四川节度使韦皋幕中任职,终于虞部郎中。擅作诗,为“大历十才子”之一。司空曙的诗歌清新、小巧、工致。《唐音癸签》评价其诗“婉雅闲淡,语近性情”。他的诗歌多为赠别、羁旅之作,表现异乡流落之感,抒发穷愁之意。

此诗一作《留卢秦卿》《送卢秦卿》《留别卢秦卿》,显然“留”为关键词,此字表达了挽留卢秦卿的心情。据《新唐书·宰相世系表》可知,卢秦卿当过秦州刺史。卢秦卿与卢纶在《新唐书·宰相世系表》中同为“四房卢氏”,而卢纶是司空曙的表弟,可见他们之间还是非常亲密的。杨慎《升庵诗话》说:“此诗意谓行舟遇逆风则住,故人置酒而以前期为辞,是故人酒不及石尤风矣,语意甚工。”点明诗意。此诗运用比喻、拟人、对比等修辞手法写自己诚意挽留客人,表现了他们之间深挚的情谊。

知有前期在,①难分此夜中。②
无将故人酒,③不及石尤风。④

〔注释〕

①前期:前约,约定以后见面的时间。

②难分：难以分割，不忍别离。

③无将：不要用，莫要。故人：老朋友。

④石尤风：指能阻止船只航行的逆风。元伊世珍《琅嬛记》引《江湖纪闻》云：传说石氏女嫁尤郎。尤为商，远行，妻阻之，不从。尤久不归，妻思念致病，临亡叹曰："吾恨不能阻其行，以至于此。今凡有商旅远行，吾当作大风为天下妇人阻之。"故称逆风为石尤风。

答　人

太上隐者

〔题解〕

太上隐者，生平事迹不详。《全唐诗》录此诗，题下注："《古今诗话》云：太上隐者，人莫知其本末，好事者从问其姓名，不答，留诗一绝云。""太上"指三皇五帝之世。"隐者"即隐士，指那些隐居不仕的人。有些隐士对现实不满，不肯做官。还有的人通过隐居扩大自己的影响，为出仕走终南捷径。自称"太上隐者"，有自我夸耀、故弄玄虚的味道。

此诗是太上隐者回答别人的问话。这首诗描写了一位无忧无虑的山中隐士远离尘世烦扰的悠闲舒适的生活，也含蓄地抒发了作者对社会现实的不满。

偶来松树下，高枕石头眠。
山中无历日，①寒尽不知年。②

〔注释〕

①历日：日历。

②不知年：不知道是哪年哪月。

卷二　七言绝句

春日偶成

程　颢

〔题解〕

程颢(1032—1085),字伯淳,号明道,洛阳(今河南洛阳)人。宋仁宗嘉祐二年(1057)进士,历官上元(今江苏南京)主簿、太子中允、监察御史里行,因反对王安石变法,出为镇宁军判官。哲宗即位,召为宗正丞,还没有上任就去世了。与弟弟程颐同学于周敦颐,奠定了北宋理学的基础,被后人称为“二程”。“二程”的学说为朱熹所继承和发展,世称“程朱学派”。程颢的哲学思想决定了他的人生态度是和谐通融、自得其乐的。他的诗也很少有道学气与阐理说教,而是借助各种优美淡远的意象,抒发心中的意趣风致,多是注重精神愉悦的抒情之作。

这首诗又题为《偶成》,诗人在春天散步,偶有感触,即兴而成。诗人用清丽的笔触,描绘出了春光明媚的景象,抒发了诗人闲适自得的欢喜之情。宋人评价:“学者须是胸怀摆脱得开,始得有见。明道先生在鄠县作簿时有诗云:‘云淡风轻近午天……将谓偷闲学少年。’看他胸怀,直是好与曾点底事一般。”(谢良佐《上蔡语录》)

云淡风轻近午天,①傍花随柳过前川。②
时人不识余心乐,③将谓偷闲学少年。④

〔注释〕

①云淡:云层薄,指晴朗的天气。午天:正午时分。

②傍花随柳：傍随于花柳之间。傍，一作“望”，靠近，依靠。随，沿着。川：平原或河畔。

③时人：一作“旁人”。识：知道。余：一作“予”，我。

④将谓：就以为。将，乃，于是，就。偷闲：忙中抽出空闲的时间。

春 日

朱 熹

〔题解〕

朱熹(1130—1200)，字元晦，晚年自号晦翁，徽州婺源(今江西婺源)人。宋高宗绍兴十八年(1148)举进士，后官至焕章阁待制、侍讲。南宋著名的理学家、教育家，中国思想史上最有影响力的哲学家之一，是宋代理学的集大成者。文学研究也卓有成就。朱熹的诗语言畅达，富有理趣。他善用比喻，非常丰富、新鲜和贴切，诗中的哲理渗透于情景相融的诗境中，耐人寻味。

一般认为这首诗是写景之诗，其实，这是一首哲理诗。诗歌的通篇都用比体，诗的前两句是写诗人到以孔子为代表的圣贤书里去寻找天理，书中展现了美丽风景，后两句是写不费事就明白了天理，因为天理无处不在。总之，诗人是用探寻春天和对春天的美好感受来比喻一个道理：只要去寻找天理，懂得了儒家思想的真谛，就能领略无边的生机。朱熹《答曹元可》说：“夫天下之物，莫不有理，而其精蕴，则已具于圣贤之书，故必由是以求之。”此诗说的就是这个道理。

胜日寻芳泗水滨，[1]无边光景一时新。[2]

等闲识得东风面，③万紫千红总是春。④

〔注释〕

①胜日：古代五行家谓金、木、土、水、火五行相克之日为“胜日”，也指亲友相聚或风光美好的日子。这里指春天里的一个好日子。寻芳：看花观景。泗水：河名，在山东中部，源于泗水县。由趵突、响水、洗钵、红石四大泉汇流而成，因此而得名。泗水出县境后，又有西沂水、险水、汴水等，成为淮河下游最大的支流。因此，历史上常把泗水和淮河并称为“淮泗”。因为孔子曾经在洙水、泗水讲学，所以后世用为孔子与儒家的典故。滨：水边，河边。

②光景：风光风景。

③等闲识得：容易识别。等闲，寻常，随便，到处。东风：春风，这里指春天。

④万紫千红：形容色彩缤纷。总是：都是。

春宵

苏　轼

〔题解〕

苏轼（1037—1101），字子瞻，自号东坡居士，眉州眉山（今四川眉山）人。宋神宗元丰二年（1079），因讽刺新法，被贬为黄州（治所在今湖北黄冈黄州）团练副使。哲宗时，官至礼部尚书，后又贬惠州（今广东惠州）、昌化（今海南儋州）军安置。徽宗立，赦还，卒于常州（今江苏常州）。苏轼在散文与诗词创作方面都有极高的成就。苏轼与父亲苏洵、弟弟苏辙为北宋散文名家，同列唐宋八大家。苏轼擅长词，是北宋豪放派词的开山者，同时也发展了婉约词，提高了婉约词的格调。“他在风格上的大特色是比喻丰富、新鲜和贴切，而且在他的诗里还看得到宋代讲究散文的人所谓‘博喻’或者西洋人所称道的莎士比亚式的比喻，一连串把五花八门的形象来表达一件事物的一个方面或一种状态”（钱锺书《宋诗选注》）。

《春宵》一作《春夜》，春宵也就是春夜，此诗写春夜的美丽与令人眷念。此诗在结构上颇有特色，第一句写情理，单刀直入且警醒的一句，点明诗歌主旨；后三句写景，从视觉、听觉、嗅觉多角度地描写了春夜的花香、月影，还有歌管声，过渡得非常自然、和谐。

春宵一刻值千金，①花有清香月有阴。②
歌管楼台声细细，③秋千院落夜沉沉。④

〔注释〕

①春宵：春夜。一刻：指很短的时间，古代计时器将一昼夜划分为一百刻，一刻相当于现在的十五分钟。

②花有清香：花朵散发出清香。月有阴：月亮被云遮住了，月色朦胧。

③歌管：歌声和管乐声。管，管乐器，如笛子、笙、箫一类乐器。声细细：指声音比较低。

④院落：庭院。沉沉：形容夜已经深了。

城东早春

杨巨源

〔题解〕

杨巨源（755—?），字景山，河中（今山西永济西）人。唐德宗贞元五年(789)以第二名的成绩考取进士,尝任河中节度使从事。历太常博士、凤翔少尹等职。唐穆宗长庆元年(821)为国子司业,长庆四年以河中少尹退归乡里。杨巨源的七言诗在中唐颇为突出。诗作格律工致,风调流美,颔颈二联,时见佳句。

《城东早春》中的“城”当指长安,此诗写诗人早春游长安城东风景区的感想。其实唐代也有以议论入诗的现象,此诗就是一个例子。这首诗通过早春与春意正浓做对比,抒发了诗人对早春的热爱,也含蓄地表达出了自己的人生态度。南宋谢枋得《注解唐诗绝句》已经注意到此诗的写作特点,指出:“此诗喻士大夫知人,当于孤寒贫贱中求之,若待其名誉彰闻始知奖拔,特众人之智,不足言知人矣。”

诗家清景在新春,①绿柳才黄半未匀。②
若待上林花似锦,③出门俱是看花人。④

〔注释〕

①诗家:诗人的统称,并不仅指诗人自己。清景:清秀美丽的景色。清,一作“新”。新春:即早春。

②才黄:刚刚露出嫩黄的柳眼。匀:均匀,匀称。这句是写柳树才刚刚泛出鹅黄色,色泽还不鲜艳。

③上林:上林苑,故址在今陕西西安西,建于秦代,汉武帝时加以扩充,为汉宫苑。诗中用来代指唐朝京城长安。锦:五色织成的绸绫。这里指春色浓艳至极。

④俱:全,都。看花人:此处双关进士及第者。唐时举进士及第者有在长安城中看花的风俗。

春　夜

王安石

〔题解〕

王安石(1021—1086),字介甫,号半山,抚州临川(今江西抚州)人。宋神宗时,两次任宰相,积极推行新法,遭到守旧派的反对,辞官退居金陵(今江苏南京),封荆国公。神宗死后,新法尽废,王安石也忧愤而死。他的诗歌创作关注现实,讲究修辞,喜用典故,对宋诗风格的形成颇有影响。钱锺书在《宋诗选注》中也评价:"他比欧阳修渊博,更讲究修辞的技巧,因此尽管他自己的作品大部分内容充实,把锋芒犀利的语言时常斩截干脆得不留余地、没有回味的表达了新颖的意思,而后来宋诗的形式主义却也是他培养了根芽。"

诗题也作《夜直》。按宋代制度,翰林学士每夜轮流有一人在学士院值班留宿。王安石于英宗治平四年(1067)九月被任命为翰林学士,神宗熙宁元年(1068)四月到任,此诗当写于熙宁二年(1069)早春。当年二月,王安石被任命为参知政事,有了一展宏图的机会。这首诗是写在翰林院值班的感受。诗前两句写景,首句是视觉加听觉,以动衬静,第二句以触觉写出了香尽残漏、黎明前的夜意寒冷,第三句是叙事加抒情,第四句写花影上栏杆的曼妙。全诗流露出诗人的激动不已之态与春风得意之情。

金炉香烬漏声残,①翦翦轻风阵阵寒。②
春色恼人眠不得,③月移花影上栏干。④

〔注释〕

①金炉:指铜做的香炉,一般诗中多用金炉,比用铜炉更富有色彩。漏:古代计时用的漏壶。由漏水壶与受水壶组成,受水壶有刻度,水到了某一刻度就表明到了某一时刻。

②翦翦:形容初春的寒风削面的感觉。翦:同“剪”。

③“春色”句:美丽的春色惹得人难以入眠。恼人,撩人。

④“月移”句:栏杆上花的影子在月光中摇曳着。

初春小雨

韩　愈

〔题解〕

韩愈(768—824),字退之,河南河阳(今河南孟州)人,郡望昌黎(今辽宁义县),后人因称韩昌黎。唐德宗贞元八年(792)举进士,任汴州节度使幕中推官,后入朝任监察御史。宦海几经浮沉,穆宗长庆二年(822)转任吏部侍郎、京兆尹等职。韩愈主张“以文为诗”,写诗好发议论,“他这种‘以文为诗’尽管给诗歌带来了种种弊病,使宋代诗歌从娘胎里就染上了不少坏习惯,但也使宋代人跳出了唐代诗歌的笼罩,从一开始就自立门户创造了中国古典诗歌的另一个天地,从这个意义上说,韩愈的富于个性的诗歌的确可以成为‘大家’”(葛兆光《唐诗选注》)。韩愈的诗笔力刚健、气势雄伟,有些诗却写得自然流畅、新颖别致,此诗即是如此。

诗题也作《早春呈水部张十八员外》,“张十八”当指张籍,韩愈还写过《病中赠张十八》,张籍时任水部员外郎。这首诗写于穆宗长庆三年(823)初春,当时他担任吏部侍郎不久,心情还是很愉快的。这首诗巧妙地运用通感与错觉,把早春的细雨和新生的小草描绘得细腻传神,充满蓬勃之意,历来备受推崇。

天街小雨润如酥,①草色遥看近却无。②
最是一年春好处,③绝胜烟柳满皇都。④

〔注释〕

①天街:京城街道。润如酥:细腻如酥。酥,动物的油,这里形容春雨的细腻。

②“草色”句:原野上处于萌芽的草,近看又少又小,几乎看不见,但是远看却呈现出一片片绿色。这句诗可看出诗人观察事物细致。

③最是:正是,恰恰是,有强调的意思。处:在这里表示时间,不表示地点,相当于时、时候。

④绝胜:远远胜过。皇都:帝都,这里指长安。

元　日

王安石

〔题解〕

宋神宗熙宁二年(1069)二月,王安石担任参知政事以后,即积极推行新法,十二月被任命为中书门下平章事,即宰相。此诗或作于熙宁三年元日,描写了元日除旧迎新的风俗,同时也表达了诗人改革旧规、实行新法的信心与喜悦之情。元日,农历正月初一,即春节。诗人选择了家家户户放爆竹、喝屠苏酒、换桃符三个普遍的具有典型意义的生活细节来表现新年的热烈、祥和、快乐，而这也正是王安石变法给人民生活带来的变化，所以这首诗实际上也歌颂了变法。

爆竹声中一岁除，[1]春风送暖入屠苏。[2]
千门万户曈曈日，[3]总把新桃换旧符。[4]

〔注释〕

①爆竹：古人烧竹子时，竹子爆裂发出的响声，用来驱鬼避邪，后来演变成放鞭炮。一岁除：一年已尽。除，逝去。

②屠苏：指屠苏酒，唐宋饮屠苏酒是当时过年时的一种习俗，大年初一全家合饮这种用屠苏草浸泡的酒，以驱邪避瘟疫，求得长寿。

③千门万户：形容门户众多，人口稠密。曈曈(tóng)：太阳初升时的光亮。

④桃：桃符，古代一种风俗，农历正月初一时人们用桃木板写上神荼、郁垒两位神灵的名字，悬挂在门旁，用来压邪。现在贴门神、贴春联，就是由这种习俗演变而来的。“新桃”“旧符”采用了互文省略的方法，原指新桃符、旧桃符。

上元侍宴

苏　轼

〔题解〕

此诗是苏轼《上元侍饮楼上呈同列》三首的第一首，现在的诗题为《千家诗》编者所拟。“上元”为正月十五日，又称“元宵”。“侍宴”即“侍饮”，参加皇帝主持的宴会，用“侍”字表示对皇帝的尊重。此诗当为宋哲宗当政期间苏轼担任朝官时写的。诗题虽然是“侍饮”或“侍宴”，但是诗人没有具体写宴会场面，而是写群臣在通明殿朝拜皇帝的场面。整首诗通过由外及内，由物及人的顺序，视线从天上到殿前，再由殿前到殿内，最后聚焦在皇帝身上。整首诗层次分明，次序井然。

淡月疏星绕建章，①仙风吹下御炉香。②
侍臣鹄立通明殿，③一朵红云捧玉皇。④

〔注释〕

①淡月疏星：指天气很好。建章：宫殿名，为汉武帝时所建宫殿名。这里借指北宋宫殿。

②仙风：来自仙境的风，仙境指皇宫。吹下：这二字表明皇宫高高在上。御炉：皇帝用的香炉。

③鹄立：肃立，形容像鹄延颈站立那样盼望。鹄，天鹅。通明殿：宫殿名，指玉皇大帝居住的宫殿，这里代指北宋皇宫。

④红云：传说神仙出行常有红云伴随，如唐人曹唐《小游仙诗》所谓"红云塞路"现象。

立春偶成

张　栻

〔题解〕

张栻(1133—1180)，字敬夫，号南轩，汉州绵竹(今四川绵竹)人，徙居衡阳(今湖南衡阳)。宋高宗时宰相张浚之子，以荫补官，后官至知江陵府、荆湖北路安抚使。与朱熹、吕祖谦为友人，史称"东南三贤"。张栻诗歌推崇黄庭坚，其诗歌最突出的艺术特色是古体章法的自然疏散、律诗境界的浑融流转和绝句兴象的自然天成。

诗题也作《立春日禊厅偶成》。“立春”，二十四节气之一，在阳历二月四日前后太阳到达黄经315度时开始。立春标志着冬天结束，春天开始。此诗通过冰霜、草木、风向、河流的变化，写出了春到人间、万象更新、生意蓬勃的景象，全诗字里行间洋溢着喜悦之情。

律回岁晚冰霜少，①春到人间草木知。②
便觉眼前生意满，③东风吹水绿参差。④

〔注释〕

①律回：大地回春。黄帝命伶伦（古乐宫名）断竹为筒（后人也用金属管），以定音和候十二月之气。阳六为律，即黄钟、太簇、姑洗、蕤宾、夷则、无射；阴六为吕，即大吕、夹钟、仲吕、林钟、南吕、应钟。农历十二月属吕，正月属律，立春往往在十二月与一月之交，所以说“律回”。岁晚：写这首诗时的立春是在年前，民间称作内春，所以叫岁晚。

②草木知：草木知道。这里采用了拟人的修辞手法，与苏轼“春江水暖鸭先知”有异曲同工之妙。

③生意满：形容春回大地所带来的无限风光，草木欣欣向荣，给人以满眼的春色。诗中从“草木知”到“生意满”，诗人用这两个词富有层次地再现了大自然的这一变化过程，从春意乍现到春意阑珊。

④绿参差：碧绿的水泛着细波微浪。“绿”采用了词性活用的修辞手法，在这里形容词用作名词，指绿色的波浪。参差：不齐的样子。

打球图

晁说之

〔题解〕

晁说之(1059—1129),字以道,因钦慕司马光(号迂叟)为人,自号景迂生,济州巨野(今山东巨野)人。宋神宗元丰五年(1082)举进士,后入元祐党籍。高宗立,召为侍读,后提举杭州洞霄宫。晁说之的诗作充分反映了他在徽宗朝和两宋之际所亲历的各地风物、动乱现实及其丰富的人生感受,托物寓理,典型地体现了宋诗"以文字为诗""以议论为诗"、联想曲折理性等特点。

诗题一作《明皇打球图》,也作《题明皇打球图》。"打球"是从西域传入的一项文娱体育活动,一般都骑在马上,持杖击打,将球打入对方球门者得分。"明皇"指唐玄宗,他是打球的高手。唐代、宋代都有画家画"明皇打球图"。这首诗当是晁说之看了《明皇打球图》以后题写在画上的,这是一首题画诗,也是一首咏史诗。诗人题画咏史的目的显然是为了借古讽今,当时宋徽宗也以喜欢蹴鞠(踢球)著称,重用奸臣蔡京、宦官童贯,整天追求享乐,政治腐败黑暗到了极点,诗人的目的显然是针砭时弊。

阊阖千门万户开,①三郎沉醉打球回。②
九龄已老韩休死,③无复明朝谏疏来。④

〔注释〕

①阊阖(chānghé):原指天宫的大门。如屈原《离骚》王逸注:“阊阖,天门也。”这里指皇宫的大门。千门万户:形容皇宫里的宫殿规模宏大,屋宇众多。

②三郎:指唐玄宗,他是睿宗第三子。沉醉:本意是喝醉了酒,而且醉得很厉害。这里用来比喻唐玄宗迷恋打球。

③九龄:张九龄。唐玄宗时大臣,诗人。开元二十一年(733)拜中书侍郎、同中书门下平章事。开元二十四年(736),受李林甫排挤,罢相。次年贬为荆州长史。开元二十八年(740)去世。张九龄敢于进谏,曾上事鉴十章。韩休:唐玄宗时贤臣。开元二十一年拜黄门侍郎、同中书门下平章事。不久转工部尚书,罢知政事。开元二十七年(739),卒。韩休喜欢提意见,有人对玄宗说:“自休入朝,陛下无一日欢,殊瘦于旧,不如去之。”玄宗回答道:“吾虽瘠,天下肥,吾用休为社稷耳!”这是自我标榜、冠冕堂皇的话,事实上很快就将韩休罢免了。这里隐含的意思是像张九龄、韩休这样正直的、敢于提意见的宰相走的走,死的死,于是玄宗爱怎么玩就怎么玩,再也没有人提意见了。

④无复:不再有。谏:直言规劝,一般用于下对上。疏:上给皇帝的奏议。

宫 词

王 建

〔题解〕

王建(约766—约832),字仲初,颍川(今河南许昌)人。早年从军幽州,曾任昭应县丞、渭南尉,都在长安附近。大约于唐宪宗元和十四年(819)开始担任太府丞、秘书郎、侍御史、太常侍丞等京官。也曾任光州刺史、陕州司马，晚年退居咸阳原，生活贫困。王建擅长乐府歌诗，与张籍齐名，时称“张王乐府”。王世贞《艺苑卮言》评价两者区别：“张籍善言情，王建善征事。”意思是张籍的乐府诗写得委婉含蓄，情致绵密，王建的乐府诗写实叙事较多，结构平直简单。

宫词通常指反映宫廷生活的诗。王建从宪宗末至文宗初长期生活在长安，并和担任枢密使的宦官王守澄交往密切，这使他比较熟悉宫廷生活，有条件写出大型组诗《宫词》百首，在宫词发展史上占有突出地位，这首诗即为其中之一。王建的宫词写得细致具体、小巧清丽。此诗虽然只有二十八个字，但是所写场所富贵、场景宏大、场面热闹，颇能给人以鲜明的印象。

金殿当头紫阁重，①仙人掌上玉芙蓉。②
太平天子朝元日，③五色云车驾六龙。④

〔注释〕

①金殿当头：由于仰视，华清宫也显得更加雄伟壮观、金碧辉煌，呈现出金殿当头的感觉。紫阁重：形容华清宫周围楼台亭阁环列，相互重叠辉映。

②“仙人”句：汉武帝迷信神仙，在建章宫筑神明台，立铜仙人舒掌捧铜盘承接甘露，以求延年益寿。三国魏明帝也在芳林园置承露盘。唐玄宗也在华清宫中的朝元阁立金铜仙人持盘承露，不过其盘更讲究，为玉制，作荷花状。自从汉武帝建金铜人承露盘后，仙人掌、玉芙蓉便成为宫禁的标志，同时也成为描写宫中生活的常用词。

③太平天子：指唐玄宗，在安史之乱爆发之前，他做了四十多年的皇帝，唐代发展到极盛时期。朝元日：指朝拜老子的这一天。元，指老子，因为唐玄宗封老子为玄元皇帝，并说自己曾两次在朝元阁见到过玄元

皇帝。

④五色云车:五彩缤纷的车仗。云车,原为仙人的车乘。驾六龙:指用六匹骏马驾车。日神乘的车子就是用“六龙”拉的。如《淮南子·天文训》汉高诱注:“日乘车,驾以六龙,羲和御之。”这句诗用神话传说中的形象,将唐玄宗朝拜老子时雍容华贵的气派生动地显示出来。

廷 试

夏 竦

〔题解〕

夏竦(985—1051),字子乔,谥号文庄,江州德安(今江西德安)人。因父与契丹战死,以父荫任润州丹阳县主簿。后召直集贤院,编修国史,迁右正言。宋庆历七年(1047)为宰相,任枢密使,封英国公。

宋吴处厚《青箱杂记》卷五称夏竦“举制科,庭对策罢,方出殿门,遇杨徽之。见其年少,遽邀与语曰:‘老夫他则不知,唯喜吟咏,愿丐贤良一篇,以卜他日之志,不识可否。’于是夏竦便写了这首诗,“杨公叹服数四,曰:‘真宰相器也’”。此事很符合夏竦的科举考试经历。廷试即殿试,北宋殿试在开封崇政殿(太祖时称讲武殿,后更名)进行,考生按预先安排的座位,坐在崇政殿的东西廊下。这首诗的特点是题材新颖,作者有真情实感。以往诗作写考试失利的比较多,写考试顺利的不多。作者是功臣之后,有才华,又有官场经验,此次参加考试,志在必得,因此诗中充满着自信。

殿上衮衣明日月，[①]砚中旗影动龙蛇。[②]
纵横礼乐三千字，[③]独对丹墀日未斜。[④]

〔注释〕

①衮衣：皇帝所穿之衮龙袍，上面绣有九条龙和五色云彩图案。明日月：这是写皇帝衮龙袍上日月图案熠熠生辉。

②“砚中”句：砚台里的水还闪动着考场彩旗的影子。龙蛇，指彩旗上的图案。

③纵横礼乐：引经据典。《礼》《乐》是儒家经典的组成部分，这里借指儒家经典，泛指关于《诗》《书》《礼》《乐》《易》《春秋》等儒家经典的考试内容。

④独对：宋朝设有特荐的科举，若对策者得到皇帝赏识，就赐进士及第，所以称为独对。丹墀：这里指崇政殿的红色台阶。日未斜：指正午时分。殿试一般在申时交卷，可见诗人考试顺利，提前退出了考场。

咏华清宫

杜　常

〔题解〕

杜常，生卒年不详，字正甫，卫州（今河南汲县）人。宋英宗治平二年（1065）举进士，后以龙图阁学士身份知河阳军。

“华清宫”，在今陕西西安东面的临潼区骊山北麓，有温泉，秦始皇时已在此建造宫殿，唐太宗贞观十八年（644）诏令在此修建汤泉宫，玄宗天宝六载（747）更名为华清宫。这首诗是通过写华清宫的变化，来写一个朝代由盛而衰，直至灭亡的过程。诗人一开始怀着种种遐想，迫不及待地赶着去拜访华清宫，而等到他亲临现场，发现到处都是西风落叶的衰败景象以后，内心充满失望，同时也借此抒发了繁华不再、一切皆成往事的感慨。明朱孟震《河上楮谈》评此诗："词意高远，气格清古。"

行尽江南数十程，①晓风残月入华清。②
朝元阁上西风急，③都入长杨作雨声。④

〔注释〕

①程：指古代驿站(或邮亭等)之间的道路。

②"晓风"句：黎明，天刚亮，诗人就披星戴月地来游览华清宫了。

③朝元阁：华清宫内的主要建筑，唐人权德舆《朝元阁》诗描写了它当年的盛况："缭垣复道上层霄，十月离宫万国朝。"

④长杨：长杨宫，汉宫名，在今陕西周至东南。宫中种白杨树数亩，因此名为长杨宫。

清平调词

李　白

〔题解〕

由于李白受到唐玄宗同母妹妹玉真公主等人的推荐，于天宝初年(742)被玄宗召见，"宣赐翰林供奉李白，立进《清平乐辞》三章。白欣然承旨，犹苦宿酲未解，因援笔赋之。其辞云云。龟年遽以辞进。上命梨园弟子略约词调，抚丝竹，遂促龟年以歌"(李濬《松窗杂录》)。

"清平调"为乐府歌曲名称，为唐玄宗自度曲。《清平调词》三首为李白按其曲调所创作的三首词，这是其中的第一首。诗歌没有正面夸奖杨贵妃的容貌，而是巧妙运用比喻、夸张、拟人等修辞手法，赞美杨贵妃的美貌。整首诗不露痕迹，浑然天成。

云想衣裳花想容，①春风拂槛露华浓。②
若非群玉山头见，③会向瑶台月下逢。④

〔注释〕

①“云想”句：绚丽的彩云就像杨贵妃美丽的衣裳，红润的牡丹花就像杨贵妃美丽的容貌。想，如，似。

②槛：这里是指花栏。露华浓：承接上句“花想容”的比喻，花上落露，形容杨贵妃的容光美艳。露，露珠。华，通“花”。

③群玉山：神话中的仙山，据《山海经·西山经》，群玉山是西王母生活的地方。

④会：正当时，正赶上。瑶台：神话传说中神仙居住的地方，晋王嘉《拾遗记》：“（昆仑山）有瑶台十二，各广千步，皆五色玉为台基。”

题邸间壁

郑　会

〔题解〕

郑会，生卒年不详，字文谦，一字有极，号亦山，贵溪（今江西贵溪）人。南宋宁宗嘉定四年（1211）举进士，十年（1217）擢礼部侍郎，八十二岁去世，谥号文庄。

这首诗写在旅馆房间的墙壁上，是一首题壁诗。此诗最大的特点是明明自己孤零零地在旅馆里思念妻子，却设想妻子正在家里思念自己，这样就将自己思念妻子的情感写得具体入微且丰满，因而更感人。同时也借助具体物象来渲染内心的寂寞。此类作品不少，如王维的《九月九日忆山东兄弟》、杜甫的《月夜》、白居易的《邯郸冬至夜思家》等。

酴醾香梦怯春寒，①翠掩重门燕子闲。②
敲断玉钗红烛冷，③计程应说到常山。④

〔注释〕

①酴醾：一作“荼蘼”，属蔷薇科，春末夏初开花，多为白色，香气清远。香梦：与爱情有关的梦。这里暗示妻子在梦中梦见了自己，这也表明妻子非常思念自己。怯春寒：一觉醒来，觉得春寒袭人。

②翠：指暮春初夏时节草木浓郁的绿色。重门：指一道道门户。这句诗是写自己出门在外，妻子一个人独自住在深宅大院里。宅院被植物的绿荫笼罩着，特别安静。只有燕子闲着没事，偶尔在梁上呢喃细语，也反衬了家中的安静以及妻子的寂寞。

③玉钗：玉簪。红烛冷：写夜深红烛快点完了，烛光越来越暗了。

④计程：心里计算着归人的行程。常山：地名，在今浙江。

绝　句

杜　甫

〔题解〕

杜甫（712—770），字子美，郡望杜陵（今陕西长安东北），祖籍襄阳（今湖北襄阳），后迁巩县（今河南巩义），曾居长安城南少陵。杜甫是诗歌创作的集大成者，他的诗歌韵律精深，具有沉郁顿挫为主的多种风格。葛兆光在《唐诗选注》中，对杜甫的文学地位剖析得很精准：杜甫赢得“古今诗人第一”的位置，一半是靠了他主旨充溢着对国家忠贞不渝的信念、从不放弃的热爱以及对百姓的深刻怜悯；另一半是靠了他在诗歌语言技巧上的变革与创新，这一点是当宋人想跳出唐诗开辟自己新天地的时候，才看出了杜甫诗歌的好处，发现杜诗是一座挖掘不尽的宝藏。由此，杜甫也被奉上了诗圣的地位。杜甫承上启下，成了中国诗歌史上的一个标志，划分着两个诗史时代。

绝句是一种诗体名称，每首诗只有四句，通常有五言绝句、七言绝句以及六言绝句三种形式。题目称绝句，相当于无题诗。此诗为杜甫《绝句四首》中的第三首，唐代宗广德二年(764)三月严武再次镇蜀，复邀杜甫入幕，杜甫返成都，这段时间杜甫的生活还是很愉快的。这四句诗采用了镜头切换的方式，描写了同一时间、同一地点所见到的不同景色。诗中充满了喜悦之情及展翅高飞的愿望。《唐宋诗醇》称其“虽非正格，自是绝唱”。

两个黄鹂鸣翠柳，①一行白鹭上青天。②
窗含西岭千秋雪，③门泊东吴万里船。④

〔注释〕

①黄鹂：黄莺。翠柳：春天刚刚抽身泛青的嫩柳。此句中“黄”与“绿”是类似色，让人产生明亮的感觉。

②“一行”句：“白”与“青”是对比色，正是在蓝天的映衬下，“一行白鹭”的色彩显得分外鲜明。白鹭，鹭鸶，羽毛纯白。

③窗含：窗户对着雪山，好像含在嘴里一样。西岭：西岭雪山。雪山在成都西大邑县境内，最高峰大雪塘终年积雪。千秋雪：指西岭雪山上千年不化的积雪。

④泊：停泊。东吴：泛指长江下游地区，因为三国时期的孙权曾在现

在的南京建立过东吴政权。万里船:不远万里开来的船只。宋人范成大说:“蜀人入吴者,皆自此登舟。其西则万里桥。诸葛孔明送费祎使吴,曰‘万里之行始于此’,后因以名桥。杜子美诗曰‘门泊东吴万里船’,此桥正为吴人设。”

海　棠

苏　轼

〔题解〕

苏轼极有才华,人生却非常坎坷。但苏轼总是采取积极的态度面对生活中的挫折,这首诗就是一个例子。此诗当作于宋元丰三年(1080),苏轼被贬到黄州,寓居定惠院时。苏轼在《五禽言》诗序中说:“余谪黄州,寓居定惠院。绕舍皆茂林修竹,荒池蒲苇。春夏之交,鸣鸟百族。”可见当年春夏之交,苏轼还住在定惠院。此后不久就搬到了临皋亭,搬走以后要想在夜深时拿着蜡烛去欣赏海棠花就不那么容易了。苏轼为什么对这株海棠如此欣赏呢?一是因为这株海棠花开之时,香气四溢,非常名贵,据《渊鉴类函》卷四〇五,贴梗海棠、垂丝海棠、西府海棠、木瓜海棠四品“俱有色无香”,而海棠以有香为贵。二是因为这株名花生长在偏僻的地方,没有人知道它的名贵。苏轼当时的处境同这株海棠是多么相似,他欣赏海棠,实际上也寄予了自己的感慨。

东风袅袅泛崇光,①香雾空蒙月转廊。②
只恐夜深花睡去,③故烧高烛照红妆。④

〔注释〕

①东风:春风。袅袅:微风轻轻吹拂的样子。一作“渺渺”。泛:摇动。崇光:高贵华美的光泽,这里指春光正在慢慢浓郁。

②香雾空蒙:写弥漫在夜空里的雾气充溢着海棠花香。空蒙,一作“空濛”,一作“霏霏”。月转廊:用月亮位置的变化表明时间已经过去了很久,也就是说诗人长时间地欣赏着海棠花。廊,回廊,走廊。

③只恐:只怕,只是担心。花睡去:暗引唐玄宗赞杨贵妃“海棠睡未足耳”的典故。唐玄宗曾用海棠花比喻过杨贵妃,《施注苏诗》卷十八引《明皇杂录》说:“上皇尝登沉香亭,召妃子,时卯酒未醒,高力士从侍儿扶掖而至,上皇笑曰:‘岂是妃子醉耶,海棠睡未足耳。’”

④“故烧”句:也作“高烧银烛照红妆”。故,因此,于是。红妆,用美女比海棠。

清　明

杜　牧

〔题解〕

杜牧(803—852),字牧之,京兆万年(今陕西西安)人,祖居长安下杜樊乡,因称杜樊川,宰相杜佑之孙。唐文宗大和二年(828)举进士,曾长期在南方为官,先后担任过宣州团练判官,黄州、池州、睦州、湖州刺史,后官至中书舍人。杜牧的诗,色彩明丽、语脉流畅、节奏舒朗、意境深远。杜牧擅长七绝,与杜甫诗歌在结构、音律、节奏上很像,但是与杜甫比起来,还欠老辣。评论家们也说:“法未完密”(李重华《贞一斋诗说》),“属辞比事不精密”(朱弁《风月堂诗话》)。

这首诗描写清明时节的天气，抒发了孤独的行路人的复杂心情。谢榛《四溟诗话》评此诗："此作宛然入画，但气格不高。"

清明时节雨纷纷，①路上行人欲断魂。②
借问酒家何处有，③牧童遥指杏花村。④

〔注释〕

①清明：二十四节气之一，在阳历四月五日前后。旧俗当天有扫墓、踏青、插柳等活动。纷纷：形容很多。

②欲断魂：形容伤感极深，好像灵魂要与身体分开一样。断魂，神情凄迷，烦闷不乐。诗的前两句是说，清明时候，阴雨连绵，飘飘洒洒下个不停；如此天气，如此节日，路上行人情绪低落，神魂散乱。

③借问：请问。

④杏花村：杏花深处的村庄。受此诗影响，后人多用"杏花村"作酒店名。

清　明

王禹偁

〔题解〕

王禹偁（chēng）（954—1001），字元之，济州巨野（今山东巨野）人。世代为农，九岁能文。宋太宗太平兴国八年（983）举进士，授成武县主簿。真宗即位后，任知制诰。王禹偁不求闻达，曾隐居于陕州东郊，植竹木，凿土为洞，称"乐天洞"。在洞前筑草堂，终日弹琴赋诗，号草堂居士。他的诗语言平易流畅，风格简雅古淡。王禹偁推崇杜甫和白居易，他学习杜甫，特别

“注重杜甫‘推陈出新’这一点……用了在当时算得很创辟的语言来歌颂杜甫开辟了诗的领域:‘子美集开诗世界’”(钱锺书《宋诗选注》)。

这首诗是写清明节,众人插柳赏花,踏青饮酒,诗人却过得像山僧一样,挑灯夜读,直到天明。整首诗运用衬托、对比的手法,描绘出清贫寒士发奋读书的情形。《娱书堂诗话》评价此诗:“诗善述冷淡况味,漫笔之。”

无花无酒过清明,①兴味萧然似野僧。②
昨日邻家乞新火,③晓窗分与读书灯。④

〔注释〕

①无花无酒:无心赏花,也无钱买酒。

②兴味:兴趣、趣味。萧然:清净冷落。

③乞:讨,求取火种。新火:唐宋习俗,清明前一日禁火寒食,到清明节再起火,称为“新火”。

④“晓窗”句:在拂晓时分,天还没亮,就点灯坐在窗前读书了。

社　日

王　驾

〔题解〕

王驾(851—?),字大用,自号守素先生,河中(今山西永济)人。唐昭宗大顺元年(890)进士,授校书郎。官至礼部员外郎,后来弃官隐居,与郑谷、司空图为诗友,在当时才名卓著。王驾的绝句，构思巧妙，自然流畅，为司空图所推崇。

社日，即古代祭土地神的日子。汉以前仅有春社，汉以后有春、秋两社日。春社祈求土地神保佑获得丰收，秋社感谢土地神的保佑。南朝梁宗懔《荆楚岁时记》说："四邻并结综合社，牲醪，为屋于树下，先祭神，然后飨其胙。"社日不仅是祭土地神的日子，同时也是农民们自娱自乐的日子。此诗描写了农家社日活动的情景，全诗没有正面描写社日仪式活动，主要通过对社日活动开始前与结束后的侧面描写，描绘出一幅富庶太平的热闹景象。沈德潜在《唐诗别裁集》中评价此诗："极村朴中传出太平风景。"

鹅湖山下稻粱肥，①豚栅鸡栖对掩扉。②
桑柘影斜春社散，③家家扶得醉人归。④

〔注释〕

①鹅湖：在江西铅山北，原名荷湖山，晋末有龚氏在此养鹅，改名鹅湖。稻粱肥：田里庄稼长得很好，丰收在望。

②豚栅：指猪栅栏，猪圈。鸡栖：鸡窝，这里指鸡窝里关着鸡。掩：指门关上了，没有锁。扉：门。

③桑柘(zhè)：桑树和柘树，这两种树的叶子都可用来养蚕。影斜：树影倾斜，太阳偏西。春社散：春社的聚宴已经散了。

④醉人：喝醉酒的人。

寒　食

韩　翃

〔题解〕

韩翃(hóng)，生卒年不详，字君平，南阳(今河南沁阳附近)

人。唐玄宗天宝十三载(754)举进士。曾在淄青节度使侯希逸与汴宋节度使李勉幕中任职,官至中书舍人。“大历十才子”之一,笔法轻巧,写景别致,“情感力度较弱而词语意象清丽一流”(葛兆光《唐诗选注》),他的诗在当时传诵很广。

寒食,节日名,在冬至后一百零五日,通常在清明前一二日。这一天禁烟火,吃冷食。韩翃的这首诗就描写了唐代寒食节的情况,深受唐德宗的欣赏。诗借汉代的事来讽喻唐代的现实,这是唐诗创作中经常采用的方法。这首诗表面上写汉代宫廷对亲近的豪门贵族的关照,实际上是写唐代宫廷对亲近的豪门贵族的过分关照。清人贺裳《载酒园诗话》指出:“此诗作于天宝中,其时杨氏擅宠,国忠、铦与秦、虢、韩三姨号为五家,豪贵荣盛,莫之能比,故借汉王氏五侯喻之。即赐火一事,而恩泽先沾于戚畹,非他人可望,其余锡予之滥,又不待言矣。寓意远,托兴微,真得风人之遗。”

春城无处不飞花,①寒食东风御柳斜。②
日暮汉宫传蜡烛,③轻烟散入五侯家。④

〔注释〕

①春城:指春天的京城长安。飞花:风吹花落的样子。

②御柳:御苑之柳,旧俗每于寒食折柳插门。

③传蜡烛:寒食节普天下禁火,但权贵宠臣可因皇帝恩赐而得到燃烛。《春明退朝录》:“清明取榆柳之火以赐近臣。”

④五侯:西汉成帝同时封其舅王谭为平阿侯,王商为成都侯,王立为红阳侯,王根为曲阳侯,王逢时为高平侯,世称“五侯”。这里用“五侯”泛称与皇家亲近的豪门贵族。

江南春

杜　牧

〔题解〕

杜牧曾长期在南方为官，因此对南方的自然景致与人文景观有深切的了解。此诗句句写景，正如黄周星《唐诗快》中所说：“若将此诗画作锦屏，恐十二扇铺排不尽。”宋顾乐《唐人万首绝句选评》也说：“二十八字中写出江南春景，真有吴道子于大同殿画嘉陵山水手段，更恐画不能到此耳。”这首诗以简练的笔法描绘出了江南春色、春声，还有建筑，让人似乎看到了江南春景的辽阔、旖旎与深邃，表现了诗人对江南美景的赞美与热爱。

千里莺啼绿映红，①水村山郭酒旗风。②
南朝四百八十寺，③多少楼台烟雨中。④

〔注释〕

①千里：到处的意思。“千”也作“十”。莺啼：黄莺叫。绿映红：绿色的草木映衬着红色的花朵。“绿”与“红”在这里同时用了词性活用与借代两种修辞手法，首先将形容词用作名词，再将草木与花朵的颜色用来代称草木与花朵。

②水村山郭：指依山傍水的农村与城市，互文的修辞手法。山郭，依山而建的外城，古代内城为城，外城称郭。酒旗：一种挂在门前以作为酒店标记的小旗，又称酒望子、酒帘、青旗、锦旆。风：用作动词，形容酒家的

店招在风中飘扬。

③南朝:指先后与北朝对峙的宋、齐、梁、陈政权。四百八十寺:南朝皇帝和大官僚好佛,在京城(今南京市)大建佛寺。南朝时期佛教非常盛行,《南史·郭祖深传》说:"都下佛寺五百余所,穷极宏丽。"这里说"四百八十寺"是虚数。

④楼台:楼阁亭台,此处指寺院建筑。烟雨:细雨蒙蒙,如烟如雾。

上高侍郎

高　蟾

〔题解〕

高蟾,生卒年不详,渤海(今河北沧州)人,唐僖宗乾符三年(876)举进士,昭宗乾宁(894—898)中,官至御史中丞。

诗题也作《下第后上永崇高侍郎》。"永崇",长安坊名。"高侍郎"指高湜(shí),据《旧唐书·懿宗纪》可知,他于唐咸通十一年(870)以中书舍人的身份负责礼部贡举,咸通十二年(871)为礼部侍郎,这首诗正是高湜担任礼部侍郎期间,高蟾写给他的。由于这首诗受到高湜等人的赏识,乾符三年(876)高湜的堂兄弟高湘负责贡举,便将他录取了。此诗颇获好评,如五代孙光宪《北梦琐言》称其"盖守寒素之分,无躁竞之心"。这首诗是高蟾落第后所作,他对科举考试的不公平待遇深为不满,用形象化的语言、比喻的方式将自己的不满情绪表现得很含蓄。前两句写碧桃生于天上、红杏生于日边,表明公卿子弟与孤寒子弟位势悬殊;"和露种""倚云栽",意思是公卿子弟应试,又得公卿汲引,必能应举。后两句写芙蓉非不灿烂,非不可比碧桃红杏，无奈生于秋江之上，不在天上日边，又无“和露种”“倚云栽”之比，只好自怨命薄，不怨主司，所以说“不向东风怨未开”。

天上碧桃和露种，①日边红杏倚云栽。②
芙蓉生在秋江上，③不向东风怨未开。④

〔注释〕

①天上：天空中，比喻朝廷。碧桃：古诗文中多特指传说中西王母给汉武帝的仙桃。这里指仙桃。

②日边：指太阳边，比喻在皇帝身边。

③“芙蓉”句：自己像秋天生长在江水中的芙蓉，迟迟没有开放。比喻落榜了。

④东风：比喻主考官的关照。

绝　句

僧志南

〔题解〕

僧志南，南宋人，生卒年不详，号明老，会稽（今浙江绍兴）人。这首诗通过切身体会写出了江南春水、春雨、春风、春柳的美丽，而且这些景物交织在一起，构成一幅美丽的图画，可以看出诗人对生活的欣喜之情。前两句写行为：首句写诗人在古树的树影下拴好了小船，次句写诗人拄着藜杖走到了桥的东面。下两句为倒装句式，应为：“杏花雨沾衣欲湿，杨柳风吹面不寒。”整首诗未提及一个春字，却春意盎然；未说喜悦，却欣喜之情溢出诗篇。《诗人玉屑》中写道:“晦庵尝跋其卷云:南诗清丽有余,格力闲暇,无蔬笋气。如云‘沾衣欲湿杏花雨,吹面不寒杨柳风’,余深爱之。”

古木阴中系短篷,①杖藜扶我过桥东。②
沾衣欲湿杏花雨,③吹面不寒杨柳风。④

〔注释〕

①系(xì):联接。短篷:小船。篷,船帆,船的代称。因为船小,所以篷也就比较短。

②杖藜:“藜杖”的倒文。藜,一年生草本植物,茎杆直立,长老了可做拐杖。

③杏花雨:清明前后杏花盛开时节的雨。

④杨柳风:古人把应花期而来的风称为花信风。从小寒到谷雨共二十四候,每候应一种花信,总称“二十四花信风”。其中清明节尾期的花信是柳花,或称杨柳风。

游园不值

叶绍翁

〔题解〕

叶绍翁,生卒年不详,字嗣宗,号靖逸,祖籍浦城(今福建浦城),后迁居处州龙泉(今浙江龙泉),大致活动于南宋宁宗、理宗时期(1195—1264)。叶绍翁最擅长七绝,诗属江湖派,意境高远,用语新警。

钱锺书的《宋诗选注》说这首古今传诵的诗“其实脱胎于陆

游《剑南诗稿》卷十八《马上作》：'平桥小陌雨初收，淡日穿云翠霭浮。杨柳不遮春色断，一枝红杏出墙头。'不过第三句写得比陆游的新警。"这首诗写到朋友家的花园游玩，却没见到朋友的感受。古时游园，是游私园，和后世的公园不同。这首诗心理描写极为细腻，短短的四句诗写出了诗人由期望到失望，再到他意外得到满足的心理变化过程，充满理趣。《宋才子传》中写道："《靖逸小稿》一卷，辞濬意远，颇耐人咀味。如'春色满园关不住，一枝红杏出墙来'，至今脍炙人口，虽村巷妇稚皆能诵之。"

应怜屐齿印苍苔，①小扣柴扉久不开。②
春色满园关不住，③一枝红杏出墙来。④

〔注释〕

①应：应该。怜：爱惜，怜惜，怜悯，是爱的意思。屐齿：木屐，古代一种木质的鞋，鞋底有横木齿。底部的锯齿可以防滑。苍苔：青色的苔藓。

②小扣：轻轻地敲。扣，敲。柴扉：用树枝编成的简陋的门。

③"春色"句：这句应该是"满园春色关不住"，为了平仄的需要，才如诗中所表述。

④"一枝"句：唐代的吴融有诗句："一枝红杏出墙头，墙外行人正独愁。"（《途中见杏花》），还有"题解"中钱锺书先生所提及的陆游的诗作，可见这句是化用前人诗句，但是与"春色"句相接，更为流畅、自然。

客中行

李　白

〔题解〕

魏颢《李翰林集序》说："白始娶于许，生一女、一男曰明月奴，女既嫁而卒。又合于刘，刘诀。次合于鲁一妇人，生子曰颇黎。”可见，唐开元末，李白在许夫人去世后，曾携一儿一女来到山东，并和山东的一位女子同居过，最常住的地方是任城(今山东济宁)和沙丘(今山东莱州)。此诗当是他在山东生活时所作。客中，指旅居他乡。此诗未写饮酒场面之热烈，而饮酒场面却在字里行间流溢而出；未写思乡之情绪，而思乡情绪却极其浓郁，抒发了诗人的豪情逸兴，从中可见诗人豪放不羁的性格。清黄叔灿《唐诗笺注》称李白“借酒以遣客怀，本色语却极情致”。清李锳《诗法易简录》分析道：“首二句极言酒之美，第三句以‘能醉客’紧承‘美酒’，点醒‘客中’，末句作旷达语，而作客之苦，愈觉沉痛。”

兰陵美酒郁金香，①玉椀盛来琥珀光。②
但使主人能醉客，③不知何处是他乡。④

〔注释〕

①兰陵：今山东临沂苍山兰陵；一说位于今四川境内。郁金香：散发郁金的香气。郁金，一种香草，《魏略》云：“生大秦国，二三月花，如红蓝，四五月采之。其香十二叶，为百草之英。”用以浸酒，浸酒后呈金黄色。

②玉椀(wǎn)：玉制的食具，亦泛指精美的碗。椀，同“碗”。琥珀：一种树脂化石，呈黄色或赤褐色，色泽晶莹。这里形容美酒色泽如琥珀。酿酒时加入郁金，能使酒成琥珀色，并有特殊的香味。

③但使：只要。醉客：让客人喝醉酒。醉，使动用法。

④他乡：异乡，家乡以外的地方。

题　屏

刘季孙

〔题解〕

刘季孙(1033—1092),字景文,祥符(今河南开封)人。曾任饶州酒务,宋神宗时任两浙兵马都监。苏轼主管杭州时,对他很赏识,曾上表推荐过他,后被任命为隰州知州,官至文思副使。刘季孙博通史传,喜好异书、古文、石刻,精于鉴赏。

诗题也作《题饶州酒务厅屏》。宋叶梦得《石林诗话》卷下说:刘季孙曾以左班殿直官衔监督饶州酒务。江东提刑王安石巡视饶州酒务,在官署看到此诗大加赞赏,并破格提拔刘季孙任饶州的"教育局长",刘季孙也由此闻名。这首诗以幽默而轻松明快的笔调写燕子惊醒睡梦,于是杖藜携酒游赏芝山,抒发了寄情山水的闲适心情。从诗中所描写的幽静闲适的意境来看,诗人具有超凡脱俗的情怀与淡泊闲适的志趣。此诗对燕子作拟人化处理,使诗歌变得非常生动。

呢喃燕子语梁间,①底事来惊梦里闲。②
说与旁人浑不解,③杖藜携酒看芝山。④

〔注释〕

①呢喃:形容燕子在屋梁上叫着,仿佛在低声细语。

②底事:何事,什么事。闲:安静。

③浑:都,全部,几乎。

④芝山：在饶州（今江西鄱阳）北，初名土素山，据传唐代刺史薛振曾在山上拾得灵芝仙草，因而改名芝山。

漫　兴

杜　甫

〔**题解**〕

杜甫于唐肃宗乾元二年（759）岁末到达成都，住在西郊浣花溪的寺庙里。次年春天，在亲友的帮助下，在浣花溪畔建了一座草堂，终于结束了流徙生活，有了一个栖身之所。《漫兴》是杜甫《绝句漫兴九首》中的第五首，作于唐肃宗上元二年（761），当时杜甫就住在成都浣花溪草堂。漫兴，即随性而至，信笔写来。明王嗣奭（shì）《杜臆》称："兴之所到，率然而成，故云《漫兴》，亦竹枝、乐府之变体也。"仇兆鳌在《绝句漫兴九首》中分析道："人当适意时，春光亦若有情；人当失意时，春色亦成无赖。犹所谓'感时花溅泪，恨别鸟惊心'也。"当时安史之乱尚未完全平定，杜甫没有稳定而可靠的经济收入来维持日常生活，身体又不好，因此见春将尽，不禁为之断肠，忧心忡忡。

肠断江春欲尽头，①杖藜徐步立芳洲。②
颠狂柳絮随风舞，③轻薄桃花逐水流。④

〔**注释**〕

①肠断：形容极度伤心。江春：也有一些版本作"春江"。尽：也作"白"。

②藜:藜杖。徐步:缓行,漫步。芳洲:长满花草的水中陆地。前两句仇兆鳌注道:“此见春光欲尽,有傲睨万物之意。”

③颠狂:放荡不羁。

④轻薄:轻佻浮薄。

庆全庵桃花

谢枋得

〔题解〕

谢枋得(1226—1289),字君直,号叠山,弋阳(今江西弋阳)人。南宋理宗宝祐四年(1256)举进士,景定五年(1264),因忤贾似道,谪居兴国军。度宗咸淳三年(1267),赦归。恭帝德祐元年(1275),元兵大举南下,出任江东提刑、江西招谕使,防守信州,终因孤军无援而失败。后隐姓埋名于建宁唐石山。元世祖至元二十六年(1289)四月,福建行省参政魏天佑将其解送至燕京,绝食死。

“庆全庵”是诗人隐居于福建建宁唐石山时为自己的住所取的名字。信州失守后,他的妻子儿女及兄弟叔侄均惨遭杀害,唯有他逃脱,故名。此诗借歌咏住所边的桃花,含蓄而又准确地说明了自己的身份、处境与志向:不希望外人知道此处有桃花,表达了不任新朝的决心。这首诗典故运用贴切,语言形象。

寻得桃源好避秦,①桃红又是一年春。②
花飞莫遣随流水,③怕有渔郎来问津。④

〔注释〕

①桃源:“桃花源”的省称,晋人陶潜作《桃花源记》,有渔人从桃花源入一山洞,看见秦时避乱的后裔都住在这里,“土地平旷,屋舍俨然。有良田、美池、桑竹之属。阡陌交通,鸡犬相闻。其中往来种作,男女衣着悉如外人。黄发垂髫,并怡然自乐”。渔人出洞归,后再往寻找,遂迷,不复得路。后就用桃花源指避世隐居的地方,也指理想的境地。

②桃红:桃花开放。

③莫:不,不要。遣:让。

④问津:询问渡口。这里用陶渊明《桃花源记》中“无人问津”意,指寻访。

玄都观桃花

刘禹锡

〔题解〕

刘禹锡曾参加王叔文领导的革新运动,失败后被贬为朗州司马。唐宪宗元和十年(815)春,与柳宗元、韩泰等一起被召回京师,写下了《玄都观桃花》,旋又出为连州刺史。文宗大和二年(828),作者重新回到长安担任主客郎中,见新贵满朝,作《再游玄都观》,被人所恼,以为轻薄,又遭黜。诗题也作《元和十年自朗州召至京戏赠看花诸君子》,与上一首《庆全庵桃花》相比,这首诗未用典故,作者用形象化的语言、比喻的方法,借春日玄都观的桃花艳丽和游人如织,来比喻奸邪得势、贤良被逐,鲜明地表达了自己对朝廷新贵的讽刺与蔑视之情。

紫陌红尘拂面来，[①]无人不道看花回。[②]
玄都观里桃千树，[③]尽是刘郎去后栽。[④]

〔注释〕

①紫陌：指京师郊野的道路，此处代指京师。陌，田间小路。红尘：飞扬的尘土，这里是形容繁华热闹。拂面：迎面、扑面。

②道：说。

③玄都观：道教庙宇名，在长安城南崇业坊（今西安市南门外）。桃千树：极言桃树之多。

④刘郎：作者自指。去：一作“别”。这句是说，你们这些新贵都是在王叔文变法失败后，攀附当权者而得势的小人。

再游玄都观

刘禹锡

〔题解〕

此诗前有小序一篇，介绍了《玄都观桃花》与本诗的写作背景，现录之如下：“余贞元二十一年（805）为屯田员外郎时，此观未有花。是岁出牧连州，寻贬朗州司马。居十年，召至京师。人人皆言，有道士手植仙桃，满观如红霞，遂有前篇以志一时之事。旋又出牧。今十有四年，复为主客郎中，重游玄都观，荡然无复一树，惟兔葵、燕麦动摇于春风耳。因再题二十八字，以俟后游。时大和二年（828）三月。”这首诗是刘禹锡又被贬出京，十四年后重被召回，写下此篇。这首诗仍然是以桃花作比喻，通过玄都观桃花的命运，写出当初得势的人已经销声匿迹，显示了自己决不向权贵低头的不屈不挠的精神。

百亩庭中半是苔，[1]桃花净尽菜花开。[2]
种桃道士归何处？[3]前度刘郎今又来。[4]

〔注释〕

①百亩庭中：指玄都观百亩大的观园。庭中，也作"中庭"。苔：青苔。

②净：空无所有。尽：完。

③种桃道士：暗指当初打击王叔文、贬斥刘禹锡的权贵们。

④前度刘郎：指诗人自己。度，次。

滁州西涧

韦应物

〔题解〕

韦应物于唐德宗建中二年（781）任滁州（今安徽滁州）刺史，兴元元年（784）冬罢滁州刺史，就住在滁州，直到贞元元年（785）秋出任江州刺史。此诗当作于韦应物生活在滁州期间。滁州，在今安徽滁州以西。西涧，在滁州城西，俗名称上马河。此诗写景如画，正如清黄叔灿《唐诗笺注》所评："闲淡心胸，方能领略此野趣。所难尤在此种笔墨，分明是一幅图画。"有解诗的人认为此诗有刺意，刺君子在下，小人在上。王尧衢解首句曰："言西涧之幽，芳草可爱，我独怜之而散步至此。"其解二句曰："春虽暮矣，尚有黄莺深树里啼啭，物情尽堪留恋。"其解三句曰："此时春水泛滥，雨后之潮，晚来更急。"其解末句曰："春雨水涨，渡头过渡者稀少，故有无人之舟，因水泛而自横耳。此偶赋西涧之景,不必有所托意也。”此知言也。

独怜幽草涧边生,[1]上有黄鹂深树鸣。[2]
春潮带雨晚来急,[3]野渡无人舟自横。[4]

〔注释〕

①独怜:唯独喜欢。幽草:指深绿色的草,草绿得发暗。幽,一作“芳”。生:一作“行”。

②深树:枝叶茂密的树。深,也作“远”。树,也作“处”。

③春潮:春天的潮汐。

④野渡:郊野的渡口。横:指随意飘浮。

花　影

苏　轼

〔题解〕

以整首诗来描写花影的咏物诗不多见,可见此诗选材新颖。这首诗描写了花影白天灭,晚间又来,语言生动活泼,很富有生活情趣。

重重叠叠上瑶台,[1]几度呼童扫不开。[2]
刚被太阳收拾去,[3]却教明月送将来。[4]

〔注释〕

①重重叠叠:形容地上的花影一层又一层,很繁密。瑶台:指房屋的

露台,或房屋附近的平台。

②几度:几次。童:指年龄尚小的男仆。扫不开:扫不去,扫不掉。前两句说,亭台上的花影太厚了,几次叫仆人扫都扫不掉。

③收拾去:指日落时,花影消失,好像被太阳收拾走了。

④教:让。送将来:指花影重新在月光下出现,好像是月亮送来的。将,语气助词,用于动词之后。后两句说,太阳落了,花影刚刚消失,明月升起,它又随着月光出现了。

北　山

王安石

〔题解〕

诗题的北山即南京的钟山,王安石父母去世后,分别葬于南京的牛首山与钟山。王安石曾在南京担任过提点江东刑狱、江宁知府等官职,退休后长期生活在钟山。宋元丰七年(1084)七月,苏轼离开黄州贬所,路过江宁,特地拜访了退居钟山的王安石,见此诗还依韵和了一首:"骑驴渺渺入荒陂,想见先生未病时。劝我试求三亩宅,从公已觉十年迟。"元丰八年(1085)四月,王安石就去世了,《北山》显然为诗人暮年所作。宋叶梦得《石林诗话》卷上分析道:"王荆公晚年诗律尤精严,造语用字,间不容发。然意与言会,言随意遣,浑然天成,殆不见有牵率排比处。如'含风鸭绿粼粼起,弄日鹅黄袅袅垂',读之初不见有对偶。至'细数落花因坐久,缓寻芳草得归迟',但见舒闲容与之态耳。而字字细考之,若经檃(yǐn)括权衡者,其用意亦深刻矣。"

北山输绿涨横陂,①直堑回塘滟滟时。②

细数落花因坐久，[3]缓寻芳草得归迟。[4]

〔注释〕

①北山：今南京东郊的钟山，即紫金山。输绿：输送绿色的水。陂(bēi)：池塘。

②直堑：周边呈直线形的沟堑。堑，壕沟。回塘：弯曲的池塘。滟滟(yàn)：形容春水在阳光下闪闪发光的样子。

③数：查点。因：于是、因而。

④得：可以、能够。

湖　上

徐元杰

〔题解〕

徐元杰(1194—1245)，字仁伯，号梅野，信州上饶(今江西上饶)人。南宋理宗绍定五年(1232)进士第一，签书镇东军节度判官厅公事。尝在京任校书郎，迁将作监，历官给事中、国子祭酒，擢中书舍人。淳祐五年(1245)，暴疾卒。

《湖上》写杭州西湖风景，因为作者长期在杭州任职。前两句写景：第一句写百花齐放、百鸟争鸣，第二句写百草丰茂、风平浪静、白鹭群飞。这两句诗写得有声有色、有动有静、有高有低，景物繁富，色彩斑斓，交相辉映。后两句写画中人：风和日丽，人心情舒畅，在夕阳中，好多条游船伴随着音乐声陆陆续续地返回了。此诗将视觉形象、听觉形象、触觉形象融合在一起，描绘出了一幅西湖春景图。

花开红树乱莺啼,[1]草长平湖白鹭飞。[2]
风日晴和人意好,[3]夕阳箫鼓几船归。[4]

〔注释〕

①红树:指开满红花的树。红,使动用法。乱莺啼:指到处都是黄莺的啼叫。乱,形容多。

②平湖:平静的湖面。长:茂盛。

③风日晴和:风和日丽。风日,一作“风物”。人意:游人的心情。

④箫鼓:吹箫击鼓,指游船上奏着音乐。几船归:意为有许多船归去。

漫　兴

杜　甫

〔题解〕

此诗为杜甫《绝句漫兴九首》之七,本卷前有《漫兴》(肠断江春)为《绝句漫兴九首》之五,对这组诗的写作时间与背景已做了说明。这首诗刻画得细腻逼真,语言通俗生动,意境清新隽永,而又充满深挚淳厚的生活情趣。作者采用移步换景的方式,分别写了四种暮春季节最富有特征的事物。“糁”“铺”“点”“叠”“傍”等动词都用得准确而生动,恰到好处地表现出了事物的特征。这四句诗,一句一景,一句诗一幅画面,看似独立,而又联系在一起,构成了初夏郊野的自然景观。这四句如截取七律中间二联,双双皆对,又能针脚细密,前后照应。前两句写杨花、青荷,点明是在林间溪边,后两句所写的雉子、凫雏,但也都在林中沙上。前后关照,互相映衬,看似散漫,却浑然一体。

糁径杨花铺白毡，[1]点溪荷叶叠青钱。[2]
笋根雉子无人见，[3]沙上凫雏傍母眠。[4]

〔注释〕

①糁(sǎn)径：散落细碎杨花的小路。糁，原意为饭粒，这里用作动词，散落、散布。

②点溪：星星点点地散布在溪水中。青钱：古代的一种青铜钱，这里比喻新生的荷叶。

③雉子：小野鸡。一作“稚子”，指嫩竹笋。这句话是说在春笋根部的小野鸡没有被人发现。

④凫雏：野鸭幼雏。傍：依偎。

春 晴

王 驾

〔题解〕

诗题也作《雨晴》《晴景》。这是一首即兴之作，作者采用拟人的手法，描绘了下雨前与下雨后风景的不同，写春色稍纵即逝。这首诗在构思上新颖别致，可谓出奇制胜，前三句所写都在情理之中，后一句所写却出人意料，而正是这后一句起到了画龙点睛的作用，使作者惜春恋花的情感得到了升华。

雨前初见花间蕊，[1]雨后全无叶里花。[2]
蛱蝶纷纷过墙去，[3]却疑春色在邻家。[4]

〔注释〕

①“雨前”句：雨前初次见到花蕊。蕊，花心。

②“雨后”句：雨后花都没有了。“叶里花”一作“叶底花”。

③蛺蝶：一作“蜂蝶”。蛺蝶身体比较大，色彩比较鲜艳。

④疑：疑心。

春 暮

曹 豳

〔题解〕

曹豳(1170—1249)，字西士，号东亩，瑞安(今浙江瑞安)人。宋宁宗嘉泰二年(1202)进士，后官至工部侍郎。曹豳为左司谏时，针对当时朝政腐败上言直陈，与王万、郭磊卿、徐清叟因为直谏而闻名，当时号“嘉熙四谏”。曹豳诗风不拘囿于四灵或江西一派，他的“古风调畅流丽，得元、白之意；律诗精切帖妥，拍姚、贾之肩，非若小家数然”(刘克庄《后村先生大全集》)。

这首诗前两句写所见。首句写春天即将过去，但是对落花却无人过问。通常人们对待落花都会有一种无可奈何的痛惜之情，但是这句诗却一反常态，对春天即将过去采取听之任之的态度。次句却用赞赏的态度描写了夏天树木的冉冉绿色，显得生机勃勃，无边无际。后两句写林中的黄莺叫声停歇，已经听不见了，青蛙则开始登场叫个不停。

门外无人问落花，绿阴冉冉遍天涯。①
林莺啼到无声处，②青草池塘独听蛙。③

〔注释〕

①绿阴：绿树浓荫。冉冉：通“苒苒”，草木茂盛的样子。天涯：天边。

此指广阔大地。

②无声处：听不到莺啼叫的声音。

③独听蛙：只听见蛙鸣声。独，只。

落　花

朱淑真

〔题解〕

朱淑真，生卒年不详，号幽栖居士，钱塘（今浙江杭州）人。其所作诗词，南宋魏仲恭编为《断肠诗集》，其淳熙九年（1182）序称朱淑真“早岁不幸，父母失审，不能择伉俪，乃嫁为市井民家妻。一生抑郁不得志，故诗中多有忧愁怨恨之语，每临风对月，触目伤怀，皆寓于诗，以写其胸中不平之气。竟无知音，悒悒抱恨而终”。

诗题也作《惜春》，诗用象征手法写了诗人的爱情遭到打击的感受。朱淑真曾经有过意中人，如她的《元夜三首》其三描写了与恋人约会的情况：“火烛银花触目红，揭天鼓吹闹春风。新欢入手愁忙里，旧事惊心忆梦中。但愿暂成人缱绻，不妨常任月朦胧。赏灯那得工夫醉，未必明年此会同。”她的自主恋爱遭到了父母的反对，将她嫁给了不爱的人，她的愿望未能实现，爱情之花也陨落了。这首诗通过写风雨摧残并生的花朵，表现了惜春之情，即现实的沉痛。同时又寄希望于春帝，表现了对美好生活的向往。

连理枝头花正开，①妒花风雨便相催。②
愿教青帝常为主，③莫遣纷纷点翠苔。④

〔注释〕

①连理枝:两棵树连生在一起,枝叶交缠。诗人常以之比喻夫妻恩爱。

②妒:嫉妒,采用了拟人的修辞手法。便:也作"苦"。催:催促。

③愿:希望。教:使、让、请。青帝:掌管春天的神,又称东君,东皇。

④莫遣:不要让。纷纷:也作"纷飞"。点翠苔:指花瓣飘落,点缀在翠绿的苔藓之上。

春暮游小园

王　淇

〔题解〕

王淇,生卒年不详,字菉猗,宋人,与谢枋得有交。

这首诗写小园早春有梅花,仲春有海棠,暮春有荼蘼,夏天还没有到来,天棘嫩绿的线状枝条已经探过墙头。诗的构思很精巧,首先按照花开的顺序,描绘出春天的美丽景色;同时也写出花色的变化,描绘出春天的变化。在交代这些变化的过程中,表现出了作者惜春的情感与对年华易逝的感慨。

一从梅粉褪残妆,[1]涂抹新红上海棠。[2]
开到荼蘼花事了,[3]丝丝天棘出莓墙。[4]

〔注释〕

①一从:自从。褪残妆:指梅花脱落,凋谢。褪,写出了梅花的颜色由深变浅的过程。残妆,拟人的手法,使人想到梅花盛开时如同化妆的年轻女子一样美丽。

②“涂抹”句:这句是写海棠,作者采用了拟人的修辞手法,形容海棠花的红色就好像刚刚用胭脂涂抹上去一般。

③荼蘼:蔷薇科,落叶灌木,初夏开花,花单生,大型,白色,重瓣。花事了:春天的花就开完了。

④天棘:也称天门冬,百合科,多年生攀缘草本植物。叶退化,由绿色线形叶状枝代替叶的功能。莓墙:长满苔藓的墙。莓,苔藓。

莺 梭

刘克庄

〔题解〕

刘克庄(1187—1269),字潜夫,号后村居士,莆田(今福建莆田)人。以荫入仕,宋理宗淳祐六年(1246)赐同进士出身,授秘书少监,后官至工部尚书,以龙图阁学士致仕。刘克庄为江湖派诗人,成就斐然,现存诗四千余首,词约二百七十首。刘克庄的诗,体裁丰富,题材广泛,多方面反映了当时的社会生活。他的诗歌具有浓厚的主观色彩,笔法冷峻尖刻,善于概括,蕴含深厚。钱锺书在《宋诗选注》里评价他“是江湖派里最大的诗人,最初深受‘四灵’的影响……不过他虽然着重效法姚合、贾岛,也学其他晚唐诗人,比如许浑、王建、张籍,还模仿过李贺,颇有些灵活流动的作品。”

这首诗将在树间飞来飞去的黄莺比喻成织机上的梭子,并说洛阳三月,鲜花似锦,就是黄莺们织成的,可谓立意新颖,构思巧妙。整首诗用语活泼,意境优美,给人耳目一新之感。

掷柳迁乔太有情,①交交时作弄机声。②

洛阳三月花如锦,[3]多少工夫织得成?[4]

〔注释〕

①掷柳:抛柳,指黄莺从柳枝上飞下来,这里形容黄莺在柳枝间飞下时轻捷的样子。迁乔:迁居,指黄莺飞到高大的乔木上,这里形容黄莺往上飞时轻快的样子。

②交交:形容黄莺的鸣叫声。弄机声:开动织布机发出的响声。

③洛阳:今河南洛阳。花如锦:花开得像锦绣一样美丽。锦,有彩色花纹的丝织品。

④织得成:织得出来,织得完。

暮春即事

叶　采

〔题解〕

叶采,生卒年不详,字仲圭,号平岩,邵武(今福建邵武)人。南宋理宗淳祐元年(1241)举进士,后官至翰林侍讲。曾受业于朱熹的弟子蔡渊、陈淳(也称北溪先生)。叶采就学陈淳处,还有一段趣事:"北溪以其好躐(liè)高妙,而少循序就实工夫,屡折而痛砭之,先生自是屏敛锋芒,俛意信向,骎(qīn)趋着实,北溪深喜之。"

《暮春即事》是宋末金履祥所编理学诗选《濂洛风雅》中的一首,此诗具有明显的理学气息,表现了古代某些知识分子"两耳不闻窗外事,一心只读圣贤书"的精神面貌与生活状态。作者提炼了两个生活细节:雀影移到了案头、杨花沉入砚台中,以此生动地说明作者读书的专心致志,也有一种不关心外事的闲适之感。

双双瓦雀行书案，[①]点点杨花入砚池。[②]
闲坐小窗读周易，[③]不知春去几多时。

〔注释〕

①瓦雀：在屋瓦上的鸟雀。行书案：瓦雀的影子在书案上移动。

②“点点”句：点点杨花飘入室内，落在砚池里。砚池，指砚台中低洼储水处，代称砚台。

③周易：儒家经典著作。

登　山

李　涉

〔题解〕

李涉，生卒年不详，自号清溪子，洛阳（今河南洛阳）人。曾任陈许节度使幕僚，后来因为多次醉酒被贬谪夷陵（今湖北宜昌夷陵）宰，在那里蹉跎十年。唐宪宗元和年间任太子通事舍人，元和六年（811）闰十二月因故又被贬为硖州（今湖北宜昌）司仓参军，又在此地蹭蹬十年。后来遇赦得还，重游吴楚。后来受到宰相推荐，被征为太常博士。

诗题也作《题鹤林寺僧舍》，鹤林寺原址在今江苏镇江。此诗当为作者在硖州任司仓参军遇赦后，访吴楚时所作。全诗用通俗易懂的口语表达了自己的真情实感，由于诗人在生活道路上屡受挫折，前两句写自己借酒浇愁，醉生梦死，想到春天要结束了，怎么也得勉强去登山呀。后两句写与僧人聊天，获得佛理启示，又得到半日的闲适与清净，心情轻松了许多。前两句是写世俗生活，后两句是写避世的生活，两相对比，足以见出作者现实生活的不得志。

终日昏昏醉梦间，[1]忽闻春尽强登山。[2]
因过竹院逢僧话，[3]又得浮生半日闲。[4]

〔注释〕

①昏昏：迷迷糊糊。

②强：勉强。

③竹院：指寺庙。

④浮生：一词来源于《庄子·外篇·刻意》"其生若浮，其死若休"，意思是说人生在世就像水面上的漂浮物，死去好像休憩长眠。闲：指心中很清静。

蚕妇吟

谢枋得

〔题解〕

谢枋得生长于农村，当过官，后来隐居建宁（今福建建宁）山中，对农村与城市生活都非常熟悉，因此能写出同情蚕妇疾苦的诗《蚕妇吟》。"吟"是古代乐府歌曲名称，如《乐府诗集·相和歌辞》中的"吟叹曲"有《楚王吟》《楚妃吟》等，楚调曲有《白头吟》《梁甫吟》等。由于曲调失传，这些诗都不能按原有曲调唱了。后人写《蚕妇吟》，意思是写蚕妇的诗。此类诗歌往往将歌伎舞女当成了批判的对象，如北宋寇准侍妾所写："一曲清歌一束绫，美人犹自意嫌轻。不知织女萤窗下，几度抛梭织得成？”这首诗也是用对比的手法，通过蚕妇夜半起床劳作的艰辛与歌舞玉人的通宵不寐的对比，表达了对劳动者的同情和对沉溺于享受者的不满。

子规啼彻四更时，①起视蚕稠怕叶稀。②
不信楼头杨柳月，③玉人歌舞未曾归。④

〔注释〕

①子规：杜鹃鸟的别称。啼彻：不断啼叫。四更：古代将夜晚分为五更，四更相当于下半夜的一点到三点钟。

②起：起床。蚕稠：指幼蚕很稠密。稠，多而密。叶稀：指蚕叶稀少。

③不信：二字突出了蚕妇与玉人之间的差别和这种差别的不合理性。楼头杨柳月：指明月西坠，已经挂在柳梢头了，天快要亮了。

④玉人：容貌美丽的人，后来多称美丽的女子，这里指歌女、舞女。

晚春

韩 愈

〔题解〕

韩愈曾长期在京城长安任职。此诗一作《游城南》十六首之三，当与《初春小雨》一样都作于长安。这首诗用拟人的手法，描绘了草木知道春天将要远去，使尽浑身解数，争奇斗艳，可是杨花、榆荚因为没有才华，只能漫天飞舞。朱宝莹《诗式》分析道：“春日晚春，则处处应切晚字。首句从‘春’字盘转到‘晚’字，可谓善取逆势。二句写晚春之景。三句又转出一景，盖于红紫芳菲之中，方现十分绚烂之色，而无如杨花、榆荚不解点染，惟见漫天似雪之飞耳。四句分二层写，而'晚春'二字，跃然纸上。正无俟描头画角，徒费琢斫，只落小家数也。此首合上《春雪》一首，纯从涵泳而出，故诗笔盘旋回绕，一如其文，古之大家，有如是者。"分析得很精道。

草木知春不久归，①百般红紫斗芳菲。②
杨花榆荚无才思，③惟解漫天作雪飞。④

〔注释〕

①不久归：指春天很快就要过去了。

②百般红紫：即万紫千红，色彩缤纷的春花。百般，各种各样或千方百计。斗芳菲：争芳斗艳，竞相开放。

③杨花：指柳絮。榆荚：榆树的果实，亦称榆钱。榆未生叶时，先在枝间生荚，荚小，形如钱，荚老呈白色，随风飘落。才思：才气和思致。《后汉书·文苑传》："（刘表）尝与诸文人共草章奏，并极其才思。"

④惟解：只知道。漫天：满天。

伤　春

杨万里

〔题解〕

杨万里（1127—1206），字廷秀，号诚斋，吉州吉水（今江西吉水）人。宋高宗绍兴二十四年（1154）举进士，为赣州司户参军。历官零陵县丞、国子博士、秘书监，以宝文阁待制致仕。诗学江西诗派，但摆脱了江西诗派的束缚，自创通俗易懂、生动活泼、幽默诙谐的诚斋体。钱锺书评价杨万里的诗:“杨万里的主要兴趣是天然景物,关心国事的作品远不及陆游的多而且好,同情民生疾苦的作品也不及范成大的多而且好;相形之下,内容上见得琐屑。他的诗多聪明、很省力、很有风趣,可是不能沁入心灵。”

诗题也作《晓登万花川谷看海棠》,原诗两首,此为第二首。万花川谷是杨万里的家园林名。有园林,又多病,此诗当为杨万里晚年在家乡所作。诗的前两句是写赏春未成,后两句是发出感慨:年年赏春落空,都因为不是在愁中,就是在病中。整首诗全是议论之语,展现了希望到失望再到感伤的心理变化过程。

准拟今春乐事浓,①依然枉却一东风。②
年年不带看花眼,③不是愁中即病中。④

〔注释〕

①准拟:预料,本以为。浓:多,深。

②枉却:白白地辜负。一东风:一个春天或整个春天。东风,春风。

③“年年”句:仿佛年年都未带有一双赏花的眼睛。

④“不是”句:不是愁绪萦绕,就是疾病缠身。即,就是。

送　春

王　令

〔题解〕

王令(1032—1059),字钟美,后改字逢原,祖籍元城(今河北大名),迁居广陵(今江苏扬州)。不求仕进,诗文有很高的声誉，王安石非常赏识他，并将妻妹嫁给了他。他的诗受韩愈、孟郊、卢仝的影响很深，“大约是宋代里气概最阔大的诗人了”（钱锺书《宋诗选注》），识见高远，想象奇特，风格雄壮。

诗题也作《春怨》，这首诗同样体现了王令诗歌求新出奇的特点。写子规夜半啼血的诗，一般都表达哀怨的情绪，唯有此诗一反常规，写作者热爱晚春，并希望有所作为：残花落后又开放，燕子日日都飞来，将暮春的景色写得生机勃勃。

三月残花落更开，①小檐日日燕飞来。②
子规夜半犹啼血，③不信东风唤不回。④

〔注释〕

①落更开：即还有开花者。更，又。

②“小檐”句：写低矮的屋檐上，燕子天天飞来。这句话表明春色依旧。

③子规：杜鹃，其特点是三四月间夜啼达旦。啼血：传说杜鹃昼夜悲啼，啼至出血乃止。

④不信：不相信。东风：春风、春光。

三月晦日送春

贾　岛

〔题解〕

贾岛的诗别开生面，成僻涩一体。诗题也作《三月晦日赠刘评事》。晦日，夏历每月的最后一天。评事，官名，掌管平决刑狱之事,属大理寺。除夕这一天有守岁、送旧年迎新年的习俗。春天最后一夜,诗人因留恋春天,也守夜相送。这首诗突出了春光的宝贵,别开生面地表现了诗人对春天的珍惜之情。正如黄叔灿《唐诗笺注》所说:“用意良苦,笔亦刻挚。”此诗语言质朴,构思奇巧,格调明快。

三月正当三十日,①风光别我苦吟身。②
共君今夜不须睡,③未到晓钟犹是春。④

〔注释〕

①“三月”句:说明今日正好是春季的最后一天。正当,正值。正,一作“更”。

②风光:春光。风,一作“春”。别:别离。苦吟:这是贾岛作诗的特点,作诗竭尽全力,被称为苦吟诗人。

③共君:同您,与春天一起。拟人的手法。睡:一作“寝”。

④晓钟犹是春:一作“五更还是春”。晓钟,指报晓的钟声,古代用敲钟报时。

客中初夏

司马光

〔题解〕

司马光(1019—1086),字君实,夏县(今山西夏县)涑水乡人,人称涑水先生。宋仁宗宝元元年(1038)举进士。司马光学识渊博,音乐、律历、天文、术数都很精通。熙宁二年(1069)王安石变法,司马光竭力反对。熙宁四年,退居洛阳。退居洛阳十五年的时间里，进行《资治通鉴》的编撰。直到元丰八年(1085)宋哲宗即位，受召到京城任尚书左仆射，上任后，立即废除新法，数月后，就去世了。

诗题也作《居洛初夏作》，可见是退居洛阳后所作。关于这首诗的思想内容，一种认为这是一首夏日即景之作，描写的是诗人出门在外，旅居作客期间所见的初夏景色。诗人把远景和近景相结合，虚景和实景相衬托，描绘出一幅清新明快的夏日小景。一种认为诗人用葵花作比喻，抒发对皇帝忠贞不渝的感情。宋蔡正孙《诗林广记》引《东皋杂记》说："温公居洛阳作此诗，其爱君忠义之志，概见于此。"

四月清和雨乍晴，①南山当户转分明。②
更无柳絮因风起，惟有葵花向日倾。③

〔注释〕

①清和：天气清明而和暖。乍晴：初晴，可见雨已经下了比较长的一段时间。乍，初。

②南山当户：正对门的南山。住房一般坐北朝南，既然称南山，显然在住房的南面，而且距离相当远。当户，正对着门户。转分明：雨中的南山景色朦朦胧胧，天气转晴才清晰可见。

③惟有：仅有，只有。

有　约

赵师秀

〔题解〕

赵师秀(1170—1220)，字紫芝，又字灵秀，号天乐，永嘉(今浙江温州)人。宋太祖八世孙,与徐照、徐玑、翁卷被称为“永嘉四灵”,人称“鬼才”,开创了“江湖诗派”一代诗风。仕途不佳,自言“官是三年满,身无一事忙”。晚年宦游,寓居钱塘(今浙江杭州),在临安去世,葬于西湖。诗歌风格清瘦野逸。

诗题也作《约客》,突出了作者的主人身份。此诗写等待客人的复杂心情,前两句概括了黄梅时节的特征,后两句将等人等不到时的怅然、落寞淋漓尽致地描绘出来。全诗营造出了寂寥索寞的意境,语言通俗流畅。

黄梅时节家家雨,[①]青草池塘处处蛙。[②]
有约不来过夜半,[③]闲敲棋子落灯花。[④]

〔注释〕

①黄梅时节:农历四五月间,江南梅子黄了、熟了的时候,也是阴雨连绵的时候,因此称江南雨季为“黄梅时节”。家家雨:形容处处都在下雨。

②青草池塘:化用了谢灵运《登池上楼》的名句“池塘生春草”,当然也是写实。处处蛙:到处是青蛙。

③有约:即邀约友人。

④闲敲棋子:诗人在百无聊赖中下意识地敲着棋子,借以消磨时间。落灯花:旧时以油灯照明,灯心烧残,落下来时好像一朵闪亮的小花。落:使……掉落。灯花,灯芯燃尽结成的花状物。

闲居初夏午睡起

杨万里

〔题解〕

南宋高宗绍兴末年(1162)孝宗即位,孝宗在位期间,平反岳飞冤案,起用主战派人士,锐意收复中原。他重新起用张浚,杨万里被推荐为临安府教授,因父亲去世不能赴任,赋闲住在故乡吉水(今江西吉水)。诗作于乾道二年(1166),即赋闲丁父忧期间。

这首诗描绘了夏日午睡醒来后,闲看儿童捕捉柳絮的情状,也写出了梅子的酸味渗透牙齿的味觉感受。宋人周密《浩然斋雅谈》称此诗:"极有思致,诚斋亦自语人曰:'功夫只在一捉字上。'""捉"字运用了拟人的修辞手法,它将飘来飘去的柳花说成是故意躲来躲去,不让儿童抓到,这就将"儿童捉柳花"的场景写得非常生动活泼。

梅子留酸软齿牙,①芭蕉分绿与窗纱。②
日长睡起无情思,③闲看儿童捉柳花。④

〔注释〕

①梅子:一种味道极酸的果实。软齿牙:一作"溅齿牙",指梅子的酸味渗透牙齿。

②芭蕉分绿:芭蕉的绿色映照在纱窗上。与窗纱:也作"上窗纱"。与,给予的意思。

③日长:夏季白天长,黑夜短。无情思:没有情绪,指无所适从,不知做什么好。思,意,情绪。

④捉柳花:戏捉空中飞舞的柳絮。柳花,即柳絮。

三衢道中

曾　几

〔题解〕

曾几(1084—1166),字吉甫,号茶山居士,祖籍赣州(今江西赣州),后徙居河南府(今河南洛阳)。曾任江西提刑、浙西提刑等职。后因反对秦桧的和议主张,一度被罢免,曾闲居上饶茶山七年。秦桧死后曾出任浙东提刑、秘书少监等职。他非常推重黄庭坚,诗属江西派,近体诗写得轻快、活泼,“已经做了杨万里的先声”(钱锺书《宋诗选注》)。

《三衢道中》是一首记游诗。“三衢”指三衢山,在今浙江西部衢州常山城北约十公里处,是著名的风景区,也许是在曾几担任浙西提刑时游览过此地。首句写梅子时节本是多雨的时节,但现在却是特别难得的晴朗天气;第二句写游踪,来体现尽情游赏的快乐。后两句更进一层,写即使是返回途中,游赏的兴味也不减,抒发了诗人愉快的心情。

梅子黄时日日晴,①小溪泛尽却山行。②
绿阴不减来时路,③添得黄鹂四五声。④

〔注释〕

①梅子黄时:指五月,梅子成熟的季节。

②小溪泛尽:乘小船走到小溪的尽头。小溪,小河沟。泛,乘船。尽,尽头。却山行:再走山间小路。却,再的意思。

③绿阴:苍绿的树阴。不减:并没有少多少,差不多。

④黄鹂:黄莺。

即 景

朱淑真

〔题解〕

诗题也作《清昼》《初夏》。即景,就是以眼前景物为题材作的诗。田汝成评价此诗:“淑真诗词多柔媚,独《清昼》一绝、《送春》一词颇疏俊可喜。”(《田汝成词话》)全诗的角度,是以青春少女的眼光写了初夏的情景。诗的首句就很受推崇,明徐伯龄《蟫精隽》说:“后村刘克庄尝选其诗,若‘竹摇清影’等句,为世脍炙。”这开头一句,让人一下子进入一个清幽、孤寂的世界。而后的鸟儿鸣叫和夕阳沉落,却扰乱了诗人的清静。第三句用工笔细描,写海棠花谢了,柳絮消失了,春天已经过去了。最后一句是对前三句所渲染的清寂、恼人和落寞的环境的总结,夏季白天越来越长了,空房独坐,郁郁寡欢,直接抒发了诗人空虚、寂寞、无聊、慵懒的难以消遣的情绪,体现了女诗人特有的、细腻的观察和准确传神的表达。

竹摇清影罩幽窗,①两两时禽噪夕阳。②
谢却海棠飞尽絮,③困人天气日初长。④

〔注释〕

①清影:清幽的影子。罩幽窗:笼罩着幽静的纱窗。

②时禽:燕子之类的候鸟。噪:这里指很多鸟的叫声吵扰。

③谢却海棠：海棠花谢了。飞尽絮：柳絮消失了。

④日初长：白天越来越长了。

初夏游张园

戴复古

〔**题解**〕

戴复古（1167—约1252），字式之，号石屏，天台黄岩（今浙江台州黄岩）人。终身不仕，浪迹江湖，晚年归隐于家乡石屏山下。戴复古是江湖诗派重要作家，诗歌语言清丽，风格豪迈，接近苏辛。他的作品“受了四灵提倡的晚唐诗的影响，后来又掺杂了些江西派的风格”，“据说他为人谨慎……可是他的诗里每每指斥朝政国事，而且好像并不怕出乱子得罪人”（钱锺书《宋诗选注》）。

诗题也作《夏日》《初夏游石门张园》，诗人所游的张园当在今浙江嘉兴石门。这首诗用洗练、朴实、生动的语言描写了江南初夏园林宴饮的潇洒惬意，也可见出宋代江南小镇的优美环境与闲适富足的生活。

乳鸭池塘水浅深，①熟梅天气半晴阴。②
东园载酒西园醉，③摘尽枇杷一树金。④

〔**注释**〕

①乳鸭：刚孵出不久的小鸭。池塘水浅深：指石门地区池塘很多，有的水深，有的水浅。

②半晴阴：天气一会儿晴一会儿阴。

③“东园”句：是互文的修辞手法，无论是游东园还是游西园，都饮酒赋诗一醉方休。

③枇杷：植物名，果实球形，成熟时呈金黄色。味甜，可食。一树金：一树金黄色的枇杷果像金子一样。

鄂州南楼书事

黄庭坚

〔题解〕

黄庭坚(1045—1105)，字鲁直，号山谷道人，洪州分宁(今江西修水)人。宋英宗治平四年(1067)进士，后官至起居舍人。后来因为修《神宗实录》失实，贬为涪州别驾，因自号涪翁。黄庭坚为“苏门四学士”之一，作诗宗法杜甫，并有“夺胎换骨”“点石成金”“无一字无来处”之论。钱锺书这样评价黄庭坚的诗歌：“内容……繁富得多，词句的性质也就复杂得多，来源也就广博冷僻得多。”(《宋诗选注》)他的诗风格峭刻生新、深折透辟、老辣硬涩。他开创了江西诗派，在宋代诗坛影响很大。

此诗为四首组诗中的第一首。因为黄庭坚曾知鄂州(今湖北武汉武昌)，寓居鄂州期间，在崇宁二年(1103)写了这组诗。鄂州南楼故址在今武汉武昌南。诗歌描写了登临远眺的景色，描绘了眼前的湖光山色、十里荷香，境界十分开阔，这也是写景从大处着笔所收到的效果。这首诗综合运用了视觉形象、嗅觉形象、触觉形象，同时化用前人诗句时都收到了夺胎换骨的效果。

四顾山光接水光，①凭栏十里芰荷香。②

清风明月无人管，[③]并作南楼一味凉。[④]

〔注释〕

①四顾：向四周望去。山光、水光：山色、水色。写山水在月色的照耀下所呈现出来的轮廓与波光粼粼的样子。

②凭栏：靠着栏杆。十里：形容水面辽阔。芰(jì)：菱角，一年生水生草木。芰荷：菱花与荷花。

③"清风"句：此句化用李白《襄阳歌》"清风朗月不用一钱买，玉山自倒非人推"。管，过问。

④并：合并在一起。南楼：一作"南来"。一味凉：一片凉意。

山亭夏日

高　骈

〔题解〕

高骈(821—887)，字千里，幽州(今北京)人。唐南平郡王高崇文之孙，世代为禁军将领，历官安南都护、剑南西川节度使、淮南节度使。黄巢起兵时，他坐守扬州，割据一方，但沉迷于仙事，将政务交给几个佞幸小人处理，最终被叛将毕师铎、秦彦囚禁数月后杀掉。《桂苑笔谈》里描述了高骈的形象，"朱衣霜简，清瘦多髯"，名将而具有文士形象。高骈本是武人，但"幼好为诗，雅有奇藻，属情赋咏，横绝常流，时策笔者多不及之"(谢蟠《杂说》)。可见他热爱诗文，文笔不俗，被称为"落雕侍御"。后来曾经多次开幕，招揽当时著名文士，一时间无人能及。

此诗句句写景。诗人抓住感受最深的绿树浓荫，池塘倒影，生动地刻画了夏日山亭的沉寂、空幽、阴凉。接下来，微风轻动，满园花香,从嗅觉的角度表现自然界的美丽。谢枋得《注解选唐诗》称:“此诗形容山亭夏日之光景,极其妙丽,如图画然。”

绿树阴浓夏日长,①楼台倒影入池塘。②
水晶帘动微风起,③满架蔷薇一院香。④

〔注释〕

①浓:指树丛的阴影很浓稠(深)。

②“楼台”句:写水纹与楼台倒影汇在一起。

③水晶帘:装饰有水晶的帘子,这里比喻水面,形容微风吹拂水面,波光荡漾,就像水晶帘在微微摆动。

③蔷薇:植物名,亦指这种植物的花。落叶灌木,茎细长,蔓生,枝上密生小刺,羽状复叶,小叶倒卵形或长圆形,花白色或淡红色,有芳香。花可供观赏,果实可以入药。枝条蔓生极长,能攀缘院墙与花架。一院:满院。

田　家

范成大

〔题解〕

范成大(1126—1193),字至能,号石湖居士,吴县(今江苏苏州)人。宋高宗绍兴二十四年(1154)举进士,后官至参知政事。后来因病辞归,隐居石湖。范成大以其田园诗著称,生活气息浓厚,语言清新、活泼、通俗。范成大在《四时田园杂兴六十首》小引中说:“淳熙丙午(1186),沉疴少纾,复至石湖旧隐野外,即事辄书一绝,终岁得六十篇,号《四时田园杂兴》。”1186年,范成大早已经辞去了官职,退居在家乡昆山的石湖,这一年,他身体转好，在石湖的郊外即事吟咏。钱锺书的《宋诗选注》在评价范成大时说："他晚年所作的《四时田园杂兴》，不但是他的最得传诵、最有影响的诗篇，也算得中国古代田园诗的集大成。"的确，这组诗歌全面深刻地反映了农家生活，包括景物、岁时、风俗、人情，还有农家生产与生活的欢愉与艰辛，农家生活的一切都进入了诗作之中。这一首是从"四时"中夏日景象这个特殊的角度来反映农家的勤劳。

昼出耘田夜绩麻，①村庄儿女各当家。②
童孙未解供耕织，③也傍桑阴学种瓜。④

〔注释〕

①"昼出"句：指白天农夫出去锄地，夜晚农妇在家里搓麻线。耘田，除草。绩麻，把麻搓成线。

②各当家：指干起各种农活都很内行。当家，在行。

③童孙：泛指年幼儿童。未解：不懂。供：从事，参加。

④傍：靠近。

村居即事

翁　卷

〔题解〕

翁卷，生卒年不详，字续古，一字灵舒，永嘉乐清（今浙江乐清）人。没有做过官，一生为布衣，游历过浙江、江西、湖南、江苏等地。翁卷是宋末诗派"永嘉四灵"中最年长的，他的诗多咏景物，写野逸之趣，继承了山水、田园诗人的传统，满足于游弋田园、寄情泉石的闲逸生活。诗歌艺术手法上喜欢白描，重近体五律，平淡简远、真切浑朴。

诗题也作《乡村四月》，描绘了春夏之交和谐恬静的江南农村的生活。诗的前两句把江南春水、雨和杜鹃啼鸣的鲜亮色彩和轻柔之感移挪到人的面前，使人如临其中。三、四句是说正值农忙季节，养蚕刚刚结束，又要冒雨插秧。虽然农忙，但是也没有打破这宁静的生活，让人感觉和谐而又生机勃勃。诗中既有山光水色，又有乡村人事。静中有动，和谐自然。

绿遍山原白满川，①子规声里雨如烟。②
乡村四月闲人少，才了蚕桑又插田。③

〔注释〕

①山原：山陵和原野。白满川：指稻田里的水色映着天光。川，平地。
②雨如烟：细雨蒙蒙，如烟如雾。
③才了：刚刚结束。蚕桑：种桑养蚕。插田：插秧。

题榴花

韩　愈

〔题解〕

韩愈于唐德宗贞元八年(792)举进士，曾任节度推官，又担任过监察御史等职。后来，因上言关中旱灾，触怒权臣，被贬为阳山(今广东阳山)令，后为江陵府(今湖北荆州)法曹参军。《五百家注昌黎文集》卷九于此诗题下注称："公自阳山与张十一徙掾江陵，道潭州而作，以其咏井云‘贾谊宅中今始见’知之。”张十一，德宗贞元二年进士，是韩愈的朋友，韩愈写过不少诗给他。这首诗用托物言志的手法，借榴花抒发了自己的怀才不遇。写法上先扬后抑，先写榴花鲜艳，果实已成，以此来比喻诗人才华出众。接下来写如此的榴花却身在偏僻之处，无人欣赏就飘零了，借以比喻自己不被重用。一扬一抑，诗意一转，把原本的喜悦之情变成了叹惋哀伤之意。曲折之中增加了诗的感染力，因此也超越了一般的赏景之诗。这种陡然转深的诗意，显示出了写法上的“喜山不平”，可以见出诗人的情趣与文思。

五月榴花照眼明，①枝间时见子初成。②
可怜此地无车马，③颠倒苍苔落绛英。④

〔注释〕

①榴：即石榴，原产伊朗，引入我国栽培已有两千多年历史。据晋人张华所著的《博物志》记载：“张骞出使西域，得徐林安石榴以归，故名安石榴。”

②“枝间”句：写令人惊喜的是枝间能发现一些新结出的石榴。子初成：石榴刚刚结出果实。

③“可怜”句：写榴花的生活环境偏僻，几乎没有来往行人，当然也就得不到赏识。可怜，可惜。无车马：没有车马，无人来赏。

④颠倒：散乱、凌乱。苍苔：一作“青苔”。绛英：指红色的花瓣。

村　晚

雷　震

〔题解〕

雷震，生卒年不详，南昌（今江西南昌）人，南宋度宗咸淳元年（1265）举进士。古代的山水田园诗在诗歌创作中，诗人很少只是摹写自然，而是要从自然中追寻一种与自己的审美趣味相投的景物。这首诗，诗人陶醉其中的是都市和宫廷中所看不见的乡村野趣，整首诗中明显包含着诗人的主观感受，同时也形象地写出了自然本身的情趣。诗的首句用了两个“满”字，写池塘中杂草丛生、山野间秋水横流的自然而又荒疏的景象。第二句诗人用了一个“浸”字，极其生动地写出了山在水中，水绕山而流的景观。后两句写牧童晚归。牧童骑牛的方式用“横”字，牧童吹笛则是用“信口”和“无腔”，写出了牧童的娇、憨、野、趣。这种悠闲自在、消闲怡然的描绘，表现了对隐逸生活的赞美与向往。

草满池塘水满陂，①山衔落日浸寒漪。②
牧童归去横牛背，③短笛无腔信口吹。④

〔注释〕

①池塘：一作“寒塘”，堤岸。陂（bēi）：池塘。

②“山衔”句：拟人的手法，写落日西沉，挂在半山腰，像被山咬住了。衔，口里含着。浸，淹没。这里是没入、映入的意思。寒漪，傍晚略带寒意的水纹。漪，水纹。

③归去：回去。横牛背：横坐在牛背上。

④无腔：没有曲调，这里指信马由缰随意地吹。信口：随口。

书湖阴先生壁

王安石

〔题解〕

王安石于宋神宗熙宁九年（1076）第二次罢相后，就一直住在南京东郊的半山园。该园离城七里，离钟山也七里，故称半山园，王安石也自称半山老人。《书湖阴先生壁》有两首，这首是其一，其二为"桑条索漠楝花繁，风敛余香暗度垣。黄鸟数声残午梦，尚疑身属半山园。""湖阴先生"即杨德逢，隐居之士，住在南京玄武湖之南，故称湖阴先生。湖阴先生是王安石的好友，王安石的诗集中有关他的诗有十首以上。

这首诗前两句写近景，写湖阴先生的生活环境之优美；后两句写远景，不凡的景象，活灵活现。整首诗以清丽的语言，工稳的对仗写出湖阴先生居所的景色怡人，借此赞扬主人的品质高洁、气度不凡。

茅檐长扫净无苔，[1]花木成畦手自栽。[2]
一水护田将绿绕，[3]两山排闼送青来。[4]

〔注释〕

①茅檐：茅屋檐下，这里指庭院。长：常，经常。无苔：没有青苔。

②成畦（qí）：成垄成行。畦，用沟垄区分的一块块排列整齐的田地。

一作“成蹊”。

③护田：这里指护卫、环绕着园田。护，回护。将：把。绿：指水色。

④排闼（tà）：开门。闼，小门。《史记·樊郦滕灌列传》：“十余日，哙乃排闼直入，大臣随之。”张守节《史记正义》：“闼，宫中小门。”送青来：送来绿色。

乌衣巷

刘禹锡

〔题解〕

《乌衣巷》是《金陵五题》中的第二首，该组诗序称：“余少为江南客，而未游秣陵，尝有遗恨。后为历阳守，跂而望之。适有客以《金陵五题》相示，逌尔生思，欻然有得。”“历阳”即和州，可见此诗是作者在唐穆宗时期担任和州（今安徽和县）刺史期间写的。“乌衣巷”在今南京城南，目前仍有该地名。三国时是吴国的军营，因士兵衣黑色，故名。东晋时曾是王导与谢安等豪门贵族聚居的住宅区，此后一直是南京最繁华的地段。诗人选择六朝被隋灭亡后由极盛而衰败的金陵，又在金陵城里选择了由极盛而衰败的乌衣巷，又在乌衣巷选择了由极盛而衰败的王、谢家族豪宅的变化，并且又写燕子看到了这种变化，种种这些都寄托了诗人对世事沧桑变化的无限感慨。

朱雀桥边野草花，①乌衣巷口夕阳斜。②
旧时王谢堂前燕，③飞入寻常百姓家。④

〔注释〕

①朱雀桥:秦淮河上的桥。在金陵城外,乌衣巷在桥边。花:此为开花之意,做动词用。

②乌衣巷:东晋时豪门世族的居住地。夕阳斜:指原来繁华的乌衣巷,如今一副斜阳的黄昏景象。隐喻时世兴衰的沧桑变化。斜:读 xiá,麻韵。

③旧时:从前。王谢:王导、谢安,晋相,世家大族,贤才众多,都住在乌衣巷,为六朝(吴、东晋及南朝、宋、齐、梁、陈,先后建都于建康,即今之南京)巨室。

④寻常:平常,普通。

送元二使安西

王　维

〔题解〕

王维在京先后担任过左补阙、侍御史、库部员外郎、库部郎中等职务,写了不少送别诗,此诗作于安史之乱前。郭茂倩《乐府诗集》收录此诗,题名《渭城曲》,解题称:“《渭城》一名《阳关》,王维之所作也。本《送人使安西》诗,后遂被于歌。”此歌亦名《阳关三叠》,是当时最为流行的送别歌曲。“元二”,姓元,作者的友人元常,在兄弟中排行老二。“安西”,唐安西都护府,在今新疆库车附近。这首诗写了送别劝酒的情形,表达了友谊之深、离别之苦。前两句交代了时间、地点、环境气氛,衬托凝重的心情;后两句直抒胸臆,是作者对友人的劝勉安慰之语。这首诗之所以引起广泛的共鸣,是因为写出了人们在送别时所普遍具有的情感，正如清人赵翼《瓯北诗话》卷十一《摘句》所说：“人人意中所有，却未有人道过，一经说出，使人人如其意之所欲出，而易于流播，遂足传当时而名后世……王摩诘‘劝君更尽进一杯酒，西出阳关无故人’，至今犹脍炙人口，皆是先得人心之所同然也。”

渭城朝雨浥轻尘，①客舍青青柳色新。②
劝君更尽一杯酒，③西出阳关无故人。④

〔注释〕

①渭城：秦时咸阳城，汉代改称渭城，唐时属京兆府咸阳辖区，在今西安西北，渭水北岸。浥（yì）：湿润。轻尘：地上的浮土。

②客舍：旅店。柳色：指初春嫩柳的颜色。古人送别要折柳相送。

③君：指元二。更：再。尽：这里指喝干。

④阳关：汉朝设置的边关名，故址在今甘肃敦煌西南，古代跟玉门关同是出塞必经的关口。《元和郡县志》云，因在玉门之南，故称阳关。故人：老朋友。

题北榭碑

李　白

〔题解〕

在安史之乱中，李白在唐肃宗至德元年（756）十一月入永王李璘幕，随永王水师东下，肃宗派兵讨伐永王，至德二载（757）永王兵败，李白逃至彭泽，被投浔阳狱中，十一月被定罪流放夜郎（今湖南新晃）。这首诗是李白在乾元元年（758）五月在被流放的途中经过武昌时所作。诗题也作《与史郎中钦听黄鹤楼上吹笛》《黄鹤楼闻笛》，诗人以贾谊自比，表现了被贬后内心的悲怆、凄凉与惆怅，抒发对朝廷的眷恋与国事的关心。这首诗巧借笛声抒发了自己的情感，正如明人钟惺《诗归》所说："无限羁情，笛里吹来。"而且表达得很含蓄，如清乾隆十五年御定《御选唐宋诗醇》称："凄切之情，见于言外，有含蓄不尽之致。至于《落梅》笛曲，点用入化。"笛声在结构上也有明显的作用，清初黄生《唐诗摘钞》卷四说："前思家，后闻笛，前后两截，不相照顾，而因闻笛，益动乡思，意自联络于言外。"

一为迁客去长沙，①西望长安不见家。②
黄鹤楼中吹玉笛，③江城五月落梅花。④

〔注释〕

①一为：一旦成为。迁客：被贬谪的人或遭流放的人。去长沙：这里暗用汉代贾谊的故实，贾谊因受权臣谗毁，被贬为长沙王太傅，曾写《吊屈原赋》以自伤。

②西望长安：这四个字表明自己关心国家的局势与命运。长安，唐代的首都。

③黄鹤楼：楼名，在今武昌。

④江城：指江夏（今湖北武昌），因在长江、汉水之滨，故称江城。落梅花：指《梅花落》，古代笛曲名。

题淮南寺

程　颢

〔题解〕

淮南寺在今江苏扬州。宋设淮南道，治所就在扬州。这首诗,作者以道人自许,极力表达自己超然物外的精神,但是细忖却见忧愁:“休便休”,恰恰是诗人对“南去北来”的疲倦,渴望宁静安逸的生活;“白蘋吹尽楚江秋”,可见他对秋天的敏感;“晚山相对愁”,恰恰反映诗人内心深处的忧愁。诗的前两句写景物,后两句写心神,如剥笋一般,层层写来,笔法陡健有力。

南去北来休便休,①白蘋吹尽楚江秋。②
道人不是悲秋客,③一任晚山相对愁。④

〔注释〕

①南去北来休便休:在南来北往的旅途中,遇到能休息的地方就休息。

②白蘋:一种水生草本植物,叶分四片,呈田字形,俗称“四叶菜”“田字草”,夏秋之际开白花。楚江:当指淮南寺附近的江河,因为扬州地区战国时期为楚国所有。

③道人:作者自称。悲秋客:为秋而伤感的人。战国时期的楚人宋玉作《九辩》,第一句就感叹道:“悲哉,秋之为气也,萧瑟兮草木摇落而变衰。”开启了中国文学史上的悲秋传统,自此,文人也多被称为悲秋客。

④一任:听凭。

秋　月

程　颢

〔题解〕

明代的胡应麟在《诗薮》中说:“程、邵好谈理,而为理缚,理障也。”这句话是说程颢、程颐、邵雍的诗写的都是干瘪的道理,而没有情趣。这也只是道出了三人大概的诗风,并非全然如此。

在这首诗中，作者以凝练明净的笔墨，描绘了富有情趣的景物，寓理于景，情景交融。面对秋月，作者并没有直接去描写它，而是采用烘云托月的手法，从月光笼罩下的山中景色，来侧面写出月的明净朗彻。全诗无月字，但是又让人分明看见了一轮清辉朗照、一尘不染的明月。整首诗显示了作者很高的审美。

清溪流过碧山头，①空水澄鲜一色秋。②
隔断红尘三十里，③白云黄叶共悠悠。④

〔注释〕

①清溪：清澈的溪水。

②空水：指夜空和溪中的流水。澄鲜：明净、清新的样子。

③红尘：泛指人世间。三十里：指在交通不发达的古代山区，这里指比较远的距离。三十，非确数。

④黄叶：一作“红叶”，落叶。

七　夕

杨　朴

〔题解〕

杨朴（约921—1003），字契元，号东野遗民、东里野民，郑州东里（今河南郑州新郑）人。宋太宗、真宗都曾以布衣召见他，但不久辞归。

“七夕”指农历七月七日夜晚，相传这个夜晚被隔在天河两岸的牛郎、织女能够通过喜鹊搭成的鹊桥相会。古代妇女往往借此机会祭拜织女，向织女乞求手艺精巧。历来的七夕诗即以此为题，并借题发挥。但这首诗的特点是构思新颖，别出心裁，表达了作者独到而又深刻的见解。前两句出人意料地发问：弄不懂牛郎到底打的什么主意，是怎么想的，非得邀请天上的仙女来织满天的锦绣云霞。前两句已经造成悬念，就为后两句的陡转直下做了有力的铺垫。接下来说：每年人们都要在七月七日晚上向天上的织女求刺绣、纺织等的聪慧灵巧，但实际上人世间的智巧已经很多了，多得都可怕了。这里巧用“巧”的含义，人间巧便是指人间的机巧伪诈。这种新的含义很有道理，诗的情思与哲理向更深处、更宽阔处跌宕开来，呈现出了横空出世、奇绝诡辩之美。作者的愤世嫉俗在诗中表现得恰当、深刻、巧妙。

未会牵牛意若何，①须邀织女弄金梭。②
年年乞与人间巧，③不道人间巧已多。④

〔注释〕

①未会：不明白，不理解。会，会意，明白。牵牛：星名，在银河之西，一名河鼓，又名黄姑。大概像牛头角，俗称牵牛。这里是指传说中的牛郎。若何：怎么样。

②织女：在银河东，织女四星像梭形，名为织女。这里指传说中的织女。织女传说为天帝之女，会纺织，私自下凡同牛郎结婚，后被天帝惩罚阻隔在银河两岸，只许每年七月七日由喜鹊给他们架桥，让他们相会一次。金梭：梭子的美称。

③“年年”句：是说因织女会纺织，古代女子便于七夕焚香陈瓜果，祝贺织女夫妇聚合，又向她乞求智慧，民间有穿七孔针之戏。乞与，赐给，请求给予。

④不道：没有料到，岂不知道。几多：也作“更多”“已多”。

立　秋

刘　翰

〔题解〕

刘翰，生卒年不详，字武子，长沙（今湖南长沙）人。长期客居临安（今浙江杭州），以布衣终。与范成大、杨万里有诗歌交往。

诗题也作《立秋日》。立秋，农历二十四节气之一，在每年阳历八月八日左右，我国通常将立秋视为秋季的开始。此诗写作者对立秋这一天的感受。简洁、清晰地展现出从闹到静、从热到凉、从烦躁到清爽的景与情的变化过程，从而使人感触到秋的到来。季节的变化不是很显著，如首句诗人通过声音能判断出是来自“乳鸦”，次句写立秋之夜扇的风特别凉爽，反映出诗人对事物的变化特别敏感，对生活的观察与体验特别细致。接下来，写秋季非常明显的景象：“满阶梧叶”。可见，此诗是按照时间先后来组织材料的，所以显得特别清晰而流畅。“立秋”这一个很难表现的抽象概念，也就被诗人具象化、情感化了。结句“满阶梧叶月明中”，清空如画，意境唯美。

乳鸦啼散玉屏空，①一枕新凉一扇风。②
睡起秋声无觅处，③满阶梧叶月明中。④

〔注释〕

①乳鸦：幼小的乌鸦。啼散：啼叫着飞散了。散，散去、消失。玉屏

空：指屋子显得空寂。玉屏，玉做的屏风或者玉色的屏风。

②新凉：立秋扇风，觉得分外凉爽。因为秋天到来了，空气的温度也低了些，“新”字写出了这种变化。

③秋声：秋风吹得树木萧瑟作响的声音。无觅处：无处可寻。

④满阶梧叶：满台阶的梧桐叶。据说在立秋时节，梧桐的叶子最先凋落。

秋　夕

杜　牧

〔题解〕

诗题也作《宫词》《七夕》，这首诗是写在牛郎织女团聚的日子里，宫女独坐，抒发一种幽怨之情。曾季狸《艇斋诗话》评价此诗：“含蓄有思致。星象甚多，而独言牛、女，此所以见其为宫词也。”此诗按照时间先后，通过一系列的细节描写，细致入微地揭示了女主人公内心深处的秘密。一、三句写景，把深宫秋夜的景物十分逼真地呈现在读者眼前。“冷”字，形容词当动词用，营造出清冷的气氛。“凉如水”的比喻不仅有色感，还有温度感。二、四两句写宫女，含蓄蕴藉，耐人寻味。贺裳《载酒园诗话又编》说：“此诗全写凄凉，反多含蓄。”诗中没有一句抒情，但宫女那种哀怨与期望相交织的复杂感情见于言外。

银烛秋光冷画屏，①轻罗小扇扑流萤。②
天阶夜色凉如水，③坐看牵牛织女星。④

〔注释〕

①银烛:银色的蜡烛。银,也作“红”。画屏:画有图案的屏风。

②轻罗小扇:轻巧的丝绢团扇。流萤:飞动的萤火虫。

③天阶:宫中露天的石阶。天,也作“瑶”。

④坐看:坐着朝天看。坐,也作“卧”。牵牛织女星:两个星座名,指牵牛星、织女星,也指古代神话中的人物牵牛和织女。

中秋月

苏　轼

〔题解〕

苏轼对王安石变法持不同政见,为了避免卷入政治旋涡,于是请求到外地任职。他于宋神宗熙宁四年(1071)出任杭州(今浙江杭州)通判;熙宁七年(1074)调任密州(今山东诸城)知州;熙宁十年调任徐州(今江苏徐州)知州;元丰二年(1079)调任湖州知州,随即发生乌台诗案,并于元丰三年(1080)被贬到黄州(今湖北黄冈黄州)任团练副使。《中秋月》为苏轼于熙宁十年(1077)中秋在徐州所作《阳关词三首》中的第三首。当时,苏轼的弟弟苏辙也在徐州与他共同赏月。这首诗写皓月当空与弟弟共同赏月,人间乐事,可是这样的美好却未必年年如此。诗中的百般滋味,被诗人写尽。从月色的美好写到“人月圆”的愉快,又从当年当夜推想次年中秋,最终归结到离别之情。全诗境界高远,语言清丽,意味深长。

暮云收尽溢清寒，[1]银汉无声转玉盘。[2]
此生此夜不长好，[3]明月明年何处看？

〔注释〕

①溢：满而溢出，此处形容月色如水一样漫溢。

②银汉：天河，银河。玉盘：比喻月亮，形容它圆润皎洁得像白玉做成的盘子那样。

③"此生"句：与下句"明月明年"对仗，各自又采用当句对的形式，增强了诗的节奏感和感情的表达效果。不长好，不长久。

江楼感旧

赵　嘏

〔题解〕

赵嘏（jiǎ）（约806—约853），字承祐，楚州山阳（今江苏淮安）人。年轻时四处游历，唐武宗会昌四年（844）举进士，在长安生活多年，经常陪接卿相，出入馆阁，但仕途坎坷，最后仅仅做到了渭南尉。赵嘏因有"残星几点雁横塞，长笛一声人倚楼"句，当时人诵咏之，以为佳作，遂有"赵倚楼"之名。明代胡震亨在《唐音癸签》中评价道："赵渭南嘏才笔欲横，故五字即窘，而七字能拓。蘸毫浓，揭响满，为稳于牧之（杜牧），厚于用晦（许浑）。若加以清英，砭其肥痴，取冠晚调不难矣。为惜'倚楼'只句摘赏，掩其平生。"清代的潘德舆也对赵嘏大加赞扬，"七律佳句甚多""名章秀句亦络绎不绝"。

诗题也作《感怀》《江楼有感》。这首诗主要抒发了作者对友人的怀念和对物是人非的感慨。整首诗结构绵密,首句“独上江楼”与第三句“同来望月人”相互照应;次句写所见之景与第四句“风景依稀似去年”相照应;“思渺然”与后两句写物是人非之感相照应。

独上江楼思渺然,①月光如水水如天。②
同来望月人何在,③风景依稀似去年。④

〔注释〕

①思渺然:思绪万千。渺然,也作“悄然”,辽阔深远的样子。

②月光如水:形容月光像水一样清亮。水如天:形容水像天空一样明净。“月光如水”和“水如天”采用顶针的手法紧密联系在一起,读起来声如贯珠。

③望月:赏月。也作“玩月”“看月”。何在:在哪里。

④依稀:仿佛,隐隐约约。

题临安邸

林 升

〔题解〕

林升,生平不详,字梦屏,平阳(今浙江平阳)人,《全浙诗话》在林升条下写道:“《古今诗史》:绍兴、淳熙之间,颇称康裕。君相纵逸,耽乐湖山,无复新亭之泪。士人林升者,题一绝于旅邸,云。”《题临安邸》是写在临安(今浙江杭州)旅馆的墙壁上,题目为编者所加。此诗针对南宋以投降派为代表的阶层,他们已经没有了恢复大业的壮志，辛辣地讽刺他们贪图享乐、醉生梦死的生活。诗人将亡国之痛化为忧国之情，措辞含蓄，耐人寻味。诗中反复运用的“山”“楼”“州”都收到了很好的艺术效果，增强了诗歌的节奏感。

山外青山楼外楼，①西湖歌舞几时休？②
暖风熏得游人醉，③直把杭州作汴州。④

〔注释〕

①“山外”句：是说西湖周围山多楼多，1127年北宋首都汴京（今河南开封）被金人攻破，统治者仓皇南逃，以临安为首都，建立了南宋政权。他们基本上妥协投降，不思恢复，在临安建设了大量高级住宅、娱乐场所及商业街区。

②西湖：临安最著名的风景区。几时休：什么时候停止。

③熏：吹，用于温暖馥郁的风。

④直把：也作“便把”。直，相当于“竟”或“真”，为语气副词。汴州：即汴京，北宋京城，今河南开封。

晓出净慈寺送林子方

杨万里

〔题解〕

“净慈寺”全称“净慈报恩光孝禅寺”，在西湖边上，是杭州名刹之一。林子方，名枅，莆田（今福建莆田）人，作者的朋友，官居直阁秘书。这首诗生动地描绘了杭州西湖夏季的美景，是歌咏该景致的经典作品。这首诗通过描写六月西湖的美丽景色,抒发了对西湖风光的赞美之情,同时也曲折地表达了对友人的惜别之情。全诗以“毕竟”二字领起,一气而下,巧妙地表现了对西湖六月的喜爱,接下来具体描绘这使他为之倾倒与动情的特异风光,着力表现在一片无穷无尽的碧绿之中的别样红。这首诗,以虚代实,以实解虚。前两句是虚,给读者一个期盼;后两句是写实,给读者一个回答。语言朴素,几近口语,这种活泼的语言正体现出杨万里诗歌的特点。

毕竟西湖六月中,①风光不与四时同。②
接天莲叶无穷碧,③映日荷花别样红。④

〔注释〕

①毕竟:到底。六月中:六月中旬。

②四时:春夏秋冬四个季节,在这里指夏季以外的其他时节。

③接天:像与天空相接,这里是形容荷花的面积大。无穷碧:因莲叶面积很广,似与天相接,呈现出无穷的碧绿。这句用了夸张的手法,描绘了西湖荷花的种植面积大、颜色碧绿。

④映日:映照着阳光。别样红:红得特别出色。别样,宋代俗语,特别,不一样。

饮湖上初晴后雨

苏　轼

〔题解〕

宋神宗熙宁四年(1071)六月,苏轼以太常博士直史馆的身份为杭州通判,熙宁六年(1073)作此诗。这组诗共两首,这是第二首。全诗主要是对西湖美景的赞美,不仅是一时风光,也不只一处的景色,而是对西湖美景全面、总体的写照。前两句精准地描绘了西湖的晴光与雨色,可以见出诗人的兴致勃勃;接下来,诗人并没有沉浸在对山光水色的细致描绘中,而是遗貌取神,运用了"欲把西湖比西子"的惊人比喻。后人对这句诗推崇备至,如武衍《正月二日泛舟湖上》:"除却浓妆淡抹句,更将何语比西湖。"近代人陈衍《宋诗精华录》:"后二句遂成为西湖定评。"清王文诰《苏文忠公诗编注集成》则对此篇赞誉:"此是名篇,可谓前无古人,后无来者。"

水光潋滟晴方好,①山色空蒙雨亦奇。②
欲把西湖比西子,③淡妆浓抹总相宜。④

〔注释〕

①潋滟(liànyàn):水面波光闪动的样子。方好:正是显得很美。

②空蒙:细雨迷茫的样子。

③西子:西施,春秋时代越国有名的美女,原名施夷光,或称先施,居古代四大美女(西施、王昭君、貂蝉、杨玉环)之首。家住浣纱溪村(在今浙江诸暨市)西,所以称为西施。

④相宜:相称、合适。

入　直

周必大

〔题解〕

周必大(1126—1204),字子充,一字洪道,号省斋居士,晚号平园老叟,庐陵(今江西吉安)人。宋高宗绍兴二十一年(1151)举进士,二十七年(1157)考取博学宏词科。历官中书舍人、枢密使,孝宗时拜右丞相,光宗朝拜左丞相。周必大工文词,为南宋文坛盟主,与陆游、范成大、杨万里等都有很深的交情。诗初学黄庭坚,后学白居易、杜甫。善于状物,比喻浅近新颖,有些诗喜欢用典。

诗题也作《入直召对宣德殿,赐茶而退》。诗作于孝宗乾道七年(1171)七月,作者时任左丞相。“入直”,即入值,意思是晚上到翰林院值班,以备皇帝询问。“召对”,皇帝召见,回答皇帝的询问。“宣德殿”为南宋首都临安皇宫里的宫殿名。这是诗人入直召对之后,久久不能入睡,表现了对受到皇帝礼遇之后的激动与对国事朝政的关切。诗的结构是采用写景—叙事—叙事—写景这一循环方式的结构,其中诗人情绪的变化是烦恼、惊喜、兴奋,这是写作上较为突出的特点。

绿槐夹道集昏鸦,①敕使传宣坐赐茶。②
归到玉堂清不寐,③月钩初上紫薇花。④

〔注释〕

①夹道:这里是指槐树排列在道路的两边。集:聚集。昏鸦:黄昏归巢的乌鸦。

②敕使:指传递皇帝诏令的使者。坐:坐在皇帝身边议事。

③玉堂:翰林院。汉时待召于玉堂殿,唐时待召于翰林院,至宋以后,翰林院有了玉堂的称号。清:形容神清气爽。

④月钩:残月形状像钩,因此称为月钩。初上:也作“初照”。紫薇花:木本观赏花卉,花期长,四月开花,能延续到九月。花的颜色有白、红、紫、翠等四种颜色,分别称为白薇、红薇、紫薇、翠薇。古代中央政府机构花园里多种紫薇,因为它象征着皇帝所居住的地方。

夏日登车盖亭

蔡　确

〔题解〕

蔡确(1037—1093),字持正,泉州晋江(今福建晋江)人。宋仁宗嘉祐四年(1059)举进士,历官知制诰、御史中丞、参知政事,后为左相。哲宗元祐四年(1089),因车盖亭诗案贬为英州别驾。

《夏日登车盖亭》共十首,此为第二首。车盖亭在安州(今湖北安陆),这组诗是蔡确于哲宗元祐二年(1087)遭贬担任安州知州时所作。明蒋一葵《尧山堂外纪》记载,当时,吴处状告蔡确,说他的诗讥讽朝廷:"'何处机心惊白马,谁人怒剑逐青蝇',以讥谗谮之人;'叶底出巢黄口闹,波间逐队小鱼忙',讥新进用事之臣;'睡起莞然成独笑',方今朝廷清明,不知确笑何事?"现在看来,这首诗就是写贬官之后的闲散生活,抒发了对隐逸生活的向往和对现实生活的不满。傅经顺在《宋诗鉴赏辞典》中分析道:"好运一交,骤升相位,飞祸一降,谪居此州,这不都如大梦一场吗?诗人'莞然独笑',显然是在'午梦长'中有所妙悟;从而领略到人生如梦,富贵如云烟。"顾农《千家诗注评》说:"一个午觉方醒的人忽然有些念头产生,微微那么一笑,是正常的,至于他想些什么,只有他自己才知道。"

纸屏石枕竹方床,①手倦抛书午梦长。②
睡起莞然成独笑,③数声渔笛在沧浪。④

〔注释〕

①纸屏：纸做的屏风，以藤皮茧纸做成。方床：方形的竹床。

②抛书：书被抛在一边。

③莞然：微笑的样子。

④渔笛：渔人的吹笛声。沧浪：青色的水，这里指水面。

直玉堂作

洪咨夔

〔题解〕

洪咨夔(1176—1236)，字舜俞，号平斋，於潜(今浙江杭州临安)人。宋宁宗嘉泰二年(1202)举进士，授如皋主簿，历任成都府通判、刑部尚书、翰林学士、知制诰等官职。洪咨夔酷爱读书，藏书丰富，著作也多，博学善文，尤专经学、诗词。诗歌内容多农民生活疾苦，讽刺官吏、朝政之作。其诗作笔调清新、生活气息浓。

诗题也作《六月十六日宣锁》，亦作《宣锁》。是作者在担任翰林学士、知制诰期间，某年六月十六日在翰林院值夜班时所作。“玉堂”指翰林院。“宣锁”指在官员为皇帝起草诏书时所采取的隔离保密措施，也指负责这项工作的官员。这首诗写出了在翰林院值夜班、代替皇帝起草诏书的全过程，含蓄地表现了君臣相得、春风得意的心情。诗中的“浸”字极为巧妙，不仅点出自己的一切都承蒙皇恩，而且也暗示自己与皇帝已经融为一体，是皇帝的代言人。这首诗将诗人青云得志、踌躇满志的心理含蓄委婉地表现出来。

禁门深锁寂无哗，[1]浓墨淋漓两相麻。[2]
唱彻五更天未晓，[3]一墀月浸紫薇花。[4]

〔注释〕

①禁门：宫门。深：强调了皇宫内深邃莫测。寂无哗：宫中肃静的氛围。

②淋漓：酣畅的样子。两相麻：指为皇帝起草的两位丞相的任命书。两相，两位宰相，指左丞相与右丞相。麻，指麻纸，其造纸原料的主要成分是麻，质量坚韧，不容易损坏。唐宋时任命大臣用白麻纸颁诏，此处代指诏书。

③唱彻五更：指鸡人已经报过五更，古时候宫中设有鸡人专门报更。唱彻，唱到。

④墀（chí）：台阶，也指地面。

竹　楼

李嘉祐

〔题解〕

李嘉祐（约719—约781），字从一，赵州（今河北赵县）人。唐玄宗天宝七载（748）举进士，历官秘书省正字、监察御史。他与钱起、严维、刘长卿、冷朝阳友善，有唱和，他的诗“往往涉于齐梁，绮靡婉丽，盖吴均、何逊之敌也”（高仲武《中兴间气集》）。

诗题也作《寄王舍人竹楼》，此诗是写王舍人的竹楼，实际上也就是写王舍人。首句直接表明王舍人没有俗务缠身，生活情趣极高。接下来用“西江取竹”来隐喻王舍人直且有节，用“起高楼”中的“高”字来体现王舍人的与众不同。后两句写竹楼内的生活，实际上还是写王舍人蔑视功名、闲适自得的人生态度。整首诗，作者都在赞美王舍人不求闻达、笑傲权贵的闲适生活，表达对友人人格的钦佩与赞赏，同时也是在表明自己的心迹。

傲吏身闲笑五侯，①西江取竹起高楼。②
南风不用蒲葵扇，③纱帽闲眠对水鸥。④

〔注释〕

①傲吏：不为礼法所屈的官吏。战国时期的庄子，曾在蒙（今河南商丘）做过漆园吏，楚威王要拜他为相，被他拒绝了，后世就称他为傲吏，如晋郭璞《游仙》诗说：“漆园有傲吏。”这里将王舍人比喻成庄子。

②西江：泛指江西一带，这一带竹子多。起：建造。高楼：指竹楼。

③蒲葵扇：用蒲葵叶制成的扇，俗称蒲扇。

④纱帽：夏季的凉帽，在家中戴的一种可以防止头发散乱又透气的简便帽子。闲眠：悠闲地午睡。水鸥：即鸥鸟，也暗用了《列子·黄帝篇》“鸥鹭忘机”的典故，表明王舍人超尘脱俗，忘身物外，不以世事为怀。

直中书省

白居易

〔题解〕

白居易（772—846），字乐天，晚年自号香山居士，下邽（guī）（今陕西渭南）人。唐德宗贞元十六年（800）举进士，历任盩厔（今陕西周至）尉、江州司马、中书舍人、杭州刺史、苏州刺史、秘书监、刑部侍郎等职务。他的诗多方面地反映了当时的社会问题和人民疾苦,揭露了政治弊端。在中国的诗歌史上,白居易以把诗写得明白如话而著称,但是这种平易非随意写成,“据说有人曾看过他的诗歌手稿,上面圈点删改处极多,可见这是一种经过反复琢磨锤炼后的通俗语言,所以白居易的诗读来脉络圆畅、节奏轻快、词语清丽”(葛兆光《唐诗选注》)。他的平易之风,开启了诗歌的新的语言表达方式与技巧。

诗题也作《紫薇花》。“中书省”是朝廷处理政务、代皇帝拟定诏令的机构。因为省中多植紫薇,曾改名为紫薇省。此诗当作于长庆元年(821)白居易在中书舍人任上,紫薇花开的日子。

丝纶阁下文章静,①钟鼓楼中刻漏长。②
独坐黄昏谁是伴,紫薇花对紫薇郎。③

〔注释〕

①丝纶阁:指中书省。丝纶,《礼记·缁衣》称:“王言如丝,其出如纶。”因此称皇帝的诏书为“丝纶”,代皇帝起草诏令的机构中书省也就被称为丝纶阁了。文章静:指没有文书需要起草,所以中书省内显得特别安静。文章,也作“文书”。

②钟鼓楼:指宫中负责报时的地方,主要采用击鼓敲钟的方式来报时。刻漏:是古代计时工具,大致分为漏水壶与受水壶两部分。漏水壶有小孔将水均匀滴入受水壶。受水壶中立箭,上有刻度,以受水壶水面上升在刻度上的反映来指示时间。

③紫薇郎:唐代官名,紫薇侍郎的简称,即中书侍郎。唐玄宗开元元年(713),改中书省为紫薇省,中书令为紫薇令,中书侍郎为紫薇侍郎。

观书有感

朱　熹

〔题解〕

本诗乃《观书有感二首》中的第一首，主要是抒发读书时茅塞顿开的喜悦，说明只有多读书，多思考，才能豁然贯通。诗的前两句是诗人通过深入的观察，描绘了方塘中水的清澈明净，以及映现出的天光云影。三、四句，通过"问渠""为有"的呼应，把铺陈叙事变为自问自答，使得诗句活泼有趣。同时这两句也不仅仅是单纯写景，而是寓有很丰富的哲理意味。作为思想家，将哲理意味融入自然界鲜明生动的形象之中，很是难得的。《朱子语类》卷十一《读书法下》也谈到过读书的方法与感想，如："读书须定其心，使之如止水，如明镜。""或问：看文字为众说杂乱如何？曰：且要虚心，逐一说看去，看得一说，却又看一说，看来看去，是非长短，皆自分明。""学者不可只管守从前所见，须除了方见新意。如去了浊水，然后清者出焉。"这些话说了同样的道理，但是这首诗写得更形象、更凝练、更蕴藉，也更耐人寻味。

半亩方塘一鉴开，①天光云影共徘徊。②
问渠那得清如许？③为有源头活水来。④

〔注释〕

①方塘：又称半亩塘，在福建尤溪城南郑义斋馆舍（后为南溪书院）

内。朱熹父亲朱松有《蝶恋花·醉宿郑氏阁》词云:“清晓方塘开一境。落絮飞花,肯向春风定。”鉴:镜。古人以铜为镜,平时用锦袱覆盖在上面以避免灰尘、防止潮湿,用时打开。开:打开。

②“天光”句:是说天光和云影映在池塘水中,不停地变动,犹如人在徘徊。徘徊,来回移动。

③渠:第三人称代词,它,指方塘。那(nǎ)得:怎么会,怎么能够。那,通“哪”,怎么。清如许:这样清澈。

④为:因为。源头活水:比喻知识是不断更新和发展的,从而不断积累,只有不断学习探索,才能使自己永葆活力,就像水的源头一样。活水,流动的水。

泛 舟

朱 熹

〔题解〕

《泛舟》为《观书有感二首》中的第二首,用泛舟作比喻,体悟做人、做学问的道理,大船要想快速自在地航行,必须有深水负载它,说明做事情一定要遵循客观规律,客观条件达到了,就会事半功倍。这就是所谓的厚积薄发,功到自然成。程千帆《宋诗精选》解说过这两首哲理诗:“前一首以池塘要不断地有活水注入才能清澈,比喻思想要不断有所发展提高才能活跃,免得停滞和僵化。后一首写人的修养往往有一个由量变到质变的阶段。一旦水到渠成,自然表里澄澈,无拘无束,自由自在。这两首诗以鲜明的形象表达自己在学习中悟出的道理,既具有启发性,也并不缺乏诗味。”

昨夜江边春水生，艨艟巨舰一毛轻。①
向来枉费推移力，②此日中流自在行。③

〔注释〕

①艨艟（méngchōng）：古代巨型战船，这里用来形容大船，也作“蒙冲”。一毛：像一片羽毛一样，与“艨艟巨舰”形成鲜明的对比，用了“轻于鸿毛”的典故。

②向来：副词，历来、从来。指春水未涨之时。枉费：白费。推移力：推船，使船移动的力气。

③中流：水流的中央。自在：悠闲自在。

冷泉亭

林　稹

〔题解〕

林稹，生卒年不详，字丹山，长洲（今江苏苏州）人。宋神宗熙宁九年（1076）举进士。

诗题也作《冷泉》，冷泉在浙江杭州灵隐寺前飞来峰下，流入西湖。泉山有亭，“冷泉”二字为白居易书，“亭”字为苏轼书。杜甫《佳人》诗中有：“在山泉水清，出山泉水浊。”这首诗是用冷泉作比，感慨人生善始善终的不容易，表达了作者对操守高洁者的赞誉，也体现出了自己不愿与寻欢作乐、醉生梦死的社会风气同流合污的品格与志向。

一泓清可沁诗脾，①冷暖年来只自知。②

流出西湖载歌舞，[3]回头不似在山时。[4]

〔注释〕

①一泓：一汪深水。清可：清澈可人。沁：渗入。诗脾：指诗思、诗兴。

②年来：年来年去，岁月更替。只自知：用佛家语，如唐释善无畏《大日经疏》卷十二称："如饮水者，冷暖自知。"这里指别人无法理解。

③载歌舞：这里是指载着游船画舫，其中有人在唱歌跳舞，供人寻欢作乐。载，浮起、承载。歌舞，指载唱歌跳舞的人的船。

④不似：不像。

赠刘景文

苏　轼

〔题解〕

苏轼于宋哲宗元祐四年(1089)七月任杭州知州，主要忙于救灾与兴修水利。元祐六年(1091)三月被朝廷召还，此诗当作于宋哲宗元祐五年(1090)初冬。

诗题也作《冬景》。宋人章定撰《名贤氏族言行类稿》对刘景文做了介绍："刘季孙字景文，世家开封……景文以恤典得官。少笃学，能诗文。东坡先生守钱塘，景文为左藏库副使，两浙兵马都监。先生喜其人，上章荐其练达武经，讲习兵政，除知隰(xí)州。"这首诗当是苏轼在刘景文出任隰州刺史前写的，当时刘景文已年近花甲，而苏轼也五十五岁了。刘景文的父亲刘皴(cūn)是北宋的将军，所以也养成了他豪放的个性，苏轼称他为"慷慨奇士"。这首诗借物喻人，来赞美刘景文的品格与节操，表现了诗人旷达乐观的性情与胸襟。

荷尽已无擎雨盖，[1]菊残犹有傲霜枝。[2]
一年好景君须记，[3]最是橙黄橘绿时。[4]

〔注释〕

①擎雨盖：喻指荷叶。擎，举，向上托。

②菊残：秋菊已经开败。傲霜：不怕霜冻，坚强不屈。

③君：您，指刘景文。须：应该。

④最是：正是，最好。橙黄橘绿：这是指秋季，因为橙橘成熟于秋天。

枫桥夜泊

张　继

〔题解〕

张继，生卒年不详，字懿孙，襄州（今湖北襄阳）人。唐玄宗天宝十二载（753）举进士，天宝十四载（755）十二月，安史之乱爆发，张继曾到今江苏、浙江一带避乱。他的诗流传下来的很少，而这首诗却让他名传千古。诗题也作《晚泊》《夜泊松江》。宋范成大《吴郡志》卷十七《桥梁》说："枫桥在阊（chāng）门外九里道傍，自古有名，南北客经由，未有不憩此桥而题咏者。"阊门即苏州城西门。这首诗用淡雅清幽的笔触，具体而生动地描写了夜泊枫桥的情景，真实而感人地反映了客子羁旅漂泊的愁思。全诗紧扣诗题，抓住江南水乡深秋月夜的特有景象，从听觉与视觉两个角度描写孤舟夜泊的近景和远景。诗人将月、乌鸦、霜、枫树、渔火常见的词语组合在一起后，形成了凄清萧瑟的氛围，让人如临其境。这首诗采用倒叙手法，将黎明时的所见、所闻、所感置于开头，而将“夜半钟声”置于最后，让人回味无穷。

月落乌啼霜满天，①江枫渔火对愁眠。②
姑苏城外寒山寺，③夜半钟声到客船。④

〔注释〕

①乌啼：一说为乌鸦啼鸣，一说为乌啼镇。霜满天：此句是形容天气极冷。霜不可能满天，可以见出诗人的思致。

②江枫：有两种解释，一种解释作“江边枫树”，江指吴淞江，源自太湖，流经上海，汇入长江，俗称苏州河。一种解释是指“江村桥”和“枫桥”。“枫桥”在吴县南门（阊阖门）外西郊，本名“封桥”，因张继此诗而改为“枫桥”。渔火：也有两种解释，一是渔船上的灯火，二是一同打渔的伙伴。对愁眠：伴愁眠之意。此句把江枫和渔火二词拟人化。

③姑苏：苏州的别称，因城西南有姑苏山而得名。寒山寺：在今苏州枫桥附近，始建于南朝梁代。相传因唐代僧人寒山、拾得曾住此而得名。

④夜半钟声：佛寺曾有半夜敲钟的习惯，也叫无常钟或分夜钟。

寒夜

杜耒

〔题解〕

杜耒（lěi）（？—1227），字子野，号小山，南城（今江西抚州南城）人。南宋宁宗嘉定年间为淮东安抚制置使许国幕僚，理宗宝庆三年（1227）死于战乱。与戴复古有诗歌唱和。

《寒夜》写故人寒夜造访的喜悦之情。诗的前两句勾勒出一幅温馨的画面：红红的炉火、滚开的水，炭火的温暖与茶水的热气扑面而来。茶当酒，可以见出主人的豪爽与真情，两人的友谊非同一般，这两句营造出了知己相聚赤诚与火热的氛围。后两句意思更进一步，用梅花暗示了朋友的高贵品格，他的到来，不仅使寒夜温暖，满室生辉，就连窗前的月亮都变了样子。诗人因为朋友到来的喜悦之情多么真切动人。

寒夜客来茶当酒，①竹炉汤沸火初红。②
寻常一样窗前月，③才有梅花便不同。④

〔注释〕

①“寒夜”句：客人深夜造访，主人以茶代酒来招待他。

②竹炉：指用竹篾做成的套子套着的火炉。是一种烧炭的小火炉，外壳用竹子编成，炉芯用泥，中间有铁栅，隔为上下两层。汤沸：热水沸腾。

③寻常：平常。

④才有：同“一有”。

霜　月

李商隐

〔题解〕

李商隐（约812—858），字义山，号玉溪生，又号樊南生，祖籍怀州河内（今河南沁阳），自祖父起迁居郑州（今河南郑州）。唐开成二年（837）举进士，三年（838）入泾原节度使王茂元幕，娶其女。历任秘书省校书郎、秘书省正字、太学博士等官职。考取进士前后曾多次在各地节度使任幕僚。“他是晚唐最好的诗人，在他的诗里有六朝骈文的用典精巧绵密细丽，有杜甫近体诗的音节嘹亮、顿挫抑扬，有李贺乐府诗的炼字着色瑰丽新颖，这些语言技巧被融会在他所擅长的扑朔迷离、朦胧含蓄的氛围中，以一种一唱三叹、回环往复的章法把诗意组织成了迷宫般的语义结构，来表现心灵深处难以言说的感受，这就形成了他极其独特的诗歌风格”（**葛兆光《唐诗选注》**）。

李商隐作诗善于用典，《霜月》这首诗就是如此。整首诗用主霜雪的女神“青女”来写霜，用月神嫦娥来写月亮，这就凭空增加了许多诗意，也令读者产生许多遐想。前两句是写物候气象和环境背景，首句从听觉的角度点明时令已经到了深秋；后两句作者驰骋美妙的想象，借用典故写霜月，说绰约仙子在月中霜里，争娇比艳。这首诗四句上下两截，把实境和虚境，真实的境界和幻想的境界交织在一起。实际上，在诗中，作者并不是单纯地描写霜天月色，也不是空泛地吟咏神话传说，而是以眼前之景寄情、因情寓意为手法，对邪恶的势力进行谴责，表现自己的高尚人格。宋人魏庆之《在诗人玉屑》中说：“义山诗，世人但称其巧丽……盖俗学只见其皮肤，其高情远意，皆不识。”的确如此，读李商隐的诗，要在欣赏其诗歌的巧丽之外，还要认识其高情远意，这首《霜月》诗，可以说是一个典型。

初闻征雁已无蝉，①百尺楼高水接天。②
青女素娥俱耐冷，③月中霜里斗婵娟。④

〔注释〕

①征雁：大雁春到北方，秋到南方，不惧远行，因此称为征雁。此处指南飞的雁。已无蝉：已听不见蝉鸣。

②百尺楼高：泛指高楼。楼高，一作“楼台”。水接天：水天一色，不是实写水，而是形容月、霜和夜空如水一样明亮。

③青女：主管霜雪的女神。《淮南子·天文训》：“青女乃出，以降霜雪。”素娥：嫦娥。俱：都。

④斗婵娟：比赛的意思，互相比美貌。婵娟：美好，古代多用来形容女子；也指月亮。

梅

王　淇

〔题解〕

这是一首咏梅诗，从中可以看出诗人的生活情趣与受林和靖《梅花》诗的影响。这首诗用风趣活泼的语言、拟人的手法，通过写梅花因为结识林和靖引人注目而懊悔，赞颂梅花一尘不染的高洁品质和安贫乐道的精神。诗的前两句从梅花的自然特点来比兴品德的质朴高尚。后两句重在一个“误”字，就因为这“误”字，才使得诗人们一提起梅花，便记起林和靖，一谈林和靖就想起梅花。诗人对梅花、对林和靖的爱重敬仰也在其中了。

不受尘埃半点侵，①竹篱茅舍自甘心。②
只因误识林和靖，③惹得诗人说到今。

〔注释〕

①尘埃：尘土，比喻污浊的事物。侵：侵蚀、污染。

②竹篱茅舍：指贫寒人家。竹篱，指用竹子编的篱笆。茅舍，指用茅草盖的房子。甘心：安于现状，乐意。

③误识：错误地结识。林和靖：名逋（bū），钱塘（今浙江杭州）人。北宋真宗景德年间结庐于杭州西湖孤山，居二十余年未尝入城市，终生不仕不娶。住处多植梅，无妻无子，曾养两只仙鹤，有“梅妻鹤子”之称。

早春

白玉蟾

〔题解〕

白玉蟾，生卒年不详，原名葛长庚，字白叟，号海琼子，闽清（今福建闽清）人。父亲去世后，母亲改嫁白氏，后就改名为白玉蟾。曾隐居武夷山学道，于南宋宁宗嘉定年间，封为紫清明道真人，后全真教尊为南五祖之一。白玉蟾博览群书，能诗善赋，工书善画。

这首诗，前两句是写梅花开得早，向阳的枝杈才有两三朵在雪里飘香。其中“南”字，表示向阳，日照多，花开得也就早些。“才”字，表现出了诗人对春的翘首以盼与对梅的挚爱；后两句是诗人舒展视角，变化角度，以更为细腻的观察和富于神韵的笔触，进一步烘染早春梅花疏淡清幽的独特风韵。其中淡与浓、深与浅是句子内自对，淡与深、浓与浅则是二句相对，在修辞上则分别形成鲜明的对照。诗人在诗中，对梅花开放的早春之景不做正面描绘，重点在侧面烘染，突出早春梅花的疏淡清幽的韵味，读来是诗中有画，这与白玉蟾擅画梅竹不无关系。

南枝才放两三花，①雪里吟香弄粉些。②
淡淡著烟浓著月，③深深笼水浅笼沙。④

〔注释〕

①南枝:向阳的梅枝。两三花:形容只开了两三朵花,还是说花开得早。

②吟香弄粉:是说诗人在雪中仔细吟诵与赏玩着梅花的香气以及花蕊、花瓣的形状与颜色,这四个字采用了互文的修辞手法。弄,赏玩。粉,白色,此处指梅花的白颜色。些(suò):语助词,无实在意义,起押韵作用。

③著:附着,穿着。

④"深深"句:梅花的影子随着月亮的移动,或深深地映入溪水,或浅浅地印在沙上。笼,笼罩。

雪梅(二首)

卢梅坡

〔题解〕

卢梅坡,生平事迹不详,南宋诗人,《全宋诗》录其诗十二首,诗风平易。

《雪梅》有诗两首,梅坡因这两首诗而千古留名。这两首诗虽都是议论,但文笔生动活泼,达到了情趣与理趣的和谐。如果去除宋代以理语入诗的流弊,也还是发前人所未发,阐发出引人深思、言简意远的哲理。《雪梅》其一第一句就开门见山,点出诗歌的题旨:梅雪争春。"未肯降",三个字形象地表现出了梅与雪各自恃强气盛、不肯服输的气势。诗人搁下笔,苦苦思索、细细品赏。经过一番评论,得出结论是:雪与梅各有千秋,也各有所短。诗人以工稳的对偶句,雅中有趣的词语,给予了雪与梅恰如其分的评价。

其一

梅雪争春未肯降,[①]骚人阁笔费评章。[②]
梅须逊雪三分白,[③]雪却输梅一段香。[④]

〔注释〕

①争春:竞春、争夺春色。降:降服,认输。

②骚人:诗人,因为屈原代表作名《离骚》而借称。阁笔:同“搁笔”,即停下笔来。评章:评议的文章,这里指评议梅与雪的高下。这句的意思是诗人自愧文采,无力表达梅、雪的风韵,不敢妄自动笔。

③须:本来。逊:差,不如。三分:形容差得不多。

④一段:将香气物质化,使人觉得香可以测量。

〔题解〕

上首诗主要写梅与雪的特点,这首诗主要写梅与雪以及它们与诗之间的关系。这也是一首说理诗,它告诉我们事物都是相互联系、相互影响的。这首诗第一句,道破梅与雪的关系,梅在雪的映衬下,才能更显梅的高风亮节、清神逸韵。第二句,诗人并没有紧承上句,而是写雪与人的关系,揭示了自然景物如果没有人的审美关照,自然之景的美也无从感知、无从发现。这就是“景无情不发”(范晞文《对床夜语》)的道理。三、四句,点出了全诗的主旨:只有雪与梅的相互映衬,才是真正的美,而且只有把感情融入这雪与梅之中,才能真正感受到无限的、浓郁的春意。

其二

有梅无雪不精神,有雪无诗俗了人。[①]
日暮诗成天又雪,[②]与梅并作十分春。[③]

〔注释〕

①俗了人：给人一种庸俗的感觉。

②天又雪：天又下雪了。

③“与梅”句：梅、雪与诗共同使得春意盎然。十分春，最美的春色。

答钟弱翁

牧　童

〔题解〕

牧童，生平事迹不详，北宋末人。蔡绦《西清诗话》载：“钟弱翁帅平凉，一方士通谒，从牧童，牵黄犊立于庭下。弱翁异之，指牧童曰：‘道人颇能赋此乎？’笑曰：‘不烦我语，是儿能之。’牧童乃操笔大书云：‘草铺衡野……’”钟弱翁，名傅，饶州乐平（今江西乐平）人。他以书生被荐为兰州推官，宋哲宗绍圣年间因破西夏有功，官至集贤殿修撰、龙图阁直学士。曾因虚报边功等原因，几次遭贬。可见，这首诗是写给边帅钟弱翁的。前两句写放牧。首句写牧草之丰美。次句写牧童之快乐。后两句写牧童放牧归来的生活。第三句写牧童放牧归来后饱餐一顿就无所事事了，接下来要做的就是睡觉，甚至连身上的蓑衣都懒得脱。诗中所描写的自由自在、无忧无虑的放牧生活正好与边帅钟弱翁所过的争名夺利、钩心斗角的官场生活形成鲜明的对比，这在一定程度上反映了生活在官场之外的某些知识分子的生活追求。整首诗语言自然、质朴，可谓一派天然。

草铺横野六七里，①笛弄晚风三四声。②

归来饱饭黄昏后,[3]不脱蓑衣卧月明。[4]

〔注释〕

①铺:铺开。横野:辽阔的原野。横,形容草原的宽度。六七里:形容草原的长度。此句是写草原既宽广又遥远。

②弄:逗弄,玩弄。三四声:形容晚风断断续续送来笛声,因为有风时能听到,无风时就听不到。

③饱饭:吃饱了饭。

④蓑衣:用草或棕叶编织成的披在身上的防雨用具。卧月明:睡在月光下。

泊秦淮

杜　牧

〔题解〕

"秦淮"指秦淮河,秦淮河流经南京的区域,是南京最繁华的地带,可谓商贾云集,人文荟萃,历代均为繁华的游赏之地。前两句写夜泊秦淮所见。起句写烟雾与月色笼罩着秦淮河水与沙滩,次句点题并交代了泊秦淮的时间是夜晚,地点则靠近酒家。后两句写所闻所感。唐代以前,六朝相继在金陵建都达三百年之久,金陵成为当时的政治经济中心,无比繁华。陈朝灭亡,隋文帝下令将金陵的城墙、皇宫、官署夷为平地,唐朝继续抑制金陵,加之安史之乱,金陵逐渐由极盛迅速衰败,这就使得诗人们特别喜欢用金陵来抒发自己的沧桑之感。因此写金陵的大多数诗歌表面上是在咏史,实际上无不表现了诗人对当代社会现实的担忧。这首诗以景写情,"含思悲凄,流情感慨"(明胡震亨《唐音癸签》卷八引徐献忠语)，可谓是曲笔抒情、语言精练、构思精当、含蓄深婉，被沈德潜赞誉为“绝唱”。

烟笼寒水月笼沙，[1]夜泊秦淮近酒家。[2]
商女不知亡国恨，[3]隔江犹唱后庭花。[4]

〔注释〕

①“烟笼”句：采用了互文的手法，意思是烟月笼罩在水和沙上。烟，烟雾。笼，笼罩。寒，为画面注入了感情色彩，使画面显得有些伤感。

②泊：停泊。

③商女：以卖唱为生的歌女。亡国恨：南朝国家灭亡的遗恨。

④江：秦淮河。犹：还。后庭花：歌曲《玉树后庭花》的简称。南朝陈皇帝陈叔宝(即陈后主)溺于声色，作此曲与后宫美女寻欢作乐，终致亡国，所以后世把此曲作为亡国之音的代表。

归雁

钱起

〔题解〕

“归雁”，湖南衡阳有回雁峰，相传南飞的大雁至此就不再继续往南飞行，过了冬天再飞回北方。钱起的作品应酬之作较多，这首诗却是以奇特的想象和精巧的构思，抒发作者心中哀怨的情绪，很是难得。此诗为问答体。前两句设问。首句问归雁为何轻易离开湖南，次句写潇水与湘水流域的自然环境很适合大雁生活。后两句写大雁的回答。第三句写湘灵在月明之夜鼓瑟，大雁是因为受不了这哀怨的瑟声而北归。诗人还采用拟人的方法，让大雁自己说明北归的原因，显得格外生动而亲切。整首诗内容蕴含丰富，有善解人意、充满灵性的大雁，有水绿、沙明、苔青的潇湘景色，有湘水女神鼓瑟的动人故事。这些丰富的内容，加之诗人巧妙的心思与奇妙的想象、含蓄哀婉的语言，营造出一种空灵、寂寥的境界，具有极其深沉的艺术感染力。

潇湘何事等闲回？①水碧沙明两岸苔。②
二十五弦弹夜月，③不胜清怨却飞来。④

〔注释〕

①潇湘：潇水、湘水二水名，在今湖南境内。何事：何故，为什么。等闲：轻易、随便。

②水碧沙明：写水至清，两岸沙至白。《太平御览》卷六五引《湘中记》："湘水至清，……白沙如雪。"苔：植物名，鸟类的食物，雁尤喜食。

③二十五弦：指瑟。《楚辞·远游》："使湘灵鼓瑟兮。"《汉书·郊祀志》说："泰帝使素女鼓五十弦瑟，悲，帝禁不止，故破其瑟为二十五弦。"弹夜月：指在夜晚的月光下弹奏瑟。相传，湘水女神善于鼓瑟，声音哀怨凄苦。

④不胜：受不了，承受不起。胜，承受。清怨：指凄清哀怨的瑟声。却：就，才。张相《诗词曲语辞汇释》指出："却，犹正也，于语气加紧时用之。"

题　壁

无名氏

〔题解〕

作者不详。宋张端义《贵耳集》卷上说："嵩山极峻法堂壁上有一诗曰:‘一团茅草乱蓬蓬……’字画老草。旁有四字:‘勿毁此诗。’此司马公书。”可能作者为北宋人。整首诗运用了对比的方法:前两句写茅草烧起来火势很大,但很快就熄灭了。后两句写树疙瘩火很小,很持久,但是取暖的效果很好。自从这首诗加上司马光的批语以后,就被赋予了政治含义,司马光借这首诗表达了自己对王安石变法的态度,认为王安石变法操之过急,欲速则不达。的确如此,王安石变法,最后改革派与反对派形成了党争,并导致了北宋政权的灭亡。如果抛开司马光,这首诗实际上概括了无论是在日常生活中,还是历史上都出现过的两种人的形象,一种是华而不实、好大喜功;另一种是扎扎实实、孜孜以求。两种人会有不同的人生结果,表达了作者的警世思想。

一团茅草乱蓬蓬,①蓦地烧天蓦地空。②
争似满炉煨榾柮,③漫腾腾地暖烘烘。

〔注释〕

①乱蓬蓬:散乱的样子。

②蓦地:突然,意外。

③争似:怎似,哪里比得上。煨:烤,用微火加热。榾柮(gǔduò):木柴块,指树疙瘩。

卷三　五言律诗

幸蜀回至剑门

李隆基

〔题解〕

李隆基(685—762),唐睿宗第三子,因平定唐中宗皇后韦后之乱有功,被立为太子。睿宗先天元年(712)即位,为唐玄宗,在位四十五年。前期励精图治,开元年间,使唐王朝进入全盛时期。后期沉湎声色,导致安禄山、史思明之乱,玄宗于天宝十五载(756)六月仓促间奔蜀。太子李亨于当年七月在灵武登位,次年十二月玄宗还长安。玄宗精通音乐,善书法,能作诗。

诗题也作《幸蜀西至剑门》。"幸",古代特指帝王亲临某处。"幸蜀"就是皇帝亲临四川。此诗当为安史之乱后玄宗在回长安的途中,经过"剑门"时所作。"剑门"也称剑门关、剑阁,在今四川剑阁北,是大剑山与小剑山之间的栈道,修在悬崖峭壁上,非常险要,有"一夫当关,万夫莫开"之说。首联扣题写途经剑门的缘由,颔联写剑门山之险峻,颈联写途中所见,尾联写自己的感慨。在这首诗中,诗人通过对剑门的自然景物的描写,不仅抒发了自己战乱之后重返京都时的兴奋心情,而且赞美了将士们扫平安史之乱,再造丰功伟绩。同时诗人也提出治国之道在于德政,而不能依靠地势的险峻,反映了诗人在安史之乱之后对治国方略的反思。

剑阁横云峻,①銮舆出狩回。②
翠屏千仞合,③丹嶂五丁开。

灌木萦旗转，④仙云拂马来。
乘时方在德，⑤嗟尔勒铭才。⑥

〔注释〕

①剑阁：指大、小剑门山之间的栈道，蜿蜒三十里长。横：指栈道横亘在山腰。云峻：指白云萦绕的险峻绝壁。

②銮舆：系有铃铛的车子，后来成了皇帝车驾的代称。銮，铃铛。出狩：出外狩猎，后来皇帝离开京城到外地巡守，这里是李隆基对自己出逃的委婉的说法。

③翠屏：绿色的屏风，形容草木茂盛。千仞：形容山势高峻。仞，古代长度单位，一仞约为现在的八尺。五丁：据晋常璩《华阳国志》卷三《蜀志》记载，秦惠王嫁五女给蜀王，蜀王派五丁迎接，回到梓潼时，见一条巨蛇钻入洞中，五位壮士拉住蛇尾，导致山崩。后来就用五丁比喻功勋卓著的功臣名将。

④萦：绕。

⑤乘时：顺应时势。方：副词，正好、恰好的意思。

⑥嗟：感叹词。尔：指张载。勒铭才：具有写文章能被铭刻在石壁上的才华。西晋时张载作《剑阁铭》，晋世祖司马炎派人刻于石上。铭中有“兴时在德，险亦难恃”之语。这里称赞随侍大臣们有张载一样的才华。

和晋陵陆丞早春游望

杜审言

〔题解〕

杜审言（约645—708），字必简，祖籍襄阳（今湖北襄阳），父迁居洛州巩县（今河南巩义）。杜审言曾任隰城尉、洛阳丞、著作佐郎、膳部员外郎。杜审言的诗以浑厚见长，精于律诗，尤其擅长五律，与当时的沈佺期、宋之问齐名。“他的诗虽然缺少那种投入整个生命的慷慨悲歌，但也并非没有一点儿真感情，他在放逐途中写的山水诗就常常有一种刻骨铭心的痛苦在，只不过这种苦痛常化在山水景物之间，语词意象之中显得十分含蓄，而含蓄则给人以气度雍容、涵养深厚而不那么心浮气躁的感觉”（葛兆光《唐诗选注》）。

诗题又作《和晋陵陆丞相早春游望》。和，指用诗应答。晋陵（今江苏常州武进），即毗陵郡的属县。陆丞，晋陵县丞，姓陆名元方，武则天时期曾任宰相。他写过一首题为《早春游望》的诗，杜审言特写此诗和之。如前所说，写作时间当在永昌元年（689）杜审言在江阴任职期间。诗的首联写在外地任职的人对异乡的物候变化特别敏感，二、三两联写物候新在何处，五句写温暖的气候催促黄莺唱着美妙的歌声，尾联扣题写忽然听到陆丞用古老的调子吟唱新作《早春游望》，引起了诗人思念故乡，以至于要流下热泪，点明了和诗之意。此诗在炼字方面也成绩突出，“独”“惊”“渡”“催”“转”“忽”等字都用得非常好。胡应麟《诗薮》说：“初唐五言律，‘独有宦游人’第一。”

独有宦游人，①偏惊物候新。②
云霞出海曙，③梅柳渡江春。
淑气催黄鸟，④晴光转绿蘋。⑤
忽闻歌古调，⑥归思欲沾巾。⑦

〔**注释**〕

①宦游人：离家做官的人。

②物候：指自然界的气象和季节变化。

③曙：曙光。

④淑气：暖和的天气。黄鸟：即黄莺。

⑤晴光：晴朗的阳光。蘋(pín)：浮萍，蕨类植物，多年生水草，又名田字草。

⑥忽闻：表示意外，意思是在没有任何思想准备的情况下。古调：指陆丞写的诗，即题目中的《早春游望》。

⑦归思：思乡的念头。巾：指抹眼泪的手帕，也作“襟”。

蓬莱三殿侍宴奉敕咏终南山

杜审言

〔题解〕

诗题也作《蓬莱三殿侍宴奉敕咏终南山应制》，作于唐中宗景龙三年(709)十一月十五日，当时在蓬莱三殿举行宴会，庆祝中宗诞辰，长宁公主满月。“蓬莱三殿”指唐大明宫内的宣政、紫宸、蓬莱三座宫殿。终南山在长安(今陕西西安)南五十里。这是一首应制诗，是应皇帝要求所写作的诗，内容多为歌功颂德。首联用夸张的手法写皇宫之高大雄伟，颔联正面写宫殿之壮观，颈联写终南山的祥瑞景象，尾联写祝福皇帝寿比南山，将久享太平盛世。这首诗堪称应制诗的代表作，所用典故比较恰当，歌功颂德比较得体。这首诗句律森严，对仗工整，层次分明。

北斗挂城边，①南山倚殿前。②
云标金阙迥，③树杪玉堂悬。④
半岭通佳气，⑤中峰绕瑞烟。⑥
小臣持献寿，⑦长此戴尧天。⑧

〔注释〕

①北斗：七颗星在北天排列，状似舀酒的斗，又称北斗七星。今属大

熊星座一部分。

②南山:指终南山,后来用以象征长寿。

③云标:云端。标,本为树梢,此指云层表面。金阙:天子居住的宫殿。阙,宫门前供瞭望的塔楼。迥:高远。

④杪(miǎo):树梢,树枝末端。玉堂:原为汉代宫殿名,这里指终南山上精美的建筑。悬:挂、系。

⑤半岭:半山腰。佳气:吉祥的云气。

⑥瑞烟:祥瑞的云气。中峰:指主峰。

⑦小臣:诗人对自己的谦称。持献寿:指以终南山向皇帝祝寿。

⑧戴尧天:头顶尧帝之天,比喻生活在圣王统治之下。《论语·泰伯》:"唯天为大,唯尧则之。"

春夜别友人

陈子昂

〔题解〕

《新唐书·陈子昂传》称陈子昂出身豪富,"资褊躁,然轻财好施,笃朋友"。这首诗作于武则天垂拱四年(688)前后,诗人准备离开故乡,前往洛阳,友人张筵为他饯行,陈子昂赠诗二首,此为第一首。首联扣题写别筵,颔联抒发惜别的情怀,颈联写宴会已经通宵达旦,尾联想象征途之遥远,后会之无期,将离情别绪推向高潮。清人姚鼐(nài)《五七言今体诗钞》认为此诗"从小谢《离夜》一首脱化来"。谢朓(tiǎo)《离夜》诗:"玉绳隐高树,斜汉耿层台。离堂华烛尽,别幌清琴哀。翻潮尚知恨,客思眇难裁。山川不可尽,况乃故人怀。"显然陈子昂的这首诗从内容到形式都学习了谢朓的《离夜》诗,但是又有自己的独创性。这首诗的写作中,首先,没有用典故,完全是诚挚浅近的语言,没有矫揉造作之弊。第二,动词用得很恰切。诗的前六句中间都是动词,这些动词不声不响,对于渲染整首诗的氛围,增强深沉的情怀、抑郁的情调都起到了重要的作用。

银烛吐清烟,①金尊对绮筵。②
离堂思琴瑟,③别路绕山川。④
明月隐高树,长河没晓天。⑤
悠悠洛阳道,⑥此会在何年?⑦

〔注释〕

①银烛:明亮的蜡烛。

②金尊:精美的酒杯,用以形容酒具很华贵。绮筵:丰盛的酒席。

③离堂:设宴饯别的场所。琴瑟:指朋友宴会之乐。语出《诗经·小雅·鹿鸣》:"我有嘉宾,鼓瑟鼓琴。"

④别路:别后的征途。绕:形象生动地表现了所要经过的千山与万水。

⑤"明月"二句:说明这场春宴从头一天晚上一直持续到第二天清晨。长河,指银河。

⑥悠悠:遥远,漫长。洛阳道:通往洛阳的路。

⑦此会:这样的聚会。

长宁公主东庄侍宴

李 峤

〔题解〕

李峤(645—714),字巨山,赵州赞皇(今河北赞县)人。弱冠登进士,任安定尉。历官监察御史、凤阁舍人、鸾台侍郎等。

《新唐书·李峤传》称“峤富才思,有所属缀,人多传讽”。他在武后、中宗朝写过许多应制诗,较有影响。与苏味道、崔融、杜审言并称“文章四友”。晚年被尊为文章宿老。

诗题也作《侍宴长宁公主东庄应制》。长宁公主为唐中宗皇后韦后所生,颇受宠爱。东庄是长宁公主的庄园。诗歌一开始,就把皇帝车驾到东庄比作是从天而降,将宴会音乐比为仙乐,宴会的盛大非凡,也就不言而喻了。颈联作者笔锋一转,由宴会写到了东庄的环境,有山有水、有烟有树,气象开阔,南山渭水尽收眼底,实有人在画中之感。这是侧面烘托宴会高雅不凡的格调。尾联说明皇帝车驾流连忘返的原因。

别业临青甸,①鸣銮降紫霄。②
长筵鹓鹭集,③仙管凤凰调。④
树接南山近,⑤烟含北渚遥。⑥
承恩咸已醉,⑦恋赏未还镳。⑧

〔注释〕

①别业:别墅,这里指东庄。临:有临接的意思,也有俯临的意思。青甸:青色的原野。

②鸣銮:皇帝的车驾。銮,铃铛,为皇帝车驾上的装饰品。降:充分表现了皇帝地位的崇高与尊贵。紫霄:原指天空,此指皇宫。

③长筵:长排的宴席。鹓鹭(yuānlù):因为二鸟飞行有序,所以用来形容朝臣的行列,也指朝臣。鹓,传说为凤一类的鸟。鹭,一种水鸟名,颜色洁白,容貌修整,《诗经·周颂·振鹭》中以它来赞美宾客。

④仙管:管乐的美称。凤凰调:形容音调优美,像凤凰和鸣。

⑤南山:终南山。

⑥渚:水中陆地。

⑦承恩:蒙受恩典。

⑧还镳(biāo):返回。镳,马嚼子,勒马口的工具,代指乘骑,此处指皇帝的车驾。

恩敕丽正殿书院赐宴应制得林字

张　说

〔题解〕

“丽正殿”,唐东宫殿名,分设西京长安、东都洛阳两处,原名乾元殿,玄宗开元六年(718)更名为“丽正殿书院”。当时张说以宰相的身份兼任集贤书院学士。据《资治通鉴》卷二一二介绍,开元十一年(723)五月,“上置丽正书院,聚文学之士,秘书监徐坚,太常博士会稽贺知章、监察御史谷城赵东曦等,或修书、或侍讲、以张说为修书使以总之,有司供给优厚”,此诗当作于是时。“得林字”,这是写应制诗的一种方式,即选一些字(比如两句诗)为韵,作者在所选字中分得一字为韵,张说分得“林”字。全诗可分为两部分,前四句写丽正殿书院。首联用典,写丽正殿书院的性质,颔联写自己身受皇恩,肩负重任。前四句写得经天纬地,气度宏阔。第五句也用典表明自己高居宰相要职,第六句写自己深受皇恩。第七句写自己歌唱着这首充满春意的歌曲;后四句写得感恩戴德,尽忠竭情。整首诗,诗人典故运用贴切,有书卷气;通篇叙事清晰,结构匀称,对仗工整平稳,读起来很流畅,也是一首成功的应制诗。

东壁图书府,①西园翰墨林。②
诵诗闻国政,③讲易见天心。④
位窃和羹重,⑤恩叨醉酒深。⑥

载歌春兴曲,[7]情竭为知音。[8]

〔注释〕

①东壁:为二十八星宿之一,由飞马座和仙女座组成,古人用以指皇家图书馆,如《晋书·天文志上》说:“东壁二星,主文章,天下图书之秘府也。”

②西园:在邺城(今河北临漳西南邺镇),三国时曹丕等经常在这里召集文士饮酒赋诗。翰墨林:形容文士荟萃如林。翰墨,笔墨,代指文章和写文章的文士。

③诗:《诗经》。闻:从中听到。国政:国家政事,治国道理。

④易:《易经》。天心:天意。

⑤位窃:窃取职位。窃,谦词,窃居,是谦辞。和羹:用佐料调和羹汤。典出《尚书·说命》:“若作和羹,尔惟盐梅。”商王武丁任命傅说为相,并说宰相治理国家就好比用盐等佐料调和羹汤一样,于是后世就用和羹来比喻宰相的工作。

⑥恩叨:叨恩,沾恩,受到恩惠。醉酒深:比喻受到皇恩很深很多,就像喝醉了酒一般。

⑦载:乃,于是。春兴曲:充满春意的歌曲。指张说所作的这首诗。

⑧情竭:尽情。知音:知己,知遇,这里指唐玄宗。

送友人

李　白

〔题解〕

安旗《李白全集编年笺注》认为此诗作于南阳(今河南南阳),认为诗中“青山”似指南阳西北二十七里之精山,“白水”似指南阳东三里之淯水(俗名白河),是唐玄宗开元二十六年(738)所作。这首送别诗,以青山、白水、浮云、落日等景物衬托别意,表现了对友人真挚的情感。首联对送别的地点做了概括的描述,青山横亘在外城的北面,河流环绕在城的东面。颔联承上写送别,此地一别之后,友人便踏上了万里征程。颈联既是写景,也抒发送别之情。尾联写挥手告别。整首诗的基调是低沉的、感伤的。诗人把自己丝丝缕缕的愁绪渗透在青山白水、浮云落日、萧萧马鸣的场景或形象之中,全无心迹流露,可谓情景交融,意脉蕴藉。

青山横北郭,①白水绕东城。
此地一为别,②孤蓬万里征。③
浮云游子意,④落日故人情。⑤
挥手自兹去,⑥萧萧班马鸣。⑦

〔注释〕

①郭:古代在城外修筑的一种外墙。古人称城外为郭,郊外为野。

②一:一旦、一经。别:告别。

③蓬:蓬草,干枯后根株断开,遇风飞旋,也称“飞蓬”。多用来比喻漂泊在外的旅人。诗人用“孤蓬”喻指远行的朋友。征:远行。

④浮云:飘动的云。游子:离家远游的人。

⑤故人:诗人自指。

⑥自兹:从此。

⑦萧萧:马鸣声。班马:离群的马,这里指载人远离的马。班,分别,离别。

送友人入蜀

李　白

〔题解〕

《李太白全集》卷一收有《剑阁赋》,题下注云:“送友人王炎入蜀。”从此诗内容来看，当为送友人王炎入蜀所作。时间应该为开元十九年(731)李白初次入长安求仕期间困顿失意时所作。这首诗，首联概括地说蜀道崎岖难行，雄浑无迹，显得很平实；颔联写蜀道之险峻，语意奇险，令人望而生畏；颈联写蜀道的美丽，景色宜人，足以慰征夫之心；尾联转入议论，劝慰友人，循循善诱，情深意长。整首诗借用神话传说，描绘了蜀山的悬崖峭壁，突出了蜀道的崎岖与艰险，流露出对友人的关切之情；劝慰友人，不要对功名利禄耿耿于怀，同时用之自勉，暗寓诗人失意之情。

见说蚕丛路，①崎岖不易行。②
山从人面起，③云傍马头生。④
芳树笼秦栈，⑤春流绕蜀城。⑥
升沉应已定，⑦不必问君平。⑧

〔**注释**〕

①见说：唐代俗语，即“听说”。蚕丛路：代称入蜀的道路。蚕丛，古蜀国的开国君王。

②崎岖：形容道路高低不平的样子。

③“山从”句：人在栈道上走时，紧靠峭壁，山崖好像从人的脸侧突兀而起。

④“云傍”句：云气依傍着马头而上升翻腾。

⑤芳树：开着香花的树木。秦栈：由秦(今陕西)入蜀的栈道。栈，在陡岩峭壁之上凿岩架木，上铺木板通行。

⑥春流：春江水涨，江水奔流。或指流经成都的郫江、流江。蜀城：指成都，也可泛指蜀中城市。

⑦升沉：进退升沉，即人在世间的遭遇和命运。应已定：指已经命中注定。

⑧君平：西汉严遵，字君平，隐居不仕，是成都著名的占卜者。

次北固山下

王　湾

〔题解〕

王湾(693—751),洛阳(今河南洛阳)人。唐玄宗先天二年(713)举进士,在考取进士以后不久,担任荥阳主簿。参与编纂《群书四部录》,后来又在丽正修书院校过书,之后调任洛阳尉。王湾博学工诗,诗流传不多,但这首《次北固山下》最闻名,"游吴中作《江南意》诗云:'海日生残夜,江春入旧年。'诗人已来少有此句,张燕公手题政事堂,每示能文,令为楷式"(殷璠《河岳英灵集》)。诗题也作《次北固山下作》《江南意》。次,途中住宿。北固山,在今江苏镇江北,三面临江,历来是游览胜地。首联写行程在青山绿水间,颔联承上泛写舟行所见之景色,颈联特写拂晓时所见所感,尾联诗人抒发了良多感慨,读来意蕴含蓄。总之,前三联写景,景中含情;尾联抒情,情中见景。整首诗的写景,由概括到具体,以小景显大景,表现出诗人独具慧眼的艺术才能。

客路青山外,①行舟绿水前。
潮平两岸阔,②风正一帆悬。③
海日生残夜,④江春入旧年。⑤
乡书何由达?⑥归雁洛阳边。⑦

〔注释〕

①客路:旅途。主要指水路,而非陆路,这从所采用的交通工具是舟不是马可以看出。青山:指北固山。外:一作"下"。

②潮平:潮水高涨而又平静。两岸阔:两岸之间水面宽阔,也作“两岸失”。

③风正:风顺,当指西风。悬:挂。行船需要借助风力,所以要有桅杆,并高悬风帆。

④海日:海上的旭日。残夜:夜将尽,天快亮的时候。

⑤江春:江南的春天。

⑥乡书:家信。何由达:由谁传递。

⑦归雁:北归的大雁。大雁每年秋天飞往南方,春天飞往北方。古代有用大雁传递书信的传说,见《汉书·苏武传》。

苏氏别业

祖　咏

〔题解〕

祖咏(699—约746),洛阳(今河南洛阳)人。唐玄宗开元十二年(724)举进士,曾任驾部员外郎。因仕途坎坷,归隐汝坟(今河南汝阳、临汝之间)别业,以渔樵终。祖咏与王维交谊甚深,王维有诗《赠祖三咏》,诗多吟咏隐逸生活、山水田园风光,诗风与王维接近,辞意清新,文字洗练。殷璠评价祖咏说:“(祖)咏诗剪刻省静,用思尤苦;气虽不高,调颇凌俗。”(《河岳英灵集》)

诗题中的“苏氏”是谁不详,“别业”即别墅,为苏氏隐居的住所,从诗中所提到的地名来看,当在长安的西边。此诗似为祖咏归隐前的作品,描绘了苏氏别业清幽寂静的景色,衬托了主人高洁的品质,抒发了诗人出入其中的超然之情。首联写诗人对苏氏别业总的感受,颔联写苏氏别业的外景,颈联写苏氏别业的内景,尾联写苏氏别业主人的幽寂与闲雅。清人黄生《唐诗摘钞》卷一评这首诗的结构很恰切："起联总冒格。一二平直，三四雄浑，五六精工，七八渊永。五律调法匀称无逾此篇。通篇以'生隐心'作骨，而所以'生隐心'，则在一'幽'字，故中二联极力写'幽'字。第七句束上四句，以应首句。'生隐心'意只在末句暗应。"

别业居幽处，①到来生隐心。②
南山当户牖，③沣水映园林。④
竹覆经冬雪，⑤庭昏未夕阴。⑥
寥寥人境外，⑦闲坐听春禽。⑧

〔注释〕

①别业：别墅。

②到来：来到，来临。隐心：隐居之意。

③南山：指终南山，属秦岭山脉，在今陕西西安南。当：对着。户牖：门窗，这里指窗户。

④沣水：水名，发源于秦岭北麓沣峪，绕长安之西，流至咸阳汇入渭水。

⑤竹：一作"屋"。

⑥未夕：还未到黄昏。阴：天色昏暗。

⑦廖廖：空静，人迹罕至。人境：尘世，人所居住的地方。

⑧春禽：春鸟。

春宿左省

杜　甫

〔题解〕

杜甫于唐肃宗乾元元年（758）在门下省任左拾遗。"春宿左省”,即春天的夜晚住在左省值班。左省即门下省,唐代的门下省与中书省分别设在宣政殿殿廊的左侧与右侧,门下省在左侧。此诗可分为两个部分,前四句写景。首联扣题写春天左省薄暮之景。颔联写左省的夜色。清浦起龙说:“三、四只是写景,而帝居高迥,全已画出。”(《读杜心解》)颈联写诗人值夜班时的心理压力和自己的高度敏感。尾联交代彻夜难眠的原因。这首诗将一位忠于职守、兢兢业业的官员处事谨慎、惟恐有失的精神状态描写得淋漓尽致。清仇兆鳌《杜诗详注》引清赵汸语:“唐人五言,工在一字,谓之‘句眼’。如此诗,三、四‘动’字、‘多’字,乃‘眼’之在句底者。”从诗中可见,“动”字好在写出了宫廷千门万户的生气。“多”字通过月光之分外明亮形容了宫殿位置之高。

花隐掖垣暮,①啾啾栖鸟过。②
星临万户动,③月傍九霄多。④
不寝听金钥,⑤因风想玉珂。⑥
明朝有封事,⑦数问夜如何?⑧

〔注释〕

①掖垣:门下省和中书省位于宫墙的两边,像人的两腋,故名。掖,即左掖,也即左省。垣,矮墙。

②啾啾:鸟鸣声。栖鸟:指欲栖之鸟,而非已栖之鸟。

③星临:星光下照。动:灿然欲动。

④九霄:九天云霄,天空极高之处,这里指皇宫。

⑤金钥:即金锁。指开宫门的锁钥声。

⑥玉珂:马勒,以贝饰之,色白似玉,振动则有声。珂,马铃。

⑦封事:密封的奏章。臣下上书奏事,为防泄露,用黑色袋子密封,因

此得名。

⑧数问:多次问。夜如何:夜色将尽了吗?

题玄武禅师屋壁

杜　甫

〔题解〕

此为杜甫于唐宝应元年(762)在梓州(今四川三台潼川)时作。当时玄武县(今四川中江)属梓州,玄武县东二里处有玄武山,山有玄武庙,即杜甫所谓玄武禅师屋,该庙在梓州治所之西不远处。《题玄武禅师屋壁》当是杜甫游览玄武禅师的居室时题在壁画上的。玄武禅师是一位和尚的法号。这首诗赞美了画师精湛、神奇的技艺,表达了自己观画后的赞叹与痴迷,含蓄地表现了玄武禅师的法力和德行。诗的首联借用顾恺之来称赞壁画作者的大手笔。颔联是写壁画的内容。颈联用典,是由画中的山中鹤和水边鸥联想起古代僧侣和道人的故事。尾联是诗人观看壁画时的联想。巧用典故是此诗的一个显著特点。用"顾虎头"就突出了壁画的水平,用"沧洲"就说明了画的内容,用"锡飞"与"杯渡"就赞美了禅师,用"惠远"与陶渊明表达了主题。杜甫的题画诗,一般不直接赞美画面,而是把画当成现实,强调画中事物对观画者的感染。

何年顾虎头,①满壁画沧洲。②
赤日石林气,③青天江海流。④
锡飞常近鹤,⑤杯渡不惊鸥。⑥
似得庐山路,⑦真随惠远游。⑧

〔注释〕

①顾虎头:晋代画家顾恺之,字长康,小字虎头,晋陵无锡(今江苏无锡)人,人称才绝、画绝、痴绝,尤精绘画,擅画神仙、佛像、禽兽、山水。

②壁:一作"座"。沧洲:传说中神仙生活的地方,唐苏鹗《杜阳杂编》卷下称该地去中国数万里,"其洲方千里,花木常如二、三月,地土宜五谷,人多不死,亦出凤凰、孔雀、灵牛、神马之属"。

③赤日:红日,烈日。

④青天:蓝天。江海:一作"江水"。

⑤"锡飞"句:这是一个典故。典出《神僧传》,梁时,僧侣宝志与白鹤道人都想隐居于舒州潜山,二人皆有灵通,因此梁武帝令他们分别用一件法宝比试高低。道人放出鹤,志公则挥锡杖,一起飞向云端。当鹤飞至山顶时,锡杖已先立于山上。梁武帝在鹤杖停立之地分别建了寺院和道观。锡,锡杖,僧人化缘时用来叩门的拄杖,顶头装着锡环。

⑥"杯渡"句:这是画面上画的另一个典故。典故出自梁释慧皎《高僧传》:"杯渡者,不知姓名,常乘木杯渡水……至孟津河,浮木杯于水,凭之渡河,无假风棹,轻疾如飞,俄而渡岸,达于京师。"杜甫在运用这一典故时,还加上了"不惊鸥"的细节,说明杯渡技艺的轻盈高超。杯渡,后来喻指高僧。

⑦庐山:山名,又名匡山、匡庐。在江西九江南,耸立于鄱阳湖、长江之滨。真随:真愿意跟随。

⑧惠远:东晋高僧,住庐山。惠,应作"慧"。

终南山

王　维

〔题解〕

诗题也作《终南山行》《终山行》。终南山是秦岭山脉中的一段，西起陕西宝鸡，东至陕西蓝田，主峰在周至境内。秦岭绵延八百余里，是渭水和汉水的分水岭。首联写终南山的全貌，颔联写终南山的近景，颈联写终南山之广大。前三联，以小见大，以一斑而窥全豹，正面写大景观，清沈德潜《唐诗别裁集》卷九称："'近天都'言其高，'到海隅'言其远，'分野'二句言其大，四十字中，无所不包，手笔不在杜陵下。"尾联写诗人流连忘返，也是以小见大，如王夫之《薑斋诗话》卷二说："'欲投人处宿，隔水问樵夫'，则山之辽阔荒远可知，与上六句初无异致，且得宾主分明。"尾联妙处在一个"问"字，而不作答。让读者去遐想、去续接，与诗歌通体相配，这是一种"计白当黑""以无为有"的高妙写法。

太乙近天都，①连山到海隅。②
白云回望合，③青霭入看无。④
分野中峰变，⑤阴晴众壑殊。⑥
欲投人处宿，⑦隔水问樵夫。

〔注释〕

①太乙：又名太一，秦岭之一峰。近天都：这是说终南山高峻，远看终南山与天空相连。天都，天帝所居，即天空。

②海隅：海边。终南山并不到海，此为夸张之词。

③回望：四面瞭望。

④青霭：青色云气，山中的岚气。霭，云气。入：接近、进入。

⑤分野：古天文学名词。古人以天上的二十八个星宿的位置来区分中国境内的地域，被称为分野。地上的每一个区域都对应星空的某一处分野。中峰：终南山的最高处主峰太乙峰。

⑥壑：山谷。这两句诗是说终南山连绵延伸，占地极广，中峰两侧的

分野都变了,众山谷的天气也阴晴变化,各自不同。

⑦投:投奔。人处:有人烟处。

寄左省杜拾遗

岑　参

〔题解〕

此诗作于唐肃宗至德二年(757)至乾元元年(758)初,当时杜甫任左拾遗,岑参任右补阙,两个人同为谏官。杜甫有《答岑补阙见赠》,应为此诗和作。当时,安史之乱刚刚过去,岑参从塞外归来,在杜甫等人的举荐下,被任命为右补阙。在这首诗中,作者不仅以深沉真挚的语言畅叙了两人的情谊,还流露出对时政的关心和不满。诗的前四句主要写作者与杜甫的友情,写两个人每天都要同步去朝拜圣上,但"分曹限紫薇",不能在一起办公,连同朝听政都不愿分开,可见二人关系的密切。颔联看似写两人形影不离的情谊,但主要表达的是两个人都不被皇家重用的怨望之情。后四句主要是哀叹年华已逝,而自己却无所作为,表现了自己的寂寞与迟暮之悲。整首诗,作者采用隐晦曲折的方法,寓贬于褒,敢于对皇帝和权佞说上一些讽刺的话,来表达自己的不满情绪,颇耐人寻味。

联步趋丹陛,①分曹限紫薇。②
晓随天仗入,③暮惹御香归。④
白发悲花落,⑤青云羡鸟飞。⑥
圣朝无阙事,⑦自觉谏书稀。⑧

〔注释〕

①“联步”句：意为两人一起同趋。联步，同行，同步。趋，小步快走，极为谨慎的样子，表示对皇帝的尊敬。丹陛：皇宫的红色台阶，借指朝廷。

②分曹：分班，各立左右。曹，官署。限：阻隔，引申为分隔。紫薇：紫薇省，即中书省，也叫紫微省。诗人时任右补阙，属中书省，杜甫任左拾遗，属门下省。中书省在殿西，门下省在殿东，二人分班办公。

③天仗：即仙仗，皇家的仪仗。

④惹：沾染。御香：朝会时殿中设炉燃香。

⑤“白发”句：自叹老大无成。花落：指青春凋谢，岁月流逝。

⑥鸟飞：隐喻飞黄腾达的人。

⑦圣朝：圣明的朝代，即当世。阙事：指错失、缺点。阙，同“缺”。

⑧自：自然。谏书：劝谏的奏章。

登总持阁

岑　参

〔题解〕

“总持阁”，在长安城西和平坊总持寺内。总持寺是隋大业三年(607)隋炀帝为隋文帝所建，初名大禅定寺，武德元年(618)改名为总持寺。总持为隋文帝的法号。总持，佛教术语，指持善不失，持恶不生，无所缺漏。这首诗用夸张的手法描绘总持阁的高大以及登临之后的超脱之感。首联写总持阁的高和自己对总持阁及其景观的仰慕之情。颔联写登上总持阁，天晴时树木历历可见，天阴时五陵的飞烟飘雾令人怅然。颈联再一次写总持阁雄踞诸山之间，景观优美，主要是借助“低秦岭”“窗中小渭川”，再次表达自己的喜爱之情。尾联写诗人要“奉金仙”，主要还是迷恋这里的景色。结尾这句看起来平常,却是作者精心提炼之后的语句,既收束全诗,又开拓了全诗的意境;既表达了自己对总持阁的仰慕之情,又写出了许多“言外之旨”“韵外之情”。

高阁逼诸天,①登临近日边。
晴开万井树,②愁看五陵烟。
槛外低秦岭,③窗中小渭川。④
早知清净理,⑤常愿奉金仙。⑥

〔注释〕

①逼:迫近。诸天:天空。佛家认为天分欲、色、无色三界,共有二十八重天,统称“诸天”。

②井树:这里泛指街道与村落,因为古代主要饮用井水,为了改善生活环境,都喜欢种树,所以凡有井与树的地方,都有居民住宅。

③槛:指阁楼上的栏杆。

④渭川:渭水。

⑤清净:佛教术语,指远离恶行的过失,远离烦恼的污染。

⑥奉:侍奉。金仙:用金色涂抹的佛像。“金仙”应出自北齐《魏书·释老志》:“孝明帝夜梦金人,项有日光,飞行殿庭,乃访群臣,傅毅始以佛对。”

登兖州城楼

杜　甫

〔题解〕

兖州,隋称鲁郡,唐武德年间改称兖州,天宝元年又改为郡。此诗当是开元二十四年(736)杜甫落第后游齐赵,其间到兖州看望父亲时所作。这首诗写登兖州城楼所见到的雄浑、壮丽的景观，由秦碑、鲁殿引发的思古之幽情。首联点题，说明此行的来意。颔联两句写眺望的远景，一句是由上而下，一句是由下而上，境界阔大、气势雄浑。颈联两句视野由远及近，由写景转入怀古，由空间转入时间。《杜诗详注》写："三、四宏阔，俯仰千里；五、六微婉，上下千年。"尾联写对社会的不满与怀古之情。我们从这首诗和诗人早期的五律《望岳》中，可以看出诗人少年挺拔、英气逼人之姿，这与杜甫后期诗歌"沉郁顿挫"的境界，在风骨上是一脉相承的。关于此诗章法，清浦起龙《读杜心解》有过精当的分析："首、二，点事。三、四，横说，紧承'纵目'。五、六，竖说，转出'古意'。末句仍缴还'登'字，与'纵目'应。局势开拓，结构谨严。"

东郡趋庭日，①南楼纵目初。②
浮云连海岱，③平野入青徐。④
孤嶂秦碑在，⑤荒城鲁殿余。⑥
从来多古意，⑦临眺独踌躇。⑧

〔注释〕

①东郡：指兖州。因在杜甫所居东都洛阳之东，故称东郡。趋庭：典出《论语·季氏》，孔子"尝独立，鲤趋而过庭。曰：'学诗乎？'对曰：'未也。''不学诗，无以言。'鲤退而学诗"。讲的是孔子的儿子孔鲤接受父亲教诲的故事。后指子承父训。这里指作者前来探看父亲。当时，杜甫之父杜闲任兖州司马。

②纵目：放眼远眺。初：第一次。

③海岱：大海和泰山。

④青徐：青州、徐州。

⑤孤嶂：指峄（yì）山，又名邹山，邹峄山，在今山东邹县东南，为一孤

峰。秦碑:《史记》载,秦始皇东巡郡县,登临峄山,刻石以颂秦德,相传碑文为李斯所书。

⑥荒城:指曲阜故城。鲁殿:即鲁灵光殿,汉景帝之子鲁恭王所建,在曲阜故城内。

⑦从来:素来,有生以来。多古意:承上两句来,意思是多存古人的思想意识。

⑧踌躇:因惆怅而徘徊,形容见古迹而感慨激动。

送杜少府之任蜀州

王　勃

〔题解〕

王勃(650—676),字子安,绛州龙门(今山西河津)人。王勃早慧,被誉为神童,诗文与杨炯、卢照邻、骆宾王齐名,并称为"初唐四杰"。王勃的诗今存八十多首,多为五言律诗和绝句。明代胡应麟评价王勃的五律:"兴象宛然,气骨苍然,实首启盛(唐)、中(唐)妙境。五言绝亦舒写悲凉,洗削流调。究其才力,自是唐人开山之祖。"(《诗薮》)

诗题也作《送杜少府之任蜀川》。少府,县尉的别称。杜少府,生平不详。蜀州,今四川崇州。这是王勃供职长安时写的一首送别诗。这首赠别诗一反以往赠别诗的哀婉低沉,将离别之情的灰暗色调变得清爽透亮。字里行间表现出诗人蓬勃向上、积极进取的激情和对朋友真诚的友爱之情。首联描绘了长安的阔大气象和西蜀的烟雾迷蒙。颔联两句采用倒装句式,强调了离别意的内容。颈联诗人借上联的惜别之情,笔锋一转,吟诵出意境开阔的千古名句。尾联则是以豪言壮语来鼓励远行人不要做儿女情态,表现出诗人壮阔的胸怀与昂扬的精神。此诗历来备受推崇，如清胡本渊在《唐诗近体》中说："前四句言宦游中作别，后四句翻出达见，语意迥不犹人，洒脱超诣，初唐风格。"清王尧衢《唐诗合解笺注》总评："此等诗，气格浑成，不以景物取妍，具初唐之风骨。"

城阙辅三秦，①风烟望五津。②
与君离别意，③同是宦游人。
海内存知己，④天涯若比邻。⑤
无为在歧路，⑥儿女共沾巾。⑦

〔注释〕

①城阙：本指皇宫门前的望楼，这里指唐代都城长安。辅：护卫、护着。三秦：相当于现在的关中地区，古为秦地，项羽灭秦后，将其分为雍、塞、翟三国，统称"三秦"。

②风烟：风光烟色，美好的景色。这里用来形容四川迷蒙的渡口。五津：四川境内长江的五个渡口，白华津、万里津、江首津、涉头津、江南津。泛指四川的山山水水。

③君：您，指杜少府。离别意：离别的意绪。

④海内：四海之内，指天下。知己：知心朋友。

⑤比邻：近邻，古代五家为比。

⑥无为：不要。歧路：岔路口，分别的地方。

⑦沾巾：眼泪沾湿手巾。

送崔融

杜审言

〔题解〕

武则天万岁通天元年(696)夏，营州契丹松漠都督李尽忠、归诚州刺史孙万荣举兵反，秋季武三思东征契丹，崔融此时任节度使书记官，随武三思东征。官兵在讨伐契丹叛乱时，吃了不少败仗，战争持续了一年多，直到万岁通天二年(697)七月，因契丹叛军内部闹矛盾，才取得了平叛的胜利。崔融，字安成，齐州全节(今山东历城)人，与杜审言有深交。诗人在诗中描绘了送别场面的壮观，设想军旅到达北方一定能大功告成，表达了自己的祝福。前四句交代了事情缘由，描写了送别出征的场面声势。后四句从军中“旌旗”“笳吹”想象军士在战场上的声威，并预言战争的胜利。杜审言是著名的宫廷诗人，他的诗多是写景应酬应制之作，总体来说意义不大，这首诗也是如此，但是他在“文章四友”中艺术造诣很高，对推进律诗的成熟做出了重要的贡献。

君王行出将，①书记远从征。②
祖帐连河阙，③军麾动洛城。④
旌旃朝朔气，⑤笳吹夜边声。⑥
坐觉烟尘扫，⑦秋风古北平。⑧

〔注释〕

①行出将：将要派遣大将出征。行，将。

②书记：崔融当时为节度使掌书记之官，随军出征。

③祖帐：为送别行人在路上设的酒宴帷帐。祖，《汉书·疏广传》颜师古注：“祖者，送行之祭，因飨饮也。昔黄帝之子垒祖好远游而死于道，故后人以为行神也。”连河阙：从京城连延到黄河边。河阙，即伊阙，在今河南洛阳西南，因龙门山(西山)和香山(东山)夹伊水而立，就像阙一样，故称伊阙。阙，宫殿，指京城。

④军麾：军旗，这里代指军队。洛城：洛阳城。

⑤旌旃：旗帜、军旗。朔气：北方寒冷的空气。

⑥笳(jiā):即胡笳。一种管乐器,汉魏时流行于塞北和西域,军营中常用作号令。边声:边界上的警报声。

⑦坐觉:顿觉。坐,遂、顿、遽。烟尘:古时边境有敌入侵,便举火焚烟报警,这里指战事。扫:扫荡,有平定的意思。

⑧古北平:秦置右北平郡,治所在今河北遵化西。西汉设北平县,治所在今河北满城北。晋设北平郡,治所在今河北遵化西。古北平,这里泛指契丹松漠都督李尽忠叛军驻扎处。

扈从登封途中作

宋之问

〔题解〕

宋之问(约656—712),字延清,汾州(今山西汾阳)人。唐高宗上元二年(675)举进士。与杨炯分别值守习艺馆,不久授洛州参军,后官至尚方监丞,预修大型类书《三教珠英》。中宗时,增置修文馆学士,宋之问在首选之列,后任越州长史。睿宗即位后认为他"狯(kuài)险盈恶",将他流放钦州(今广西境内),唐玄宗先天年间勒令自杀。宋之问与沈佺期都是当时负有盛名的诗人,并称"沈宋"。他们的诗写得声律调谐、对偶整齐。相比起来,宋之问的诗写得更"聪明灵动一些"(葛兆光《唐诗选注》),总有些"或隽秀或生动或开阔"(出处同上)的诗句。《唐音癸签》有语:"沈、宋固是并驱,然沈视宋稍偏枯,宋视沈较缜密,沈制作亦不如宋之繁富。"《旧唐书》宋之问本传记载了他以诗邀宠的故事,说武则天有一次游洛阳龙门,让从臣赋诗,东方虬(qiú)诗先成,武后赐锦袍,及至读到了宋之问的诗后,认为更好,就从东方虬的手中夺过锦袍转赐给宋之问,以为嘉奖。可见宋之问是很善于歌功颂德的,此诗就是一个典型的例子。作者采用“帐殿”“崔嵬”“仙游”“千旗”“万乘”“掞天才”这样一些夸饰性辞藻来歌颂武则天登封大典的盛大场面。中间二联对仗工整,写出了登封途中所特有的生动景象与宏大场面。用夸张的手法描写了皇帝行宫的庄严华贵,显示了皇家的不凡气派,表达了歌功颂德之意。

帐殿郁崔嵬,①仙游实壮哉。②
晓云连幕卷,夜火杂星回。③
谷暗千旗出,山鸣万乘来。④
扈从良可赋,⑤终乏掞天才。⑥

〔注释〕

①帐殿:皇帝出巡时用帷幄临时搭建的行宫。郁:积聚。崔嵬:高峻的样子。

②仙游:指皇帝为封禅而出游。

③回:指斗转星移。

④山鸣:暗用《史记·封禅书》中的典故,汉武帝元封元年三月,“礼登中岳太室,从官在山下闻若有言‘万岁’云”。据《汉书·武帝纪》,汉武帝祭嵩山,随从者听见山神恭呼万岁。万乘:指天子。周制,天子有地方千里,兵车万辆。乘,古代计算兵车的单位,四马并驾一车,称为一乘。

⑤扈:随从。良:确实。赋:写作,歌颂。

⑥掞(yàn)天才:形容非常有文采。掞天,光芒照天。掞,光芒。

题义公禅房

孟浩然

〔题解〕

诗题也作《题大禹义公房》《题大禹寺义公禅房》,是作者游大禹寺时题在义公禅房墙壁上的诗。“禅房”，僧人的住所，这里指大禹寺。大禹寺，在今浙江绍兴南禹陵附近，建于梁大同十一年(545)。义公，对寺中禅师的尊称，其生平事迹未详。孟浩然于714年春至715年冬曾游越，后又于唐开元十六年(728)秋末重游越，冬天离开。从诗中所描写的景象看，此诗当为作者首次赴越的作品。佛教在唐代极为盛行，佛寺多居山林，与隐士生活也有类似之处。某些禅师对佛学的理解与研究甚精，并有多方面的才能，文士与禅师也有共同的语言，于是交往频繁，这在唐诗中也有反映，本诗就是一个例子。这首诗的首联写义公禅房的位置，颔联和颈联描绘义公禅房周围的环境，用禅房的幽静来衬托义公的道行高洁。尾联诗人触物起兴，引发议论，称颂禅师的心一尘不染如莲花。清王尧衢《唐诗合解笺注》分析道：“义公房前适有莲花，此时空庭雨过，苍翠欲滴，何等明净！看取此花之出淤泥而不染，方知义公之禅心不染也。青莲所以喻法，故以比义公禅也。”

义公习禅处，[1]结宇依空林。[2]
户外一峰秀，阶前众壑深。[3]
夕阳连雨足，[4]空翠落庭阴。[5]
看取莲花净，[6]应知不染心。[7]

〔注释〕

①处：一作“寂”。

②结宇：建舍，建禅房。宇，屋檐，代指房屋，这里指禅房。一作“构”。空林：空寂的山林。

③众：一作“群”。壑(hè)：沟壑。

④雨足：雨脚，指像线一样一串串密密连接的雨点。

⑤空翠:明净的翠绿色。庭:指禅房的庭院。阴:阴凉。

⑥莲花:喻佛座。唐释道世《诸经要集》卷一《三宝敬佛》:“十方诸佛,同出于淤泥之浊;三身正觉,俱坐于莲台之上。”佛教以莲花为最洁,其梵语音译为“优钵罗”,亦指《莲花经》。

⑦应:一作“方”。不染心:心地不为尘念所染。

醉后赠张九旭

高　适

〔题解〕

唐玄宗开元二十四年(736),诗人应征赴长安参加科考无成。次年在京结交张旭、颜真卿等名流,《醉后赠张九旭》当作于此时。张九旭,即张旭,字伯高,排行第九,吴县(今江苏苏州)人。曾任左率府长史,也称张长史,著名书法家,被尊为草圣。颜真卿曾向他请教过笔法,怀素继承并发展了他的草书。他豪放善饮,往往在酒醉之后提笔挥洒,书法佳妙。这首诗,诗人从张旭平日不轻易与人交往、兴来书圣、醉后颠语等三个方面来突出其豪放不拘,同时对他的青云直上表示祝贺,也对他日后能否如往常一样生活表示关心与忧虑,显示了两人之间的深厚情谊。结构上首联从世俗风气说起,而张旭却特立独行、与众不同。接下来六句直叙张旭举止性情,通篇不事雕琢,一气呵成。

世上漫相识,①此翁殊不然。②
兴来书自圣,③醉后语尤颠。④
白发老闲事,⑤青云在目前。⑥
床头一壶酒,能更几回眠。⑦

〔注释〕

①漫相识:随便交往。清沈德潜《唐诗别裁集》卷十:“世俗交谊不亲,而泛云知己,所谓‘漫相识’也。”漫,随便。

②此翁:指张旭。殊不然:特别与众不同。

③兴来:兴致来了。这写出了张旭作书乃率性所为。书自圣:指自然达到超凡入圣的境界。

④癫:癫狂。张旭醉后出语癫狂,有个外号叫“张颠”。

⑤“白发”句:直到晚年也不求闻达,只以闲居自乐为事。《新唐书·文艺传》写张旭,“初,仕为常熟尉,有老人陈牒求判,宿昔又来,旭怒其烦,责之”。他对政绩与提升不在意,对繁琐的文牍工作也不大感兴趣。闲事:无事。

⑥青云:青云直上。这里指张旭被唐玄宗招为博士一事。

⑦更:还,还能有。几回眠:几回醉。

玉台观

杜　甫

〔题解〕

唐代宗广德元年(763)八月,杜甫自梓州(今四川三台潼川)到阆州(今四川阆中)吊唁汉中刺史房琯,十二月返梓州。该诗当作于杜甫在阆州停留期间。《玉台观》原有二首,此为第二首。玉台观,道观名。该观在阆州城北七里,为唐高祖的儿子滕王李元婴所建。观建在高处,观中有台,名玉台。诗人在诗中用一系列的典故与神话传说,描绘了玉台观雄伟壮丽的景象,写出了道观飘然出世的风貌。首联扣题写游玉台观的缘由。颔联利用典故写滕王遗迹。颈联继续用典故来描写玉台观之形势。尾联借民间传说,述其深远影响。这首诗的最大特点就是典故运用得很恰当，不堆砌、不晦涩。杜甫的近体诗，尤其是五律，善于用典是其特点，此诗可以说是一个典范。

浩劫因王造，①平台访古游。②
彩云萧史驻，③文字鲁恭留。④
宫阙通群帝，⑤乾坤到十洲。⑥
人传有笙鹤，⑦时过北山头。

〔注释〕

①浩劫：道家称宫观的阶层为浩劫，浩劫就是浩阶，即宫观的大台阶。这里指代玉台观。

②平台：古迹名，在河南商丘东北。典出《汉书·梁孝王传》，略云汉文帝子梁王刘武“太后少子，爱之，赏赐不可胜道，于是孝王筑东苑，方三百余里，广睢阳城七十里，大治宫室，为复道，自宫连属于平台三十余里”。这里显然以梁王比喻滕王，以平台比喻玉台。

③彩云：指壁画上的云彩。萧史：《列仙传》中记载，秦穆公女弄玉的丈夫萧史善吹箫，秦穆公为他们建筑了凤台。数年以后，弄玉跨凤，萧史乘龙，双双升天。

④鲁恭：典出《汉书·鲁恭王传》，汉景帝子鲁恭王刘余“初好治宫室，坏孔子旧宅以广其宫，闻钟磬琴瑟之声，遂不敢复坏，于其壁中得古文经传”。这里显然以鲁恭王比喻滕王，用鲁恭王所发现的古文字比喻滕王的书法作品。

⑤群帝：众神仙。《吕氏春秋》卷十四《孝行览》：“常山之北，投渊之上，有百果焉，群帝所食。”汉高诱注：“群帝，众帝，先升遐者。”

⑥乾坤：代指玉台观的殿宇。十洲：东方朔所撰《海内十洲记》所说的祖洲、瀛洲、玄洲、炎洲、长洲、元洲、凤麟洲、聚窟洲、流洲、生洲仙境。

⑦“人传”句：指传说中王子乔乘鹤飞升成仙的故事。笙鹤，典出《列仙传》，王子乔，周灵王太子也，好吹笙，作凤鸣，游伊洛之间，道士浮丘公接他上嵩山，三十余年后，乘白鹤驻缑氏山头，举手谢时人而去。

观李固请司马弟山水图

杜 甫

〔题解〕

这组诗共三首,此为第二首。唐代宗广德二年(764),杜甫由梓州携家往阆州,打算离开蜀地。这年三月杜甫的好友严武入蜀,邀请他前去做客,杜甫就又携家返成都。此诗似在成都作。清仇兆鳌《杜诗详注》卷十四题下注:“李固当是蜀人,其弟曾为司马,能写山水图。公至固家,固挂其画于壁,而请公题之也。”司马弟,李固的弟弟。这首题画诗赞美山水画得形象逼真、绘画者技艺高超,借画中景色表达出对隐逸、游仙生活的向往,含蓄地表达了对社会现实的不满。首联描写画中山水,颔联感叹画中仙境可望而不可即,颈联评述画中景物,尾联感叹自己这辈子只能随万物而浮沉,无法脱离尘俗世界。清仇兆鳌《杜诗详注》分析道:“此章概言山水人物。见山水恨不能亲至其地,见人物又叹不能离俗而去。上下两段,各用一景一情,谓之虚实相间格。”很恰切。

方丈浑连水,①天台总映云。②
人间长见画,老去恨空闻。③
范蠡舟偏小,④王乔鹤不群。⑤
此生随万物,⑥何处出尘氛。⑦

〔注释〕

①方丈:又名方壶,古代传说中海上三座仙山之一。《史记·封禅书》载:“自齐威、宣、燕昭使人入海求蓬莱、方丈、瀛洲,此三神山者,其传在渤海中。”浑:全然。连水:山水相连。

②天台：传为人间仙境，如孙绰《游天台山赋》说："涉海则有方丈、蓬莱，登陆则有四明、天台。皆玄圣之所游化，灵仙之所窟宅。"

③恨：遗憾。空闻：只是听说而已。

④范蠡：春秋时越国大夫，传说他辅佐勾践灭吴之后，携西施泛舟太湖。舟偏小：指自己不能与范蠡乘舟同游。

⑤王乔：传说中的仙人王子乔。

⑥随万物：随着万物一同沉浮升迁。

⑦何处：何计，用什么办法。尘氛：世俗世界。

旅夜书怀

杜　甫

〔题解〕

唐代宗永泰元年（765），杜甫的老朋友严武去世，杜甫失去依靠，便于当年五月离开成都草堂，携家眷乘舟东下，经过嘉州（今四川乐山）、戎州（今四川宜宾）、渝州（今重庆）、忠州（今四川忠县），再到夔州（今重庆奉节），在夔州住了将近两年时间，于大历三年（768）春天乘船赴江陵（今湖北荆州江陵），在途中写了这首诗。大历五年（770）冬，杜甫卒于舟中。可以说此诗也是诗人对自己一生的回顾与总结，明唐汝询《唐诗解》卷三四谈到了这一点："此叹生平之不遇也。依岸而宿，就舟而居，星月之景远矣。因言名不当以文章著，今勋业不就而至于此。'官应老病休'，顾不当以论事罢也。今此身漂泊，寄迹扁舟，正犹天地间一沙鸥耳。可慨矣夫！"诗人用雄浑壮阔的景象衬托一叶扁舟的微不足道，以孤苦伶仃的沙鸥比喻自己，表现出内心的凄苦悲凉以及孤独寂寞。

细草微风岸，①危樯独夜舟。②

星垂平野阔，[3]月涌大江流。[4]
名岂文章著，官应老病休。[5]
飘飘何所似，天地一沙鸥。[6]

〔注释〕

①细草：江岸小草。

②危樯：高耸的桅杆。独夜舟：夜泊孤舟。

③"星垂"句：远处的星星就像低垂到地面上了，使原野更为辽阔。平野阔，是出峡以后所见到的两岸景象，"平"与"阔"正好与峡中所见窄与险形成鲜明对比。

④"月涌"句：长江奔腾不息，辽阔无边，银色的月光好像从江水中涌出来一样。

⑤"名岂"以下两句：清仇兆鳌《杜诗详注》卷一四说"五属自谦，六乃自解"是有道理的，杜甫因诗写得好而享有很大的名声，但是他却谦虚地说并没有因为文章获得很大的名声；他的去官当然主要不是因为老病，但是他却将其归之于"老病"，这样既可以宽慰自己，也可以对其他人做一些冠冕堂皇的解释。清沈德潜《唐诗别裁集》卷一〇称其"胸怀经济，故云名岂以文章而著；官以论事罢，而云老病应休，立言之妙如此"，分析得也颇有道理，

⑥"飘飘"以下两句：以天地间的一只沙鸥来比喻自己漂泊不定的人生。清黄生《杜诗说》分析道："'一沙鸥'何其渺，'天地'字何其大，合而言之'天地一沙鸥'，作者吞声……飘飘天地，岂应竟似一沙鸥耶？此有怀莫诉，怪而自叹之辞。"

登岳阳楼

杜　甫

〔题解〕

唐代宗大历三年（768）三月，杜甫携家人乘舟抵江陵（今湖

北荆州江陵)，住在堂弟杜位家中，秋天移居公安(今湖北公安)，暮冬离开公安，岁暮到岳阳(今湖南岳阳)，泊舟岳阳城下，写了《登岳阳楼》诗。岳阳楼，为岳阳城西门楼，高三层，为开元年间岳州刺史张说所建，下临洞庭湖，视野广阔，为游览胜地。这首诗描绘了洞庭湖浩瀚壮阔的景象，寄寓了诗人身世坎坷、怀才不遇、孤苦飘零等复杂的感情及对国家时局的忧心忡忡。首联扣题写登岳阳楼的夙愿已偿，快乐的心情不言而喻。颔联写登岳阳楼所见洞庭湖的宏伟壮阔景象。颈联感叹自己之无助，没有一点儿亲戚朋友的消息，自己又老又病，陷入了走投无路的境地。尾联写诗人忧国忧民的情绪。清黄生《杜诗说》评价此诗："前半写景，如此阔大，五六自叙，如此落寞，诗境阔狭顿异。结语凑泊极难，转出'戎马关山北'五字，胸襟气象，一等相称，宜使后人搁笔也。"

昔闻洞庭水，①今上岳阳楼。②
吴楚东南坼，③乾坤日夜浮。④
亲朋无一字，⑤老病有孤舟。⑥
戎马关山北，⑦凭轩涕泗流。⑧

〔注释〕

①洞庭水：即洞庭湖。在今湖南北部，长江南岸，是我国第二大淡水湖。

②岳阳楼：在今湖南岳阳，下临洞庭湖，为游览胜地。

③吴、楚：春秋时期两个诸侯国，其所在地域相当于长江中下游的湖北、湖南、安徽、江西、江苏、浙江一带。坼：分裂，这里引申为划分。古楚地大致在洞庭湖的西北部，吴在洞庭湖的东南部，两地好像被湖水分开。

④"乾坤"句：日月星辰和大地昼夜都飘浮在洞庭湖上。据《水经注》

卷三八："洞庭湖水广八百余里，日月出没其中。"乾坤，天地，此指日月。

⑤无一字：杳无音讯。字，这里指书信。

⑥老病：年老多病。杜甫时年五十七岁，身患肺病，风痹，右耳已聋。有孤舟：唯有孤舟一叶飘零无定。诗人生平的最后三年里大部分时间是在船上度过的。

⑦"戎马"句：北方边关战事又起。当时吐蕃侵扰宁夏灵武、陕西邠(bīn)州一带，朝廷震动，匆忙调兵抗敌。戎马，军马，借指军事、战争，战乱。关山北，此处泛指祖国的西北地区。

⑧凭轩：倚着楼窗。涕泗流：眼泪鼻涕禁不住地流淌。涕泗，眼泪和鼻涕，偏义复指，即眼泪。

江南旅情

祖　咏

〔题解〕

祖咏还写过《泊扬子津》《晚泊金陵水亭》等诗，可知他曾游历江南。这首诗以江南景色作为衬托，写出诗人羁旅漂泊之苦、乡音难达的思乡之苦。首联扣题，起句写楚山难攀，次句写返乡的路也很寂寞冷落。颔联写在舟中所见到的江南景色。颈联写江南与家乡相距之遥远。尾联写难以与故乡联系。古人作诗特别重视命定诗题，叫作"制题"。诗题用字不仅要简括，还要契合全诗的内容。此诗题为"江南旅情"四字，八句诗文中首联点明在旅途中，中间两联写旅情，尾联写思乡。可谓是句句扣"江南"又句句扣"旅情"，可称得上是善于制题，又善于写题了。此诗还有一点需要注意，就是重字。清黄生《唐诗摘钞》卷一说："八句重一'寄'字，后人以'赠'字易之，然唐人只欲句格之老，正不琐琐避忌，但后人不可为法耳。”律诗应避重字，随着时间的推移，此点越来越严格，但是唐代前期的诗人不大注意这一点，如王维的律诗中，就有不少重字。

楚山不可极，①归路但萧条。②
海色晴看雨，③江声夜听潮。④
剑留南斗近，⑤书寄北风遥。⑥
为报空潭橘，⑦无媒寄洛桥。⑧

〔注释〕

①楚山：楚国所在地的山。不可极：难以游览完毕。极，穷尽之意。

②但：副词，俱，都是。此句写返乡的路也很寂寞冷落，实际上还是暗藏着思念家乡的情绪。

③海色：海上日出的景色。

④江声：江水奔流的声音。夜听潮：从江流奔腾声判断是否涨潮。

⑤南斗：星名，南斗六星，即斗宿。古人有“南斗在吴”的说法。典出《晋书·张华传》，传说晋尚书张华见到有紫气直射斗、牛二星座之间，便请教雷焕，雷焕告诉他那是豫章丰城的剑气，于是张华就让雷焕担任丰城县令，掘出龙泉、太阿两把宝剑，斗、牛间的紫气也就因而消失了。古人以地上的州郡位置与天上的星辰位置相对应，南斗与原吴国所在地相对应，所以说“剑留南斗近”。

⑥北风：北方故土。典出《古诗十九首》，汉韩婴《韩诗外传》说：“诗曰：‘胡马依北风，飞鸟栖故巢。’皆不忘本之谓也。”

⑦为：将，将要。报：送致。空潭橘：潭州的橘子。宋祝穆《方舆胜览》卷二三《潭州》称：“橘洲，在长沙西南四十里湘江中……上多美橘故名。”

⑧无媒：没有帮助传送橘子的人。媒，媒介。洛桥：洛阳桥，在诗人的家乡洛阳西南的洛水上，这里代指洛阳。

宿龙兴寺

綦毋潜

〔题解〕

綦(qí)毋潜(生卒年不详),字孝通,荆南(今湖北荆州)人。唐玄宗开元十四年(726)举进士,授宜寿尉。后为左拾遗,著作郎。安史之乱后,复归隐,游于江淮一带。与王维唱酬,诗风也接近,为盛唐著名田园山水诗人之一,善写幽寂之景,充满禅理。“不过,綦毋潜的诗往往有佳句却少佳篇,他的‘方外之情’也常常过于直露,时时匆匆说出几句来自佛典禅籍的词语,使诗歌的‘景’与‘情’像油水分作两处,理念化的结尾往往使得那些‘佳句’仿佛是浮在表层的点缀”(葛兆光《唐诗选注》)。

龙兴寺,在今湖南零陵西南。以诗谈玄说理,开始于魏晋时期,盛唐某些诗人也还受此风影响。一方面是上层提倡佛老,一方面是文人在隐与仕之间的多重选择,都使得谈玄说理依旧在发展。这首诗就是典型的代表作。这首诗的前四句与后四句形成了鲜明的对比:前四句是写作者夜间所见,后四句诗写作者夜间所忆;前面是写事物的暂住性,后面是写事物的流动性;前面是写有,后面是写无。就在这一有一无之间,诗人巧妙地表达了玄妙的佛理,表现了自己超脱尘世、向往虚无的思想感情。

香刹夜忘归,①松青古殿扉。②
灯明方丈室,③珠系比丘衣。④
白日传心净,⑤青莲喻法微。⑥
天花落不尽,处处鸟衔飞。⑦

〔注释〕

①香刹:香烟缭绕的寺庙,此指龙兴寺。忘归:忘返。

②青:一作“清”。扉:寺门。

③方丈室:指寺院住持的居室。

④比丘:和尚。

⑤白日:这里比喻长老传法时,心像白日那样明朗洁净。心:禅心。

⑥青莲:青色莲花,佛书中多喻眼睛。原用以比喻佛教徒的眼睛,也用来指佛教徒,这里指住持僧。喻法:用事例比喻来讲佛法。微:精微。

⑦“天花”以下两句:典出《维摩诘经》,佛祖让天女散花来试探菩萨和声闻弟子的道行,花落之不尽,有鸟衔之而去。

题破山寺后禅院

常　建

〔题解〕

常建,生平事迹不详。唐玄宗开元十五年(727)与王昌龄同榜进士。曾任盱眙(今江苏盱眙)尉,其仕途颇不如意,后隐居鄂州武昌之西山。一生沉沦失意,耿介自守,不趋附权贵。诗以五言为主,多写山水田园风光、山林逸趣。意境恬淡,语言洗练自然,风格质朴清新,时人评价颇高。“其实常建也可以算盛、中唐诗风嬗变的一个中间标志。他五律中的‘清微灵动’的意境和精巧工致的语词,开启了大历乃至晚唐的诗风”(葛兆光《唐诗选注》)。

破山寺即兴福寺,在今江苏常熟虞山北,是南朝齐郴州刺史施德光用自家宅园改建的。诗首联写初入古寺印象,颔联写进入禅院的情景,颈联写水光山色,尾联写佛界静寂。总体上描绘了山寺后禅院清静幽雅的环境,诗人由此领会到玄妙的佛理,抒发了诗人对方外生活的向往。元方回《瀛奎律髓》注意到此诗“三四不必偶,乃自成一体。盖亦古诗、律诗之间。全篇自然”。按照五律的要求,颔联应当对仗,此诗颔联恰恰不对仗,但这并不影响这是一首极好的五律诗。正如《红楼梦》第四十六回林黛玉所说:“若是果有了奇句,连平仄虚实不对都使得的”,“词句究竟还是末事,第一是立意要紧。若意趣真了,连词句不用修饰,自是好的,这叫作不以词害意”。

清晨入古寺①,初日照高林。②
曲径通幽处,③禅房花木深。④
山光悦鸟性,⑤潭影空人心。⑥
万籁此俱寂,⑦惟闻钟磬音。⑧

〔注释〕

①清晨:早晨。入:进入。古寺:指破山寺。

②初日:早上的太阳。照:照耀。高林:高树之林。

③曲径:弯弯曲曲的小路。一作“竹径”,又作“一径”。通:一作“遇”。幽处:幽静的地方。

④禅房:僧人居住的地方。

⑤悦:此处为使动用法,使……高兴。

⑥潭影:清澈潭水中的倒影。空:此处为使动用法,使……空。此句意思是,潭水空明清澈,临潭照影,令人俗念全消。清沈德潜《唐诗别裁集》卷九说:“鸟性之悦,悦以山光;人心之空,空因潭水,此倒装法,通体幽绝。”

⑦万籁:各种声音。籁,从孔穴里发出的声音,泛指声音。此俱静:这里的一切都很寂静。俱,一作“都”。

⑧惟闻:只听到。钟磬:佛寺中的两种乐器,诵经、斋供时用以敲击的

信号，发动时用钟，终止时用磬。

题松汀驿

张　祜

〔**题解**〕

张祜（约782—852），字承吉，南阳（今河南南阳）人。累试不第，或为外府从事，或为大僚幕宾，以布衣终。常年浪迹江湖，晚年卜居丹阳（今江苏丹阳）。善写宫词，辞曲艳丽；所写山水诗、田园诗，也为人称道。诗歌风格精致清新，含蓄收敛。他的五律沉静浑厚，有隐逸之气。杜牧曾经称赞道："何处得似张公子，千手诗轻万户侯。"

"题松汀驿"，即写在松汀驿站的墙壁上。驿，驿站，古代官员、驿使以及来往客人歇脚、住宿的地方。松汀驿，驿站名，所在不详。诗中的"五湖"，在《国语》《史记》中专指太湖及其附近的湖泊，松汀驿当在太湖附近。从诗的内容看，是诗人没有找到所要寻访的隐士，特意写这首诗来抒发自己的遗憾之情。首联写站在松汀驿所见远山与泽国，颔联写水，颈联写山，尾联承上写那位隐居太湖之滨的老朋友已经不在五湖中了。前六句之景是实写，末二句之隐者是虚写，虚实结合，给此诗带来了想象的空间与余味，而避免板滞之嫌。

山色远含空，①苍茫泽国东。②
海明先见日，③江白迥闻风。④
鸟道高原去，⑤人烟小径通。⑥
那知旧遗逸，⑦不在五湖中。⑧

〔注释〕

①含:这里是衔接的意思。空:指天空。

②苍茫:形容无边无际的样子。泽国:水多的地方。。

③海:地面潴(zhū)水区域大而近陆地者称海。内陆之水域大者也称海,此处指太湖。先见日:东南方向靠近海,因此可以最先看到海水托起的红日。

④江白:江水泛白波。迥闻风:指远远听到风起浪涌的声音。迥,远。

⑤鸟道:指仅容飞鸟通过的道路,比喻险峻狭窄的山路。

⑥人烟:住户的炊烟,泛指人迹、人家。

⑦那知:哪知,谁知道。旧遗逸:旧日的隐逸之士。此指遗世独立的老朋友。遗逸,隐士,遗才。

⑧五湖:此指太湖。指太湖及附近的几个湖泊。

圣果寺

释处默

〔题解〕

释处默,生卒年不详,约生于唐文宗时,约卒于唐末梁初,婺州兰溪(今浙江兰溪)人。小时候在兰溪出家,与安国寺诗僧贯休相识,经常作诗酬答。历游杭州、润州等地,在庐山、九华山住过,后入长安,住慈恩寺。与罗隐、郑谷等为诗友。

圣果寺,故址在浙江杭州南凤凰山上。建于隋文帝开皇二年(582),因唐代番僧文喜于此静坐得道而名为“胜果”,又名“圣果”。这首诗写出了圣果寺的地势高远、环境优雅,还有俯瞰吴越的气势,虽然靠近尘世,却不被流俗所扰,表达了寺院生活的自适。这首诗中除了“钟磬”二字与寺院直接相关之外,其余的没有一字涉及。由此可见,作者诗中的图景是立足寺外而眼观远近四方,要表现一种空旷辽阔、宏大壮观的境界。这种效果的形成无疑要归功于诗人对自然景物的重点选择和突出描写。

路自中峰上,①盘回出薜萝。②
到江吴地尽,③隔岸越山多。
古木丛青霭,④遥天浸白波。⑤
下方城郭近,⑥钟磬杂笙歌。⑦

〔注释〕

①中峰:山的主峰。

②盘回:盘旋回绕。薜萝:薜荔及女萝,两者皆为野生植物,常攀缘于山野林木或屋壁之上。

③江:指钱塘江。古时,钱塘江北属于吴地,江南属于越地。吴地:春秋时吴国所辖之地域,包括今之江苏、上海大部和安徽、浙江、江西的一部分。

④青霭(ǎi):指云气。因其色紫,故称。

⑤浸:形容天边浸在波浪中,似为前人未曾道,很新鲜。

⑥城郭:城墙。城指内城的墙,郭指外城的墙。

⑦钟磬:钟和磬,古代礼乐器。笙歌:合笙之歌,也指吹笙唱歌。

野　望

王　绩

〔题解〕

王绩(585—644),字无功,号东皋子,绛州龙门(今山西河津)人。隋大业元年(605)举孝廉,授秘书省正字,后为六合丞。

因仕途不顺,于大业十年(614)辞官归里。后来又出仕,又因仕途受抑,辞官归里。后又任太乐丞,在这期间,把太乐署史焦革的制酒方法,总结为《酒经》一卷。不足两年,重又挂冠归隐。诗歌多写田园风光与隐士生活,诗风恬淡自然、平淡疏野,对唐诗的发展有一定的影响。如南宋周端朝《周氏涉笔》说:“旧传四声,自齐、梁至沈、宋,始定为唐律。然沈、宋体制,时带徐、庾,未若王绩剪裁锻炼,曲尽情玄,真开迹唐诗也。”

这首诗描绘了一幅动人的山居暮归秋景图,寄托了诗人避世隐居之意。这首诗在写法上很有特点,尤其是中间四句,其色、光、动、静的自然结合与完美协调和其所造成的恬美的油画效果,确实难得。诗歌结构上也是层层深化,先因情引景,然后写景寄情,最后因景生情,很是别致。这首诗在诗歌发展史上有着一定的地位,它一反南朝靡艳的诗风,追求朴实无华的境界,从诗风上对后来的唐诗有着积极的影响。

东皋薄暮望,①徙倚欲何依?②
树树皆秋色,③山山惟落晖。④
牧人驱犊返,⑤猎马带禽归。⑥
相顾无相识,⑦长歌怀采薇。⑧

〔注释〕

①东皋:诗人隐居的地方。皋,水边高地。薄暮:傍晚。薄,迫近。

②徙倚:徘徊,来回地走。欲何依:打算依靠什么,这表明他无所依托,心神不宁。依,归依。

③树树:形容树之多。秋色:一作“春色”。

④山山:形容山之众。落晖:落日余晖。

⑤犊(dú):小牛,这里指牛群。

⑥禽:鸟兽,这里指猎物。

⑦相顾:相看。

⑧采薇:薇,是一种植物。古时"采薇"代指隐居生活。怀采薇:怀念采薇隐居的古人。相传周武王灭商后,伯夷、叔齐不愿做周的臣子,在首阳山上采薇而食,最后饿死。

送别崔著作东征

陈子昂

〔题解〕

这首诗当与杜审言《送崔融》为同时之作。此诗有序,根据序来看,当作于万岁通天元年(696)七月。诗题也作《送著作左郎崔融等从梁王东征》。崔著作当为崔融,梁王指武三思,武则天之侄,当时被任命为榆关道安抚使,负责东征。这首诗是为送别朋友崔融从征而作的,所以首联点明了题意:白露过后,秋气肃杀之时,天子派兵出征。点明了时间、目的。一开始就渲染了天地萧瑟的氛围。颈联继续说明出征的目的,不是显示武力,而是安定边疆,同时也提出自己的主张,既要实现目的,又要谨慎用兵,不能滥杀无辜。颔联则是勉励之语,要坚决捍卫国家。尾联的两句,第一句告诫不要战败,第二句祝愿崔融建立战功。盛唐之诗给人气象宏大、蓬勃向上的精神感受和艺术感染,这都是与诗人希望建功立业的主旨内容相关,当然也与诗人的艺术表达相关。陈子昂是这方面的开创性代表人物之一,这首诗是他建功立业思想和开创性风格的具体体现。

金天方肃杀,①白露始专征。②
王师非乐战,③之子慎佳兵。④

海气侵南部,⑤边风扫北平。⑥
莫卖卢龙塞,⑦归邀麟阁名。⑧

〔注释〕

①金天:秋天。秋季于五行属金,故称。肃杀:严酷萧瑟的样子。

②白露:秋季的第三个节气。专征:指将帅受皇帝之命,全权指挥军队进行讨伐。

③王师:王者之师,对本国军队的美称。乐战:好战。

④之子:指崔融。佳兵:本指锐利的武器,这里指用兵。

⑤海气:指渤海的寒气。这里比喻契丹叛军的嚣张气焰。南部:指东北契丹族叛乱南侵的部落。

⑥边风:北方边境的寒风。扫:扫荡、荡平。北平:北平郡,指北方边疆地区。

⑦"莫卖"句:卖:出卖,放弃。不要出卖卢龙塞。《三国志》载,曹操北征乌桓,有个名叫田畴的人献策自卢龙口进军,曹操从之,果获大胜。论功行赏时,田畴拒不接受,说:"岂可卖卢龙塞以易赏哉!"卢龙塞,今河北遵化内的喜峰口,是当时北平郡的边境要塞。

⑧归邀:回来后邀取、希图。麟阁:麒麟阁。汉代所建,在未央宫中,汉宣帝时曾画霍光等十一名功臣的像在此阁中,以表彰他们的功绩。这里借指对功勋的表彰。

陪诸贵公子丈八沟携妓纳凉晚际遇雨(二首)

杜　甫

〔题解〕

此诗当为杜甫于唐天宝年间在长安作。丈八沟在长安城南,是韦坚在天宝元年(742)开凿的一条人工漕运河道,深一丈,宽八尺,故称"丈八沟"。携妓,指携带妓女,此妓女当为诸贵公子家的家妓。在当时社会中,知识分子常与妓女交往,甚至家中蓄有私妓。妓,是指歌舞女,与后世的妓女含义不同。纳凉,乘凉,写作时间当为夏天。这两首诗是杜甫早年困居长安时,陪一些贵公子携妓纳凉时的即兴之作。写这类诗,并非杜甫意愿,而是为了逢场应酬,略做变通。这两首诗紧紧扣住"遇雨"二字来做文章,含蓄地表现了自己热爱大自然的生活态度,既应付了贵公子,也使得两首诗富有哲理。第一首诗着重表现出游遇雨之前大自然景色的美好和人们心情的恬静。首联交代了时间、地点,勾勒出一幅色彩明丽的落日泛舟图。颔联仍是描绘恬静优美的图画,纳凉所在地的环境很好,竹林、荷花带来阴凉与惬意。颈联写船上人的活动,这一句将诗人的生活情趣与公子、佳人区分开来。尾联写人们正在陶醉之时,诗歌的节奏突转,要下雨了。这里既扣住了遇雨,也为第二首诗埋下了伏笔。

其一

落日放船好,①轻风生浪迟。
竹深留客处,荷净纳凉时。②
公子调冰水,③佳人雪藕丝。④
片云头上黑,⑤应是雨催诗。

〔注释〕

①放船:开船,行船。这里是泛舟之意。

②纳凉:乘凉。纳,乘。

③公子:称富贵人家的子弟。调冰水:用冰调制冷饮之水。

④佳人:美女。雪藕丝:把藕的白丝除掉。雪藕,莲藕的一种,因其色白如雪而得名,食之既脆又嫩,且甜而多汁。

⑤片云:极少的云。南朝梁简文帝《浮云诗》:“可怜片云生,暂重复还轻。”

〔题解〕

这首诗与上一首诗是联章体诗。联章诗也称组诗,它是采用相同或相近的体裁表达相同或相近的内容的两首以上的组诗。联章诗是唐代近体诗创作所采用的一种重要形式。欣赏联章诗应当采用联系的观点,运用比较的方法。就这两首诗而言,其情绪,第一首可以说诸公子与佳人们都兴趣盎然,都很开心;第二首可以说诸公子与佳人们都兴趣索然,都很狼狈。两首诗所写的人物表现、景物形态、行船状况,都各不相同,既相互关联,又形成了鲜明的对比。因此,这诗承上一首,写贵公子遇雨之后游赏的情景。首联写雨情。颔联采用互文的修辞手法写那些佳人们的反应,因为在所有的游人中,她们对骤然而至的暴雨的反应最强烈。颈联写游船的状况。尾联写游人扫兴而归。

其二

雨来沾席上,①风急打船头。②
越女红裙湿,③燕姬翠黛愁。④
缆侵堤柳系,⑤幔卷浪花浮。⑥
归路翻萧飒,⑦陂塘五月秋。⑧

〔注释〕

①沾:打湿、溅。

②急:一作“恶”。

③越女:越地的美女,即南方的佳人,代指歌妓。

④燕姬:燕地的美女,即北方的美人,代指歌妓。翠黛:眉的别称,古

代女子用螺黛（一种青黑色矿物颜料）画眉，故名。这里指经过描画的眉毛。

⑤缆：系船的绳子。侵：侵犯、迫近。

⑥幔：船上的布幔，用以遮阳。

⑦翻：却，反而。萧飒：（秋风）萧瑟。

⑧塘：池塘，此指丈八沟。

宿云门寺阁

孙　逖

〔题解〕

本诗当为作者担任山阴（今浙江绍兴）县尉期间所写，此外他还写过《山阴县西楼》诗。云门寺阁，指云门寺内的阁楼。云门寺在今浙江绍兴南云门山麓，始建于晋安帝时。传说仙人王子晋居此，尝有五色祥云，晋安帝下诏建寺，号云门。此诗以宿云门寺阁的过程为线索，以时间先后为序，脉络清楚，层次分明。首联扣题写对云门寺阁的总体印象，颔联写登阁所眺望之远景，颈联写阁内所见，尾联扣题写入梦。诗人不仅写出了夜宿云门寺的见闻感受，也用夸张的手法写出山寺幽清险峻，同时还表达了对夜宿山门寺而产生的方外之想。

香阁东山下，①烟花象外幽。②
悬灯千嶂夕，③卷幔五湖秋。④
画壁余鸿雁，⑤纱窗宿斗牛。⑥
更疑天路近，⑦梦与白云游。

〔注释〕

①香阁：指香烟缭绕的寺中阁楼。这里指云门寺阁，诗人夜宿之处。

东山：云门山的别名。

②烟花：繁花盛开的景色，这里借指美好的景色。象外：超逸物象之外，这里当指远离尘世之外的寺庙。

③千嶂：千山、群山。嶂，山峰如屏障者，这里泛指山。

④卷幔：卷起帐幕或帘子。五湖：原指太湖及其周边的湖泊，这里泛指湖泊，以与"千嶂"对仗。清黄生《唐诗摘钞》卷一说："写景欲阔大。初唐景语，无出三、四二句之上。"

⑤画壁：绘有图画的墙壁。余：留存。一作"飞"。

⑥纱窗：糊有细密纱网的窗子。斗牛：指斗星宿和牛星宿，泛指天空中的星群。

⑦天路：天上的路，通天的路。

秋登宣城谢朓北楼

李　白

〔题解〕

此诗作于唐玄宗天宝十三载（754），李白于当年中秋节后从金陵再度来到宣城。宣城，今安徽宣城。谢朓（464—499），字玄晖，南朝齐诗人，曾任宣城太守，颇为李白推许。李白对谢朓似乎特别偏爱，诗歌创作有意向谢朓学习，如他说"我家敬亭下，辄继谢公作。相去数百年，风期宛如昨"，"解道澄江静如练，令人长忆谢玄晖"。他特别喜欢谢朓担任过太守的宣城，一生曾七游宣城，寻访谢朓遗迹，写了许多怀念谢朓的诗，此诗便是其中的一篇。王士祯《论诗绝句》称李白"一生低首谢宣城"。谢朓北楼，即谢北楼，是谢朓任宣城太守时所建，故址在陵阳山顶，是宣城的登览胜地。这首诗描绘了谢朓北楼明丽的秋景和萧瑟的秋意，抒发了对谢朓深切的追思与敬意。首联总摄全篇，写了李白登楼所见景色的概貌。宋严羽《沧浪诗话·诗评》说："太白发句，谓之开门见山。"颔联写远景。颈联写近景。尾联抒发了对谢朓的怀念。

江城如画里，①山晚望晴空。
两水夹明镜，②双桥落彩虹。③
人烟寒橘柚，④秋色老梧桐。
谁念北楼上，⑤临风怀谢公。⑥

〔注释〕

①江城：泛指水边的城，这里指宣城。唐代江南地区的方言中，无论大水、小水都称之为"江"。

②两水：指环绕宣城的宛溪、句溪。宛溪上有凤凰桥，句溪上有济川桥。明镜：指拱桥桥洞和它在水中的倒影合成的圆形，像明亮的镜子一样。

③双桥：指城东南泰和门外的凤凰桥与城东阳德门外的济川桥。彩虹：指水中的桥影。

④人烟：人家里的炊烟。

⑤北楼：即谢朓北楼。

⑥谢公：指谢朓。

临洞庭上张丞相

孟浩然

〔题解〕

诗题也作《岳阳楼》《洞庭湖作》《临洞庭》《望洞庭湖赠张丞相》。张丞相，指张九龄。这是一首干谒诗，当时张说任岳州刺史，孟浩然作此诗投赠，希望得到引荐。这首诗主要描绘了洞庭湖壮观的景色,抒发了作者不得志的郁闷心情和希望能够得到引荐的急迫心情。干谒也是古代诗歌中经常出现的内容,此诗可谓中国古代干谒诗的代表作之一。干谒诗要尽可能自然、含蓄。此诗结合洞庭湖的具体情况,就地取材,通过“欲济”“羡鱼”来表达自己想获得引荐的愿望还是比较自然的,但还不够含蓄。清毛先舒《诗辩坻》卷三批评道:“‘欲济无舟楫’二语感怀已尽,更增结语,居然蛇足,无复深味。”这首诗闻名,主要是因“气蒸云梦泽,波撼岳阳城”这句写出了洞庭湖的气势。洞庭湖的山水形胜是天下闻名的,历代吟咏者众多,但是像此句写得如此气象雄张,旷然浩大,如在目前,确实不多见。

八月湖水平,①涵虚混太清。②
气蒸云梦泽,③波撼岳阳城。
欲济无舟楫,④端居耻圣明。⑤
坐视垂钓者,⑥徒有羡鱼情。⑦

〔注释〕

①平:湖水齐岸,风平浪静。

②涵虚:包含天空,形容湖面很广,简直可以包括整个天空。混太清:意思是水天相连,难以分别。太清,即天空。

③气蒸:水面上云气蒸腾。云梦泽:古时云泽和梦泽,指湖北南部、湖南北部一带低洼地区,非常广阔。云泽在长江北,梦泽在长江南,现在多为陆地。

④济:渡。楫:船、桨。

⑤端居:安居、闲居,这里指隐居。耻:感到羞耻。圣明:皇帝英明,这里指盛世。

⑥垂钓者:比喻那些已经当官的人。

⑦徒有:空有。羡鱼情:比喻自己想当官的心情,希望张丞相予以提

携。《淮南子·说林训》说:“临河而羡鱼,不如归家织网。”

过香积寺

王　维

〔题解〕

过,访问,探望。香积寺,唐代著名寺院,故址有争议,一说香积寺在长安县(今陕西西安南神禾原上),故址已废。一说在河南汝州,今风穴寺,唐时称香积寺。清黄生《唐诗摘钞》称该诗为:“五律中无上神品。”这首诗首联写香积寺的偏僻,颔联写香积寺与世隔绝,颈联写香积寺的环境清冷,尾联写诗人的感悟。表达了诗人的禅悦之情和对这种生活的向往。此诗在构思上极具特色,题为《过香积寺》,但是没有一句诗正面描写香积寺的壮丽或者幽静,都在写寻访香积寺过程中的所见所闻,而这些见闻恰恰表现了香积寺的与世隔绝。整首诗都是采取侧面烘托、暗示的方式,不说山寺,但山寺在其中,从而形成了深山藏古寺,欲隐弥彰的艺术效果。诗歌虽然着意描写了山中的幽静,但是并没有一味地去写静,而是从动静的矛盾关系入手,用隐隐的钟声、呜咽的泉水声音,来衬托丛林古寺的僻静之感。

不知香积寺,①数里入云峰。②
古木无人径,深山何处钟?③
泉声咽危石,④日色冷青松。⑤
薄暮空潭曲,⑥安禅制毒龙。⑦

〔注释〕

①不知:二字统领全篇,全诗实际上都是在写探访香积寺的过程。清

黄生《唐诗摘钞》卷一说:“起用‘不知’二字,便见往时未到,今日方过,幽赏胜情,得未曾有,俱寓此二字内。”

②入云峰:登上云雾缭绕的高峰。

③钟:寺庙的钟鸣声。

④“泉声”句:泉水在高耸的岩石间流淌,声音如同人在呜咽。咽,呜咽。危石,高耸的崖石。危,高的,陡的。

⑤“日色”句:日光的照耀下青松让人产生一种阴冷的感觉,写出了山深林茂、人迹罕至的情形。冷青松,为青松所冷。

⑥薄暮:黄昏。空潭:明净清澈的水潭。曲:水边。

⑦安禅:佛家术语,使心定于一处,身体不动,口不语,不想任何事情,身心安然进入清寂宁静的境界。毒龙:据唐释道世《法苑珠林》介绍,西方有不可依山,山中有池,毒龙居之,杀五百商人。槃陀王闻之,学婆罗门咒,四年之中,善得其术,就池咒龙,龙化为人,向王悔过,王乃舍之。此处“制毒龙”实指抑制世俗的欲望。

送郑侍御谪闽中

高 适

〔题解〕

侍御,官名,唐殿中侍御史、监察侍御史的通称,负责弹劾纠举不法之举,从六品。郑侍御,高适的朋友,生平不详。谪,贬谪,官员降职并调到边远的地方做官。闽中,唐闽中郡,治所在今福建福州。这是一首送别诗,诗的首联从贬官一事说起,诗人用自己的亲身经历向友人介绍闽中风物,安慰朋友。接下来的两联承上“旧过”二字介绍自己所见到的闽中的地理与气候情况。尾联与首联呼应,继续安慰朋友。尾联是前六句的落脚点,给朋友沉重的心理带去一丝希望、一丝光明。诗中饱含着对朋友的宽慰、劝勉和祝愿的深厚情谊,人情味十足。这首诗读来非常自然、亲切,如叙家常。

谪去君无恨,[①]闽中我旧过。[②]
大都秋雁少,[③]只是夜猿多。
东路云山合,[④]南天瘴疠和。[⑤]
自当逢雨露,[⑥]行矣慎风波。[⑦]

〔注释〕

①谪(zhé):贬谪,古代官员受处分被降职或外调。无恨:不要怨恨。无,通"毋",不要。

②闽中:今福建一带。旧过:以前去过。过,访。

③大都:大概。秋雁少:因为闽中在南岭南,大雁都不过南岭,因此称秋雁少。

④东路:向东行走。合:交融连合。

⑤瘴疠:山林湿热地区流行的恶性疟疾等传染病。和:缓和、温和。

⑥自当:终当、终究会。逢雨露:比喻获得皇恩。雨露,比喻皇帝恩泽。

⑦风波:一指旅途上所遇到的风浪,也指政治上的风波。

秦州杂诗

杜　甫

〔题解〕

此诗作于唐肃宗乾元二年(759)秋,当时唐官军在相州(今河南安阳)被安史之乱的叛军打败,关内又出现了灾荒,杜甫的靠山房琯又一再受到打击,杜甫在政治上也见不到出路,于是放弃了华州司功参军的职位,携全家度陇山,奔华州(今甘肃天水),写了《秦州杂诗二十首》。这一组诗中,诗人主要记载了秦州一带的山川、民俗,也表现了他对唐朝西部防守的担忧。这是第十九首。首联写道路因战争而阻塞,颔联写西北边区唐军之困境,颈联写西北地区寒风凛冽,尾联写诗人希望朝廷选派良将破敌安边。这首诗主要表达了诗人对时局动荡的焦虑不安,体现了诗人忧国忧民的情怀。当时朝廷宦官鱼朝恩陷害大臣郭子仪,郭子仪罢官闲置京师。郭子仪是唐军的灵魂人物,他的罢职对唐军的安定团结及作战能力都有很大的影响,对平定安史之乱及边境安定无疑是重大的干扰。诗人虽在秦州,但对这件事特别忧心,此诗就是针对这件事写的。

凤林戈未息,①鱼海路常难。②
候火云峰峻,③悬军幕井干。④
风连西极动,⑤月过北庭寒。⑥
故老思飞将,⑦何时议筑坛?⑧

〔注释〕

①凤林:凤林关,故址在今甘肃临夏西南。戈:兵器名,通常代指战争。

②鱼海:湖名,唐时在吐蕃占领区内,此处指鱼海周边地区。路常难:常有战事,道路难通。

③候火:堠火,报警的烽火。云峰:指云层堆积如山峰。峻:险峻。

④悬军:孤军。幕井:指将井口遮挡起来不许随便打水,说明井水已经很少了,或者说已经干了。

⑤西极:西方极远之地,指唐代西北边境。

⑥北庭:指北庭都护府,治所在庭州,即今新疆吉木萨尔北破城子。

⑦故老:年老多阅历的人,当然也包括作者在内。飞将:指李广。《史记·李将军列传》:"广居右北平,匈奴闻之,号曰汉之飞将军,避之数岁,不敢入右北平。"

⑧何时:什么时候。这里采用设问的形式,表达了老百姓的强烈愿

望。筑坛:指真心诚意地拜将。《史记·淮阴侯列传》称汉王刘邦对萧何说欲拜韩信为将,“何曰:虽为将,信必不留。王曰:以为大将。何曰:幸甚。于是王欲召信拜之。何曰:王素慢无礼,今拜大将如呼小儿耳,此乃信所以去也。王必欲拜之,择良日,斋戒,设坛场,具礼,乃可耳。王许之”。此处以韩信喻指郭子仪,表达希望朝廷选派良将平定战乱。

禹庙

杜甫

〔题解〕

这首诗是唐代宗永泰元年(765)秋,杜甫从四川东下,经过四川忠州(今重庆忠县)游览禹庙时所作。禹庙,指建在忠州(今四川省忠县)临江山崖上的大禹庙。诗人描写了禹庙的景物及其环境,想象当年大禹治水的气势,抒发了对这位为民造福的古代圣贤的景仰。首联写禹庙所处的外部环境。颔联则由外而内,写庙内的环境。颈联承接上一联的龙蛇起兴,由庙内写到庙外。尾联点出大禹治水的功绩。整首诗将现实、神话、历史融为一体。这首诗第三、四句,明胡应麟赞誉道:“杜用事入化处,然不作用事看,则古庙之荒凉,画壁之飞动,亦更无人可著语。此老杜千古绝技,未易追也。”(《诗薮》)

禹庙空山里,秋风落日斜。①
荒庭垂橘柚,②古屋画龙蛇。③
云气嘘青壁,④江声走白沙。⑤
早知乘四载,⑥疏凿控三巴。⑦

〔注释〕

①落日斜:形容落日斜照的样子。斜,斜照。

②橘柚:暗用了《尚书·禹贡》中"厥包橘柚锡贡"的典故,禹治洪水后,人民安居乐业,东南岛夷的百姓将丰收的橘柚包好进贡,表达了对大禹的景仰。

③龙蛇:指壁上所画大禹驱赶龙蛇治水的故事。

④嘘青壁:一作"生虚壁"。嘘,采取了拟人的方法,将云气写活了,显得很生动。青壁,空旷的墙壁。

⑤江:指禹庙所在山崖下的长江。声:一作"深"。

⑥四载:传说中大禹治水时用的四种交通工具:水行乘舟,陆行乘车,山行乘檋(登山的用具),泥行乘橇(形如船而短小,两头微翘,人可踏其上而行泥上)。《史记·夏本纪》:"陆行乘车,水行乘船,泥行乘橇,山行乘棵檋。"

⑦疏凿:疏通河道,凿开山峡。三巴:东汉末年刘璋分蜀地为巴东郡、巴郡、巴西郡,今为重庆所辖地区。传说此地原为大泽,禹疏凿三峡,排尽大水,始成陆地。

望秦川

李　颀

〔题解〕

李颀(约690—约751),郡望赵郡(今河北赵县),河南颍阳(今河南登封西南)人。唐玄宗开元二十三年(735)进士,曾任新乡尉,因为升迁无望辞归,隐居以终。李颀为盛唐著名诗人,擅长七言古诗、七言律诗,"这些诗不仅气脉流畅、节奏变幻,而且蕴含了他对世态炎凉、人情冷暖的喟叹,许多直率、心酸的话语句不是人云亦云的套话,而是心直口快的陈述,也表达了他心中的欲望、理想与矛盾”(葛兆光《唐诗选注》)。这首诗当作于开元末诗人辞职后离开长安，过秦川时，回望秦川所作。秦川，陕西秦岭以北渭水平原地区，古属秦国，故称秦川，这里泛指以长安为中心的地区。这首诗描绘了帝都的壮丽与秦川萧瑟的秋景，委婉含蓄地表达了诗人罢职之后内心的惆怅与苦闷。诗的前三联，是写诗人眼中的秦川秋景，东峰日出、远近山河、逶迤城阙，还有万户竹、五陵松，处处都映现出一个壮字。而诗的结尾，却发出归欤之叹，暗示出他的凄怆之心。清屈复《唐诗成法》分析道:“景中有情，格法固奇，笔意俱高甚。帝都名利之场，乃清晨闲望，将山河、城阙、万户、五陵呆看半日，无所事事。将自己不得意全不一字说出，只将光景淡淡写去，直至七八，忽兴‘归与’之叹，又虚托‘霜露’一笔，觉满纸皆成摇落，已说得尽情尽致。”

秦川朝望迥，①日出正东峰。
远近山河净，②逶迤城阙重。③
秋声万户竹，④寒色五陵松。⑤
有客归欤叹，⑥凄其霜露浓。⑦

〔注释〕

①秦川:地名，泛指今陕西、甘肃秦岭以北地区。朝望:早晨东望。迥:遥远。

②山河:大山大河，多指自然形胜。净:明洁。

③逶迤:曲折绵延。重:重叠。

④秋声:指秋天里自然界的声音。万户:万家，万室。万，极言其多。

⑤寒色:寒冷时节的颜色、景色。五陵:指长安城北、东北、西北汉代五个皇帝的陵墓:长陵(高祖刘邦)、安陵(惠帝刘盈)、阳陵(景帝刘启)、茂陵(武帝刘彻)、平陵(昭帝刘弗陵)。

⑥客：诗人自指，因为当时在外作官是客居他乡。归欤：归去。辞官回乡叫“归”。

⑦霜露浓：寒冷的样子，这里比喻官场上不得志，就像是遭受风霜雨露那样。

同王征君洞庭有怀

张　谓

〔题解〕

张谓，生卒年不详，字正言，怀州河内(今河南沁阳)人。唐玄宗天宝二年(743)举进士，天宝十三、十四载(754—755)间，曾在安西北庭都护封常清幕为属官，参与军中谋划，立过功勋。后入朝担任太子左庶子、礼部侍郎等官职。张谓存诗多五、七律诗，清新流畅、趣味盎然。

诗题也作《同王征君湘中有怀》，此诗当作于张谓大历二、三年间潭州刺史任上。征君，是对曾受朝廷征召而未任职的人的称呼。王征君，生平不详。这是一首唱和之作。首联扣题，颔联承上写梦中实现自己回家的愿望，颈联承上写愁，尾联直截了当地道出怀乡的情绪。这首诗的特点是诗意连贯而下若串珠，流畅自然。此诗为“北人南客，因感秋而思念其家乡也。观水之北流，便有思洛意。然身不可往，而梦还其家，梦醒则愁极。五更矣，此岂开帙之时乎？惟登酒楼以消忧也。于是，既念其家，复念其友，且叹归期之未可卜耳”(唐汝询《唐诗解》)。

八月洞庭秋，①潇湘水北流。②
还家万里梦，③为客五更愁。④
不用开书帙，⑤偏宜上酒楼。⑥

故人京洛满，⑦何日复同游？⑧

〔注释〕

①洞庭：湖名。洞庭湖在今湖南北部，素有“八百里洞庭”之称。湘、资、沅、澧四水汇流于此，在岳阳县城陵矶入长江。

②潇湘：湘江与潇水的并称。

③还家：回家。

④五更：特指第五更的时候，即天将明时。

⑤书帙(zhì)：书籍。帙，书卷的外套。

⑥偏宜：最应当，最宜，特别合适。

⑦故人：旧交，老友。京洛：西京长安和东都洛阳。泛指国都。

⑧同游：一同游览。

渡扬子江

孟浩然

〔题解〕

此诗作者也有说是丁仙芝的。孟浩然在唐开元二、三年间(714—715)，以及开元十六年(728)曾到江浙一带活动过，渡过扬子江，还留下一些相关的诗，如《宿扬子津寄润州长山刘隐士》《早春润州送从弟还乡》《扬子津望京口》。扬子江，因有扬子津渡口，从隋炀帝时起，南京以下长江水域，即称为扬子江，近代则通称长江为扬子江。本诗首联扣题写渡扬子江。一开始就直接写江中所见，第一句用“望”字引起下文，写船中所望的美景。颔联承上具体写两岸景色，从扬子驿到润州城，有水天相接，有青山茂林，人如在图画中。颈联写诗人渡扬子江的感受，在这里笔锋一转，写海的尽头一片凄凉，江面顿冷，好像是到了冬天。尾联则更是极尽能事，写所闻秋声、所见落叶。这四联，前两联与后两联在情绪上截然不同，前四句写景还算平稳，后四句波动触景伤情。这也就紧扣标题：渡扬子江，千变万化。

桂楫中流望，[①]空波两畔明。[②]
林开扬子驿，[③]山出润州城。[④]
海尽边阴静，[⑤]江寒朔吹生。[⑥]
更闻枫叶下，淅沥度秋声。[⑦]

〔注释〕

①桂楫：用桂木做成的船桨，是船桨的美称，这里代指船。中流：渡水过半，指江心。

②空波：广大宽阔的水面。明：清晰。

③扬子驿：扬子津渡口边上的驿站，在长江北岸，属江苏江都。

④润州城：在长江南岸，与扬子津渡口隔江相望，属江苏镇江。

⑤边阴静：指海边阴暗幽静。

⑥朔吹：指北风。“吹”读第四声，原作“合奏的声音”解，此处指北风的呼呼声。

⑦淅沥：指落叶的声音。度：传过来。

幽州夜饮

张　说

〔题解〕

这首诗应当作于张说任职幽州期间。幽州，古州名，辖今北京、河北一带，治所在蓟县。一般说来，盛唐边塞诗有两种：一种是表现了从军将士不畏艰苦，渴望建功立业的英雄主义精神；一种则揭露了将士之间苦乐不均的现象，表现征人怀念故土的思乡情绪。这首诗应该属于前一种。首联扣题写幽州这个特定环境里的宴饮，幽州边塞气候恶劣。三句写宴会，四句特别强调还能暂时忘掉迟暮之心。前四句看似凄惨悲凉，实则慷慨豪壮；看似有怨望之情，实则有报国之意。因为有了前四句中所蕴含的思想感情，后四句才能更翻一层新意：戍边战士，以苦为乐、以苦为荣，而且认为这是应该承担的。最后一句发出铿锵的感慨：如果不做边城的将帅，哪里能体会这种雨夜痛饮、舞剑悲歌的激动人心的场面呢？哪里能体会这种壮怀激烈的豪迈感情呢？这首诗比较典型地体现了盛唐前期豪迈向上的诗风。

凉风吹夜雨，萧瑟动寒林。[①]
正有高堂宴，[②]能忘迟暮心。[③]
军中宜剑舞，[④]塞上重笳音。[⑤]
不作边城将，[⑥]谁知恩遇深。

〔注释〕

①“凉风”两句：写幽州之夜，幽州地处北方，入秋后本来就寒冷。夜晚会更寒冷，幽州的风雨之夜当然就格外寒冷。动，摇动。

②正有：恰好，说明宴会恰好是自己所需要的。高堂宴：在高大的厅堂里举办宴会。

③迟暮心：因衰老引起凄凉暗淡的心情。

④剑舞：舞剑。

⑤重(zhòng)：推重。笳(jiā)：胡笳，中国古代北方民族吹奏的一种乐器。

⑥城将：作者自指，张说任幽州都督。清叶蓁《唐诗意》说：“乐处已忘其老，而不忘其君，此正小雅。”

卷四　七言律诗

早朝大明宫

贾　至

〔题解〕

贾至(约718—772),字幼邻,一作幼几,洛阳(今河南洛阳)人。唐玄宗天宝元年(742)明经擢第,为单父尉。安史之乱中随玄宗入蜀,撰传位肃宗册文,后留在肃宗朝任中书舍人。后官至汝州刺史、岳州司马、中书舍人、散骑常侍等。擅长写诗,有骏逸之气,格调清畅,语言朴实。

诗题也作《早朝大明宫呈两省僚友》,作于肃宗乾元元年(758)春,当时肃宗阅军后,在含元殿大赦天下,贾至作此诗,杜甫、王维、岑参均有和作。早朝,指朝官早晨上朝朝见皇帝,商议政务。大明宫,在禁苑东南,太宗贞观八年(634)建。高宗时改名蓬莱宫,武则天长安元年(701)复更名为大明宫。国家大典,皇帝朝见百官多在此举行。两省,指中书省与门下省。首联扣题写早朝途中所见,颔联承上具体写"禁城春色",颈联写百官鱼贯上朝时的情景,尾联抒怀。这首诗章法整饬,前半首写早朝之景,重在客观环境;后半首写呈同僚之意,重在思想意识。整首诗,没有正面写朝见皇帝的情况,但其歌功颂德、感恩戴德的写作目的还是实现了:朝气蓬勃,庄严肃穆,光明正大之象;帝王圣明、国运中兴之颂。

银烛朝天紫陌长,①禁城春色晓苍苍。②
千条弱柳垂青琐,③百啭流莺绕建章。④

剑佩声随玉墀步，⑤衣冠身惹御炉香。⑥
共沐恩波凤池上，⑦朝朝染翰侍君王。⑧

〔注释〕

①银烛：蜡烛，有银饰的烛台。此指百官早朝时擎的灯火，天还未亮，朝官们就走在上朝的路上了。朝天：朝见皇帝。天，对皇帝的尊称。一作“熏天”。紫陌：紫红泥铺的路，指京城长安的路，这里指通往宫城的道路。

②禁城：皇帝所居宫城。

③弱柳：嫩柳。青琐：古代宫门上雕刻的连环花纹，常常涂上青色，因此称为青琐，后代指宫门。

④百啭：鸟鸣声婉转多样。流莺：飞动的黄莺。建章：汉代宫殿名，代指大明宫。

⑤剑佩声：大臣佩戴的宝剑和玉佩在行走时的撞击声。玉墀(chí)：宫殿前的石阶，也借指朝廷。

⑥御炉：御用的香炉。

⑦凤池：凤凰池，禁苑中的池沼，魏晋南北朝设中书省于禁苑，掌管机要，接近皇帝，故称中书省为凤凰池。唐中书省与门下省都设在禁苑，故凤凰池兼指中书省与门下省。上：一作“里”。

⑧朝朝：天天，每天。染翰：将毛笔蘸上墨，这里指为皇帝起草诏令等文书。翰，毛笔。

和贾舍人早朝

杜　甫

〔题解〕

杜甫于唐玄宗天宝十四载(755)十月，任右卫率府参军。肃宗至德二载(757)四月，从长安逃至凤翔，谒见肃宗，被任命为左拾遗。闰八月往鄜(fū)州省亲,唐军收复长安与洛阳。十月,肃宗还京。十一月,杜甫也携带家属回到了长安任左拾遗,直至乾元元年(758)六月被贬为华州司功参军。诗题也作《奉和贾至舍人早朝大明宫》,作于乾元元年春天,是上一首贾至诗的和诗。这首诗描绘了早朝的情形,写出了群臣沐浴皇恩的喜悦,运用典故盛赞贾至世家风范,人才难得。前四句扣题写早朝。首联写早朝之早,颔联写上朝时所见风和日丽的景象。后四句扣题写贾舍人。颈联赞美贾舍人原作,尾联赞美贾曾、贾至父子,所用典故与贾氏父子非常贴切,不可移赠他人。这是一首台阁应酬式的诗,在杜诗中是很少见的。整首诗平正典雅,有歌功颂德、点缀生平的意味。整首诗艺术上格法严谨,脉络分明,深得和诗之精髓,历来诗家很推崇。

五夜漏声催晓箭①,九重春色醉仙桃。②
旌旗日暖龙蛇动,③宫殿风微燕雀高。④
朝罢香烟携满袖,⑤诗成珠玉在挥毫。⑥
欲知世掌丝纶美,⑦池上于今有凤毛。⑧

〔注释〕

①五夜:五更天,天要亮了。漏声:古代计时器漏壶的滴水声。箭:指竖在漏壶的受水壶中标有时间刻度的竹箭。

②九重:《楚辞·九辩》有“君之门以九重”,这里代指皇宫。醉仙桃:桃花红得好像喝醉了酒的美人的笑脸一般。仙桃,仙境里的桃花,这里指皇宫里的桃花。

③旌旗:旗帜。龙蛇:旌旗上的图像。

④高:高飞。

⑤朝罢:早朝结束。

⑥珠玉:珠圆玉润,形容语言婉转流畅。挥毫:挥笔写作。

⑦世掌丝纶:世代掌握皇帝的诏书。贾至及其父皆担任过中书舍人,掌管拟诏敕,故称“世掌”。丝纶,皇帝的诏书。

⑧池:凤凰池,也即中书省。凤毛:指凤毛麟角,比喻稀少珍贵的人或物。后来常用来比喻不可多得的人才。这里比喻贾至有文采,不亚于父亲。

和贾舍人早朝

王　维

〔题解〕

这首诗与上一首杜甫诗,同为贾至诗的和诗。首联写上朝前的活动。颔联描写皇帝临朝场面的盛大宏伟,特别是“万国衣冠拜冕旒”一句表现了大唐帝国的盛大气象。颈联进一步渲染早朝仪式的庄严华贵的气氛。尾联写早朝结束,点出了酬和的对象,写贾至刚参加完早朝,又回到中书省为皇帝草拟诏书,生动形象地表现出贾至作为皇帝近臣的尊贵身份。既符合贾至的身份,又赞美了他的才华,可谓善于取材。如果和贾至、杜甫的诗加以比较,王维的这首诗也有自己的特点,运用细节描写和场面烘托,从早朝前、早朝中、早朝后三个阶段来写,层次相当清晰。顾璘评价此诗:“气象阔大,音律雄浑,句法典重,用事清新。”(《批点唐音》)

绛帻鸡人报晓筹,①尚衣方进翠云裘。②
九天阊阖开宫殿,③万国衣冠拜冕旒。④
日色才临仙掌动,⑤香烟欲傍衮龙浮。⑥
朝罢须裁五色诏,⑦佩声归到凤池头。⑧

〔注释〕

①绛帻(zé):红色头巾。鸡人:古代宫中在天将亮时,有头戴红巾的卫士于朱雀门外高声喊叫,好像鸡鸣,以警百官,故名鸡人。报晓筹:指送出了代表拂晓的竹签。晓筹,早更。筹,夜间计时的竹签。

②尚衣:官名。唐殿中省有尚衣局,掌管皇帝的衣服。翠云裘(qiú):饰有绿色云纹的皮衣。

③九天:这里是形容天的崇高广阔。古人认为天有九野、九重,此处借指帝宫。阊阖:传说中的天门,此处指皇宫正门。

④万国:指各国。衣冠:指文武百官。冕旒(liú):古代帝王、诸侯及卿大夫的礼冠。旒,冠前后悬垂的玉串,天子之冕十二旒。这里指皇帝。

⑤日色:借喻皇帝。仙掌:又名障扇,帝王仪仗中的长柄遮阳扇,由两名侍从各执一柄,跟随在皇帝身后,用以蔽日障风。掌,掌扇之掌。

⑥傍:依,靠近。衮龙:指皇帝的礼服上绣着的龙形图案。浮:浮动,指袍上锦绣光泽的闪动。

⑦裁:拟写。五色诏:用五色纸所写的皇帝诏书。

⑧珮声:指贾至走路时佩玉碰撞所发出的声音。凤池头:凤凰池上,代指中书省里。

和贾舍人早朝

岑　参

〔题解〕

唐至德二载(757),岑参到凤翔拜见肃宗,六月受到杜甫等人推荐,被任命为右补阙。十月,唐军收复长安,岑参随肃宗回京。这首诗与前面的杜甫、王维的诗同为贾至的和诗。前六句写景,围绕早朝而来:首联写早朝路上所见,颔联写早朝前的情况，颈联写早朝的时间。最后两句点出酬和之意，推崇贾至诗艺高超。清黄生《唐诗摘钞》把岑参之作与贾至之作做了比较："看他'紫陌''春色''莺''柳''剑佩''凤凰池'等取之贾诗，则运用不同，气象迥别，与此作并观，低昂不待辨矣。结美其首倡，唐人和诗必如此。"这连续的贾、杜、王、岑四首诗，给读者展示了完整的和诗，这四首诗可以说是主题、题材基本一致，体裁完全相同。这四位作者都经历了安史之乱，在唐军收复长安、洛阳两京之后都充满胜利的喜悦，并怀有唐朝中兴的希望，诗都写得气象阔大，音律雄浑，句法典重。正如元杨载《诗法家数》所说："荣遇之诗，要富贵尊严，典雅温厚。写意要闲雅美丽清细，如王维、贾至诸公《早朝》之作，气格雄深，句意严整，如宫商迭奏，音韵铿锵，真麟游灵沼，凤鸣朝阳也。学者熟之，可以一洗寒陋。"

鸡鸣紫陌曙光寒，①莺啭皇州春色阑。②
金阙晓钟开万户，③玉阶仙仗拥千官。④
花迎剑佩星初落，⑤柳拂旌旗露未干。
独有凤凰池上客，⑥阳春一曲和皆难。

〔注释〕

①紫陌：京都的道路。

②皇州：帝都，指长安。阑：阑珊，尽，行将结束。

③金阙：金殿，代指皇宫。

④仙仗：仙人的仪仗，这里指皇帝的仪仗。唐制，朝会要有仪仗，如《唐会要》卷二十四称："皇帝受朝于宣政殿，先列仗卫。"千官：形容官员之多，不是真有那么多朝官。

⑤花迎：花在迎接官员们上朝。拟人的修辞手法，表明作者的心情欢

快。剑佩：官员们上朝时的佩剑和佩玉，这里代指朝官。明胡应麟《诗薮》内编卷五称："岑通章八句，皆精工整密，字字天成，颈联绚烂鲜明，早朝意宛然在目。"

⑥凤凰池：也称凤池，指中书省。阳春：楚国的歌曲名称，是一种高雅的乐曲。《阳春》《白雪》是高雅音乐的代名词，这里指贾至的诗非常高雅。

上元应制

蔡　襄

〔**题解**〕

蔡襄(1012—1067)，字君谟，兴化仙游(今福建仙游)人。宋仁宗天圣八年(1030)举甲科进士，历任漳州判官、馆阁校勘、知开封府、翰林学士、知杭州等官职。书法家，工正、行、草书，也善章草。与苏轼、黄庭坚、米芾并称"宋四家"。

诗题也作《上元进诗》，作于仁宗嘉祐七年(1062)正月十五上元之夜。当时蔡襄随驾观灯，奉命作此诗。上元，正月十五。应制，应皇帝之命写诗作文。在这首诗中，作者从元宵节的特定场景出发，紧紧围绕这一点来铺陈，虽然他所说的皇帝"宸游不为三元夜"未必是真实的，可是诗中反复强调的"与民同乐"的思想，体现了作者对清明政治的追求。首联写上元之夜的欢喜气氛。颔联承上写皇帝观灯不是来看热闹，而是与民同乐。颈联写祥和气氛。尾联写大家祝福皇帝长寿，感谢仁宗皇帝的惠爱。

高列千峰宝炬森，①端门方喜翠华临。②
宸游不为三元夜，③乐事还同万众心。

天上清光留此夕，④人间和气阁春阴。⑤
要知尽庆华封祝，⑥四十余年惠爱深。⑦

〔注释〕

①高列千峰：指用彩灯制作的山峰又高又大，元宵节观灯是我国传统习俗，宋代尤盛，堆叠彩灯如山形称为鳌山。高，一作“叠”。千峰，指灯山。宝炬森：指灯柱林立。宝炬，宝灯、宝烛。森，林立。

②端门：宫殿的正门，即午门、宣德门，皇宫的第一道门。翠华：皇帝后面的障扇，借指皇帝的仪仗，此处代指君王。

③宸游：帝王出游。宸，皇帝居住的地方，这里借指皇帝。三元：农历正月、七月、十月的十五为上元、中元、下元，合称三元。此处指上元。据《续资治通鉴》卷六〇记载，仁宗嘉祐七年正月壬戌，“帝御宣德门观灯，顾从臣曰：‘此因岁时与万姓同乐耳，非朕独肆游观也。’先是谏官杨畋(tián)、司马光等以去年水灾，乞罢上元观灯，故特宣谕之”。

④清光：清亮的光辉，这里指月光。

⑤阁：同“搁”，停留。春阴：春天的大好时光。

⑥华封祝：即华封三祝。传说华州封人祝帝尧长寿、富有、多男，后人称为华封三祝。

⑦“四十”句：宋仁宗在位共四十三年，多有惠政。四十余年，仁宗于乾兴元年(1022)二月即位，至嘉祐七年正月，连头带尾算起来当了四十一年皇帝，所以也可以说“四十余年”。惠爱，恩惠慈爱，此指对民众的惠爱。

上元应制

王　珪

〔题解〕

王珪(1019—1085)，字禹玉，华阳(今四川成都)人。宋仁宗庆历二年(1042)进士，通判扬州，后拜尚书左仆射，兼门下侍郎。哲宗即位，封岐国公。

诗题也作《依韵恭和御制上元观灯》，也是一首应制诗。极力描绘上元夜皇帝观灯时的情景和观灯归来赐宴群臣，以及群臣竞相向皇帝祝寿的场面，表达了诗人对自己的国家国祚昌永的美好祝愿。前四句写观灯：首联扣题写元宵节宣德楼一片光明，颔联写神宗皇帝出场。后四句写宴会：颈联借用典故写饮酒赋诗，尾联写宴会进入高潮。应制的主题就是歌功颂德，王珪在诗中用了凤辇、鳌山等典故，再加上“华月”“仙台”“万烛”“宝扇”“升平”“紫霞杯”等词语，使得整首诗吉庆祥和，富丽堂皇。此外还用历史上大有作为的周武王、汉武帝来与宋神宗作比，当然也就赞美与抬高了神宗皇帝。

雪消华月满仙台，①万烛当楼宝扇开。②
双凤云中扶辇下，③六鳌海上驾山来。④
镐京春酒沾周宴，⑤汾水秋风陋汉才。⑥
一曲升平人共乐，⑦君王又进紫霞杯。⑧

〔注释〕

①雪消：正月十五雪已经融化了。华月：明亮的月亮。仙台：皇宫中的楼台，这里指宣德门楼，是神宗皇帝观灯的地方。

②当楼：对着楼台。宝扇开：指神宗皇帝就要出场了。宝扇，长柄掌扇，也称障扇，是帝王仪仗的重要组成部分。

③双凤：这里指双凤彩灯。辇车是由双凤彩灯接引而出的。

④“六鳌”句：《庄子》记载，海上有三座仙山，下面有六只鳌驮着。这句是说宋时元宵节夜，放花灯庆祝，彩灯堆叠如山，十分漂亮，如海上仙山。

⑤镐京：西周首都（今陕西长安），这里指北宋首都汴梁（今河南开封）。周宴：指周武王宴会群臣，这里比喻宋神宗宴会群臣。

⑥汾水秋风:汉武帝巡游汾水,赐宴群臣,并且作《秋风辞》。陋汉才:汉武帝君臣才能浅陋,比不上今日的盛会。

⑦升平:太平,或可解作《万岁升平》曲,宋代教坊歌曲之一,是歌颂天下太平的曲子。

⑧进:一作“尽”。紫霞杯:一种有紫色云霞图案的酒杯。

侍　宴

沈佺期

〔题解〕

沈佺期(约656—约715),字云卿,相州内黄(今河南内黄)人。唐高宗上元二年(675)举进士,任协律郎。历任中书舍人、太子少詹事。其诗多为宫廷应制之作,内容空泛,形式华丽,与宋之问齐名,文学上承袭而来的说法是沈、宋为律诗定型做出贡献。如元稹《唐故工部员外郎杜君墓系铭序》说:“沈宋之流,研练精切,稳顺声势,谓之为律诗。由是而后,文体之变极焉。”实际上“沈、宋本人却未必有自觉创建诗律的意识,而更多地是在一种普遍的审美风气推动下,不自觉地承继了六朝以来诗歌语言形式整饬化和四声平仄二元化的趋势”(葛兆光《唐诗选注》)。

诗题也作《侍宴安乐公主新宅应制》,中宗景龙三年(709)十一月　口,安乐公主入新宅,沈佺期奉命作此诗。安乐公主,唐中宗女,韦后所生,卖官鬻爵,干预朝政,所建新宅名定昆池,穷奢极侈。这首诗运用夸张的手法,用精工整饬的对偶句式和刻意细致的笔触,浓墨重彩地铺陈公主别墅的奢华、宏伟、神奇、瑰丽。首联破题写安乐公主新宅,颔联承上写新宅的山水之美胜过鸣凤岭、饮龙川,颈联继续写楼阁,尾联毕恭毕敬、荣幸备至地写自己有幸参加盛宴。

皇家贵主好神仙,①别业初开云汉边。②
山出尽如鸣凤岭,③池成不让饮龙川。④
妆楼翠幌教春住,⑤舞阁金铺借日悬。⑥
敬从乘舆来此地,⑦称觞献寿乐钧天。⑧

〔注释〕

①贵主:指唐中宗女儿安乐公主,后被玄宗所杀。好神仙:爱好神仙。一是说明唐代宫廷普遍信奉道教,不少公主都当过女道士,想修炼成仙;二是说安乐公主将新宅营造成人间仙境。

②别业:别墅、庄园。初开:刚建成。云汉边:银河边,云天中。这里是形容楼阁高大雄伟,上连云天。

③鸣凤岭:岐山,是周代的发祥地,传说有凤鸣于此山。

④不让:不弱于、不差于。饮龙川:渭水,汉辛氏《三秦记》称龙首山长六十里,有黑龙从南山出饮渭水,头入渭水,尾达樊川,因此称为饮龙川。

⑤妆楼:梳妆楼。翠幌:翠绿色的帘幕。

⑥舞阁:专门供舞蹈用的台阁。金铺:铺首,门扉上的环形饰物,大多为兽首衔环之状。以金为之,称金铺。

⑦乘舆:皇帝的车驾。

⑧称觞:举杯。乐:奏乐。钧天:天上的音乐,这里形容宴会时所奏乐曲如同仙乐。

戏答元珍

欧阳修

〔题解〕

欧阳修(1007—1072),字永叔,号醉翁,晚号六一居士。谥文忠,吉州永丰(今江西吉水)人。宋仁宗天圣八年(1030)以第一名成绩举进士,任西京留守推官,后官至知开封府、参知政事等。欧阳修领导了北宋古文运动,是唐宋八大家之一,在散文、诗、词各方面都成绩卓著。诗歌深受李白和韩愈的影响,“想一方面保存唐人定下来的形式,一方面使这些形式具有弹性,可以比较的畅所欲言而不致于削足适屦似的牺牲了内容,希望诗歌不丧失整齐的体裁而能接近散文那样的流动潇洒的风格”(**钱锺书《宋诗选注》**)。所著《六一诗话》是我国第一部诗话著作,影响深远。

诗题也作《答丁元珍》,仁宗景祐三年(1036),欧阳修作《朋党论》为范仲淹辩护,结果被贬为峡州夷陵县令。景祐四年春天,他的朋友丁宝臣(字元珍)时任峡州军事判官,写了一首题为《花时久雨》的诗赠他,欧阳修就写此诗作答。首联交代了时间与地点,写山城春迟,见不到花。颔联承上实写眼前所见,诗人用工稳的对句写出了乍暖还寒时候山城的景色,一派生机,充满希望。颈联笔锋一转,抒发思归的沉闷情绪。尾联与首联相呼应,自我宽慰也宽慰朋友,看似超脱,实则沉郁。诗中作者抒发幽怨和失意的情绪,但又有意以旷达出之,因此又自称“戏”作。

春风疑不到天涯,①二月山城未见花。②
残雪压枝犹有橘,③冻雷惊笋欲抽芽。④
夜闻啼雁生乡思,病入新年感物华。⑤
曾是洛阳花下客,⑥野芳虽晚不须嗟。⑦

〔注释〕

①天涯:极边远的地方。诗人贬官夷陵,即今湖北宜昌,距京城很远。
②山城:指夷陵。
③残雪:初春雪还未完全融化。
④冻雷:初春时节的雷,因仍有雪,故称。

⑤“夜闻”二句：一作“鸟声渐变知芳节，人意无聊感物华”。乡思，思乡、相思之情。病入新年，拖着病进入新年。感物华，感叹事物的美好。物华，美好的景物。

⑥“曾是”句：宋仁宗天圣八年(1030)至景佑元年(1034)，欧阳修曾任西京(洛阳)留守推官。洛阳以花著称，盛产牡丹，所以说“曾是洛阳花下客”。

⑦野芳：野花。嗟：叹息。

插花吟

邵　雍

〔题解〕

邵雍(1012—1077)，字尧夫，自号伊川翁，谥号康节，祖籍范阳(今河北涿州)，随父移居共城(今河南辉县)，隐居苏门山百源之上，后隐居洛阳近三十年。甘于淡泊，饮酒著述，终身未仕，是著名的理学家。

本诗首联扣题，写头插花枝在酒卮中照看自己的头影，然后用回环的方式写在酒卮中果然看到了头戴花枝的影子。颔联承上写遇上了太平盛世，感到欣慰、侥幸，让人感受到一种由衷的赞美。颈联把不服老与芳菲时令结合起来，相互激发，生动地体现了诗人的乐观与活力。尾联，诗人表示要在花前一醉方休。似乎不醉就对不起自己，对不起花，对不起酒。此诗运用口语，写得生动活泼，通俗易懂。诗人在《伊川击壤集·自序》中说：“《击壤集》，伊川翁自乐之诗也。非唯自乐，又能乐时与万物之自得也……所作不限声律。”宋严羽《沧浪诗话·诗体》将邵雍这种自具特色的诗称之为“邵康节体”。

头上花枝照酒卮，[1]酒卮中有好花枝。

身经两世太平日，[2]眼见四朝全盛时。[3]
况复筋骸粗康健，[4]那堪时节正芳菲。[5]
酒涵花影红光溜，[6]争忍花前不醉归。[7]

〔注释〕

①卮：古代的一种酒器，容量四升，此泛指酒杯。

②两世：六十年，古以三十年为一世。

③四朝：指作者历经的宋真宗、宋仁宗、宋英宗、宋神宗四朝。

④况复：表示递进关系的连词，相当于"况且又""何况还"。筋骸：筋骨，指身体。粗：大致。

⑤那堪：兼之、更兼。芳菲：草木芬芳茂盛，芳香而艳丽。

⑥涵：包含、浸。红光溜：红光从杯中流溢。溜，浮动。

⑦争忍：怎么舍得。

寓 意

晏 殊

〔题解〕

晏殊（991—1055），字同叔，谥号元献，抚州临川（今江西抚州）人。宋真宗景德二年（1005），以神童召试，赐进士出身，后官至上柱国，爵临淄公。晏殊能诗善词，尤其擅长小令，词与诗都风流蕴藉，温润秀洁，闲雅有情思。"据说他爱读韦应物的诗……他主要还是受了李商隐的影响。也许是因为他反对脂腻，所以他跟当时师法李商隐的西昆体作者以及宋庠、宋祁、胡宿等人不同，比较活泼轻快，不像他们那样浓得化不开，窒塞闷气"（钱锺书《宋诗选注》）。

诗题也作《无题》。寓意，有所寄托，又不愿明白说出，与

“无题”诗类似，多写爱情，或以爱情为喻。首联写与意中人一别之后就不知去向，因而内心有了深深的遗憾。领联是写淡淡的景致，营造出一种凄迷之境。颈联抒写苦闷的心情。尾联写因无法与意中人联系而懊恼。全诗通过诗歌形象来表达自己的无限遗憾之情。晏殊的这首诗写君子美人的离恨别绪，但是诗人在其中应是有所寄托的。寄托的是什么，也没有必要去附会。美人可以是人生的某种期待、某种理想、某种神圣情感的化身，而君子寻不到美人的离恨、失落，就可以看作是人生理想的幻灭、情感的失落和人生不完满的无限怅然。这样的感情，无疑是属于每个人的，具有广泛的共鸣，能深入人心，打动人心。

油壁香车不再逢，①峡云无迹任西东。②
梨花院落溶溶月，③柳絮池塘淡淡风。④
几日寂寥伤酒后，⑤一番萧索禁烟中。⑥
鱼书欲寄何由达，⑦水远山长处处同。⑧

〔注释〕

①油壁香车：经过油漆且装饰精美的轻便小车，通常为女子所乘，这里指代女子。

②峡云：巫山峡谷上的云彩。句中用了宋玉《高唐赋》中的典故。楚襄王梦见巫山神女自荐枕席，临别时对襄王说：“妾在巫山之阳，高丘之阻，旦为行云，暮为行雨，朝朝暮暮，阳台之下。”后常以巫峡云雨指男女爱情，这里指所思念的女子。

③梨花院落：开满梨花的院子。溶溶：水流的样子，这里指流泻的月光，似水一般地流动。

④柳絮池塘：飘着柳絮的池塘。淡淡：轻微的意思。

⑤寂寥：寂寞。伤酒：饮酒过量导致身体不舒服。

⑥萧索：萧条、冷落，缺乏生机。禁烟：清明前一天或两天为寒食节，

旧俗在那天禁火,吃冷食。

⑦鱼书:古代把作信函的两块木板刻成鱼形,故称鱼书,当由尺牍发展而来,后以“鱼书”指书信。何由达:怎么能够寄达。

⑧水远山长:形容天各一方,重重阻隔。

寒食书事

赵　鼎

〔题解〕

赵鼎(1085—1147),字元镇,号得全居士,解州闻喜(今山西闻喜)人。宋徽宗崇宁五年(1106)举进士,累官至左仆射知枢密院事。绍兴初年,两度为相,有“南宋贤相,首推赵鼎”之誉。他支持岳飞抗金,并且推荐岳飞为统帅。因为反对议和,被秦桧构陷,后被移置吉阳军,他认为秦桧一定要置自己于死地,自作铭旌曰:“身骑箕尾归天上,气作山河壮本朝。”于绍兴十七年绝食而死。

这首诗作于绍兴八年(1138)至十四年(1144)作者被贬谪到潮州(今广东潮州)期间,表现了一位爱国志士虽被贬谪到荒远的南方,却仍然关心国家的命运和前途。首联破题写寒食:首句气氛凄楚、悲凉,接下来的“也教”二字,一方面写出了诗人强打精神的状态,一方面也写出了此时的“插柳”,不是惜春、惜光阴,而是纪念沦落他乡的岁月。颔联表面是写今广东地区寒食节的风俗,实际上是写自己既不能纪念死去的人,也不能与活着的亲人相见的伤痛。颈联表面写上坟途中所见,实际上是由承接上一联写家转入尾联写国,用民间生活的宁静温馨的画面与皇室寝陵的荒凉做对比,诗人对南宋朝廷内部投降派的不满和对北方河山沦落的心痛此时达到了极点。可是诗人又能怎样呢?尾联直接表达自己只能借酒消愁，醉生梦死。诗人借事写情，以情说事，蕴藉含蓄，写出了部分南宋士大夫的心态和情感。

寂寞柴门村落里，[①]也教插柳纪年华。[②]
禁烟不到粤人国，[③]上冢亦携庞老家。[④]
汉寝唐陵无麦饭，[⑤]山溪野径有梨花。
一樽竟藉青苔卧，[⑥]莫管城头奏暮笳。[⑦]

〔注释〕

①寂寞：一作“寂寂”。柴门：表明所居非常简陋。村落里：表明诗人与老百姓同住在一起，没有任何差别。

②也教：也让，也懂得。插柳：宋代风俗，寒食节在门前插柳枝，表示春天到来。纪：标记。年华：时光，年岁。

③粤人国：百粤族人居住的地方，这里指赵鼎当时被贬之处，即岭南吉阳（今广东崖县）。粤人，指古代百粤族人。

④上冢：上坟祭扫。庞老：后汉隐士庞德公，传说隐士司马徽清明节去拜见庞德公。适值庞德公携全家扫墓去了。

⑤汉寝唐陵：指汉唐的陵寝，汉朝和唐朝帝王的陵墓。麦饭：磨碎的麦煮成的饭，这里指粗糙的祭品。

⑥一樽竟：喝完一杯酒。樽，酒器，一大杯。藉：借。

⑦暮笳：暮色中的笳声。笳，胡笳，古乐器，从西域传来，乐声悲凉。

清　明

黄庭坚

〔题解〕

宋徽宗崇宁二年（1103）四月，蔡京为左相，重审“元祐学术”,销毁三苏、黄庭坚、秦观的文集,在各地设立“元祐奸党碑”,试图将旧党除尽。黄庭坚因写《承天院塔记》被贬宜州(今广西宜州),十个月后去世。此诗当作于崇宁二年的清明节。首联直接从在清明节里发现生命与死亡的对立,情绪顿时从大喜跌入大悲。颔联承首联起句,写自然界清明时节的勃勃生机。颈联承首联次句,用了两个典故写人类在清明时节的对立的表现,崇高与卑微。尾联感叹贤愚是非难分,而且无论是贤是愚,或是或非,最后都难免一死,甚至安葬在同一个山丘中,若干年后长满了野草,以至无人过问,谁还来判断功过是非呢?北宋后期政治基本是围绕着对王安石变法的态度所形成的新旧党争,黄庭坚身陷其中,深受其害,最后死在贬所。他对社会现实是不满的,这也反映在诗中,凡写到自然界都充满生机,凡写到人事都令人沮丧。

佳节清明桃李笑,①野田荒冢只生愁。②
雷惊天地龙蛇蛰,③雨足郊原草木柔。④
人乞祭余骄妾妇,⑤士甘焚死不公侯。⑥
贤愚千载知谁是,满眼蓬蒿共一丘。⑦

〔注释〕

①桃李笑:桃李开放,这里是用拟人手法形容桃花、李花开得非常灿烂。

②荒冢:荒凉的坟墓。

③“雷惊”句:意思是清明早已过了惊蛰的节气,万物正欣欣向荣。蛰:动物冬眠,这里指从冬眠中苏醒过来。

④郊原:郊外、野外。柔:嫩。

⑤“人乞”句:形容困窘或者为牟利而不择手段。《孟子》中有一则寓

言。说齐国有一人每天出外向扫墓者乞讨祭祀后留下的酒饭。回家后却向妻妾夸耀是有人请自己吃饭。

⑥“士甘”句:形容有些崇高的人,宁愿被烧死,也不愿成为公侯。典出《左传·僖公二十四年》,据说介子推跟随晋文公流亡十九年,回到晋国,晋文公遍赏从亡者,却将介子推忘掉了,于是介子推与其母隐于绵山。文公这才想起他,但求之不得,命焚山逼子推出仕,但介子推宁愿被烧死,也不愿出来做官。不公侯,不做官。

⑦蓬蒿:杂草。丘:指坟墓。

清　明

高　翥

〔题解〕

高翥(zhù)(1170—1241),字九万,号菊涧,余姚(今浙江余姚)人。高翥游荡江湖,以教授为业,擅画,画也极为出名。晚年贫困潦倒,在上林湖畔搭了个简陋的草屋,小得仅容一身,自署名为“信天巢”。他的诗有民歌风,擅长用平易自然的语句写出寻常不经意的景色,平易淡雅,脍炙人口。

诗题也作《清明日对酒》。起、承、转、合的结构形式在这首诗中非常典型。首联扣题泛写清明日的扫墓。颔联承上联,由全景式的描写转入写祭扫的具体情况,这两句抓住坟前纸灰飘飞,扫墓涕泪飞洒,这两种扫墓时最常见的现象,传神地写出了扫墓者内心的悲伤。颈联在内容上有了明显的转折,写祭扫完毕一切恢复常态。尾联紧扣题中“对酒”二字,以议论作结,谈了对清明祭扫的感受。整首诗的旋律不是消极低沉的厌世悲观,而是对人生的旷达态度,对淳朴生活的挚爱之情。语言也极其自然平易。姚牧庵曾经赞誉高翥的诗:“气节深厚,不务险怪,艰深哀乐,皆适其中。”读过这首诗,知其为确凿之语。

南北山头多墓田,[1]清明祭扫各纷然。[2]
纸灰飞作白蝴蝶,[3]泪血染成红杜鹃。[4]
日落狐狸眠冢上,夜归儿女笑灯前。[5]
人生有酒须当醉,[6]一滴何曾到九泉?[7]

〔注释〕

①墓田:墓地。

②祭扫:祭祖扫墓。纷然:纷纷,一群群,众多繁忙的意思。

③纸:纸钱,也称冥币,迷信的说法是冥币焚烧以后可以供死人在阴间使用。白蝴蝶:比喻被风吹后在空中飘动的纸钱灰。

④“泪血”句:用了杜鹃啼血的典故,宋人陆佃《埤雅》说“杜鹃苦啼,啼血不止”。

⑤“日落”两句:冷清寂寞的坟头上,狐狸依然高卧;归家的儿女们依然灯前说笑嬉戏。

⑥须当:应当。

⑦九泉:黄泉、夜台,即所谓阴间,迷信说法为人死以后生活的地方。

郊行即事

程 颢

〔题解〕

这首诗描绘了花红柳绿的郊外景色,写出了诗人郊游时的畅快惬意,表现了诗人对大自然流连忘返和惜春之情。首联紧扣诗题,诗人在芳原绿野之间尽兴游玩,环顾四周,处处青葱翠绿,春意盎然。颔联承上写“恣行”,具体描绘了尽兴畅游的情景：追逐落花，穿过柳丝，累了就在长满青苔的石头上坐坐。颈联写要尽情地饮酒赏花，转入即景生情的情感抒发。同样见落花，颔联是兴致勃勃，颈联是心有不忍。一个是喜春，情借景出；一个是惜春，即景伤情。两联情调不同，但根本都是一样的，喜爱之深，才珍惜之切，喜春与惜春都是诗人对春光的爱重与珍惜，进而生发出对人生的珍重之情。尾联是诗人的感慨：适逢这清明时节的好天气，还是尽情游玩吧，只要别误了归程就行，也暗含诗人恣意游春，乐而忘返的兴致。这首诗前两联主要写景，由远及近，由大而小，由静而动，来写春的绚丽多姿，激起赏春之情，这里写景就是写情；后两联主要抒情，由赏春而喜春，由喜春而惜春，春的不能长驻引发爱重春光，珍惜人生的感怀，情思融注于景物之中。全诗景色艳丽，感情浓郁，意境深厚。

芳原绿野恣行时，①春入遥山碧四围。②
兴逐乱红穿柳巷，③困临流水坐苔矶。④
莫辞盏酒十分劝，⑤只恐风花一片飞。
况是清明好天气，不妨游衍莫忘归。⑥

〔注释〕

①芳原绿野：采用了互文的方法，形容原野绿遍了，到处都散发着草木的芳香。恣行：任意行走。

②遥山：远山。碧四围：被碧绿环抱着。

③兴：乘兴，随兴。乱红：杂乱的花，也指落花。这里可以理解为繁多的花。

④困：与“兴”对举，困乏时。苔矶：长有青苔的石头。矶，水边的石头。

⑤莫辞：不要推辞。十分劝：一作“十分醉”，让人喝得“十分醉”，以至

于“忘归”。

⑥游衍：恣意游玩。莫：不要。

秋　千

释惠洪

〔题解〕

释惠洪(1071—1128)，字觉范，一名德洪，俗姓彭，筠州(今江西高安)人。年轻时候曾做过县小吏。宋元祐四年(1089)出家，曾与苏轼、黄庭坚交往，是著名诗僧，长于七古，也擅作小词，时为绮语，有“浪子和尚”之称，兼擅画墨竹，对诗歌理论也做过探讨。元方回《瀛奎律髓》道：“此诗虽俗，而俗人尤喜道之，又出于僧徒之口，宜可弃者，而着题诗中所不可少也，故录之。”在这首诗里，诗人用细致的笔触，华丽的语言，生动地描绘出一幅仕女秋千图。首联第一句描写秋千的华丽精致。颔联抓住仕女富有特征性的红裙拖地，玉容上天，刻画了美人荡秋千的神态。颈联进一步展现秋千架四周的环境：杏花纷洒，柳烟缭绕。通过美景衬托美人的艳丽多姿。尾联戛然而止，由动态马上转入静态，突出了美人飘然而下，从容悠闲的风韵。这首诗，人景相济，情趣相生，写得其实并不俗。最妙处在于诗人对打秋千的女子的容貌身姿用笔极为小心，紧紧抓住最能反映人物精神风貌的传神细节，如“裙拖地”“人上天”“花板润沾”“彩绳斜挂”“闲处从容立”，顿时人物活灵活现，神采飞扬。诗中人物描写有动有静，比喻夸张别致贴切。

画架双裁翠络偏，①佳人春戏小楼前。②

飘扬血色裙拖地，[3]断送玉容人上天。[4]
花板润沾红杏雨，[5]彩绳斜挂绿杨烟。[6]
下来闲处从容立，[7]疑是蟾宫谪降仙。[8]

〔注释〕

①画架：装饰有图画的秋千架。双裁翠络：剪下两根绿色的绳索供荡秋千用。翠络，指绿色的绳索。偏：指荡秋千的绳索在摆动。

②佳人：年轻美丽的女子。戏：游玩、玩耍，诗中指荡秋千。

③血色：鲜红色。

④断送：打发，推送。玉容：似玉容貌，指美丽的容貌，这里代称美女。

⑤花板：指绘有花纹的秋千踏板。润沾：将杏花比喻成红雨，秋千的踏板被红雨浸润沾湿了。红杏雨：形容飘落如雨的红色杏花。

⑥绿杨烟：春天的杨柳树的绿色像笼上了一层烟雾。

⑦闲处：秋千边，或者是幽静的地方。

⑧蟾宫：指月宫，传说月宫中有蟾蜍，因称月宫为蟾宫。谪降仙：贬谪下凡的仙子。

曲江(二首)

杜　甫

〔题解〕

这两首诗作于唐肃宗乾元元年(758)春天，杜甫时任左拾遗，之前因上疏救房琯而被肃宗疏远，满怀牢愁，所以有了这两首诗。两个月之后被贬到华州任司功参军，因此这是杜甫最后留守长安的作品之一。这时候，安史之乱还没有结束，长安依然是一片凋敝的景象。古人评价："二诗以仕不得志，有感于暮春而作。"(仇兆鳌《杜诗详注》)准确地道出杜甫作诗的境况和情绪。曲江,一名曲江池,故址在今西安城南,原为汉武帝所建,唐玄宗开元年间重新整修,其东南有紫云楼、芙蓉苑;西有杏园、慈恩寺,是当时的游览胜地。这首诗抒发了作者惜春、伤春之情和无尽的愁绪。首联写游春,但春天即将过去。颔联承上写赏残花而借酒消愁。颈联写人文景观的衰败景象。尾联发表了一通感慨:要及时行乐,不要贪图虚名。这两首诗的特点是写景用词工丽,抒情含蓄婉转。在结构上,前三联放开,最后一联收束,重在抒情。

其一

一片花飞减却春,①风飘万点正愁人。②
且看欲尽花经眼,③莫厌伤多酒入唇。
江上小堂巢翡翠,④苑边高冢卧麒麟。⑤
细推物理须行乐,⑥何用浮名绊此身?⑦

〔注释〕

①减却:减少,消减。却,语气助词,无实义。

②万点:形容落花之繁多。愁人:使人发愁。

③且:暂且、姑且。欲尽:花要开完了。花经眼:亲眼见到了残花不断凋零的过程。经眼,过目。

④巢翡翠:翡翠鸟筑巢。翡翠,翠鸟,一种水鸟,羽毛呈绿色、红色或蓝色。

⑤高冢:高大的坟墓。卧麒麟:麒麟石像卧倒在地。

⑥推:推寻,推究。物理:事物的内在规律或道理,这里指万物兴衰变化的道理。

⑦浮名:一作"浮荣",即虚名,虚幻的功名利禄。具体来说,就是他所担任的从八品上的官职左拾遗。绊此身:束缚自己。

〔题解〕

这两首诗各有侧重,也有联系,其一谈到"细推物理须行乐”，侧重写花；其二便具体描写如何行乐，侧重写酒。其二前四句写饮酒，后四句写游春，表现了诗人对世事无可奈何之后的及时行乐的思想。首联写典衣买醉：所领薪俸不够饮酒之资，要靠典当春衣来换取酒资。“日日”两字说明诗人当衣是经常如此，可以看出诗人生活十分贫寒。颔联承上继续写馋酒及其原因：此联中的“人生七十古来稀”，并非指实，而是人生苦短的一种别语。颈联写江头的景致：缘情体物，天然之妙，用词精巧，却没有雕琢的痕迹，这在杜甫诗中是别具一格的名句。尾联表达了诗人的愿望：希望自然风光自由自在地流动着，暂时供我欣赏，不要急着消逝。整首诗中并未流露出不得志之语，只写春天即将过去，要及时行乐，只写每天典衣喝酒，尽醉而归，只写蝴蝶穿花、蜻蜓点水，虽只见流连光景语，可是失意却铺满篇中，使人感到他有满怀愁绪，一腔悲愤。这就是诗外有诗、景外有景、意外有意。

其二

朝回日日典春衣，①每日江头尽醉归。
酒债寻常行处有，②人生七十古来稀。
穿花蛱蝶深深见，③点水蜻蜓款款飞。④
传语风光共流转，⑤暂时相赏莫相违。⑥

〔注释〕

①朝回：上朝回来。日日典春衣：霍松林在《唐诗鉴赏辞典》中分析道：“时当暮春，长安天气，春衣才派用场；即使穷到要典当的程度，也应该先典冬衣。如今竟然典起春衣来，可见冬衣已经典光。这是透过一层的写法。而且不是偶尔典，而是日日典。这是更透过一层的写法。”典，典当，变卖。春衣，春天穿的衣服。

②“酒债”句：这句诗的意思是说，所到之处，没走几步路，见到的酒

馆,都欠了人家酒债。酒债,一作“酒渍”。寻常,短距离,与下句中的“七十”对仗。行处,到处。

③蛱蝶:蝴蝶。深深:在花丛深处。见:通“现”,时隐时现。

④款款:徐缓的样子。

⑤传语:寄语,传话给。风光:春光。共流转:指蝴蝶、蜻蜓等在一起逗留、盘桓。

⑥暂:表明春光不多,而自己也已进入老年,共同相赏的美好时光已经不多了。相违:相互分开。

黄鹤楼

崔　颢

〔题解〕

《黄鹤楼》为崔颢的代表作,据元辛文房《唐才子传》卷一记载,李白登黄鹤楼,说:“眼前有景道不得,崔颢题诗在上头。”无作而去。后写《鹦鹉洲》《登金陵凤凰台》两诗欲与之媲美。宋严羽《沧浪诗话·诗评》说:“唐人七言律诗,当以崔颢《黄鹤楼》为第一。”黄鹤楼故址在湖北武昌长江南岸黄鹤矶上,背靠蛇山,传说三国名臣费祎在此乘鹤登仙。清赵臣瑗《山满楼笺注唐诗七言律》称此诗“妙在一曰黄鹤,再曰黄鹤,三曰黄鹤,令读者不嫌其复,不觉其烦,不讶其何谓。尤妙在一曰黄鹤,再曰黄鹤,三曰黄鹤,而忽然接以白云,令读者不嫌其突,不觉其生,不讶其无端。此何故耶? 由其气足以充之,神足以远之而已矣。”首联破题写仙去楼空。颔联承上“黄鹤去”写诗人凭楼远眺。后四句回到现实,写所见所感:颈联忽然一转,晴空万里,草木风物,又一派好景物。尾联借景抒怀乡之情。抒发了思古的幽情和客子思乡的愁绪。这首诗,既以气取胜,脉络贯通,又起承转合,章法严谨。可谓是神功之力，含蕴丰厚，天地成就，堪为“绝唱。”

昔人已乘黄鹤去，[1]此地空余黄鹤楼。[2]
黄鹤一去不复返，白云千载空悠悠。[3]
晴川历历汉阳树，[4]芳草萋萋鹦鹉洲。[5]
日暮乡关何处是？[6]烟波江上使人愁。[7]

〔注释〕

①昔人：乘鹤仙人。乘：驾。去：离开。

②空余：只剩下。

③悠悠：悠久，久远。

④川：既可指河流，也可指原野，这里当指汉水及汉水北岸汉阳的原野。历历：清楚可数。汉阳：地名，现在湖北武汉汉阳，与黄鹤楼隔江相望。

⑤萋萋：形容草木长得茂盛。鹦鹉洲：鹦鹉洲原为汉阳城西南二里左右的长江中的小洲，唐朝时在汉阳西南长江中，后逐渐被水冲没。东汉末，祢衡写过著名的《鹦鹉赋》，死后葬于洲上，为纪念祢衡，因以为名。

⑥乡关：故乡。

⑦烟波：雾霭笼罩的江面。

春夕旅怀

崔　涂

〔题解〕

崔涂(850—?)，字礼山，江南桐庐富春(今浙江桐庐)人。唐僖宗光启四年(888)进士，终生漂泊巴蜀、吴楚、河南、秦陇等地。工诗，诗多羁愁离怨之作，情调抑郁苍凉。

诗题也作《春夕》《旅怀》。首联缘情即景，景动情生，由春暮归去的伤感触发故园难回的乡愁，非常自然地引起下联。颔联则是由入梦到梦醒，有虚有实，有形有声。颈联由上面的即景生情，转入了直抒胸臆。故乡的书信经年未有，春色却撩人情怀，竟然使人白发满鬓，足见诗人的愁苦之深。尾联承接上联，既然思乡为什么不回故乡？诗人回答：我回不去呀，要是真想回去，回去就行了。那家乡的五湖美景，有谁来和我争呢？这句也表现了他在归隐问题上的矛盾与苦闷。清毛张健《唐体肤诠》称该诗："情生景，景生情，情中有景，景中有情，萦纡飘渺，使读者神为之移。"的确如此，诗人通过对暮春之夜流水、落花、啼鸟、月色的描写，营造了凄清、孤独、悲凉的意境。

水流花谢两无情，①送尽东风过楚城。②
蝴蝶梦中家万里，③杜鹃枝上月三更。④
故园书动经年绝，⑤华发春惟满镜生。⑥
自是不归归便得，⑦五湖烟景有谁争？⑧

〔注释〕

①"水流"句：金圣叹在《贯华堂选批唐才子诗》分析道："'水流'是水无情，'花谢'是花无情。何谓无情？明见客不得归，而尽送春不少住，是以曰无情也。"

②楚城：指湖北、湖南一带的城市，泛指旅途经过的楚地。

③蝴蝶梦：往事如梦。语出《庄子·内篇·齐物论》："昔者庄周梦为胡蝶，栩栩然胡蝶也。"

④杜鹃：一作"子规"，鸟名，其鸣声凄切。

⑤故园：家乡。书：书信。动：动辄、每每之意。经年：常年。经，一作"多"。绝：一作"别"，音信断绝。

⑥华发：花白头发。春惟满镜生：一作"春惟两鬓生"，一作"春催两鬓生"。春日撩人乡思，对镜梳头因而见到满头白发。将白发满头生说成

"满镜生"很新颖。

⑦自是：本来是。

⑧五湖：春秋时，范蠡佐越王勾践成就霸业之后，乘扁舟泛五湖而去。

寄李儋元锡

韦应物

〔题解〕

诗题一作《答李儋元锡》，又作《答李儋》。这首诗当作于唐德宗兴元元年（784）春。李儋，字元锡，时任殿中侍御史，是作者的朋友，《韦苏州集》中有不少赠给他的诗。这首诗用平实的语言写出动荡不安的时局和对民生疾苦的同情以及作者自己的孤独寂寞，真切地期盼好友的到来。首联是对景怀友人，言外之意是花落犹有花开时，一年过去了，你我却未能再相见。颔联则由首联的花落花开的自然规律想到人间的世事茫然难料。这茫然包含着诗人对边境不安宁、国力日衰凋敝局面的焦虑不安而又无能为力的哀愁。颈联是诗人矛盾苦闷心情的真实流露。他多病之身仍然对百姓疾苦拳拳在念，可见出诗人的襟怀。北宋黄彻《䂬（gǒng）溪诗话》说："余谓有官君子当切切作此语。彼有一意供祖，专事土木，而视民如仇者，得无愧此诗乎？"这是全诗的精髓所在，起着统领全诗的作用。尾联才点出寄诗的原因，盼望朋友的到来，那种欣慰与急切之情，不言而喻。作者心心念念的朋友是否到来，我们无从得知，但是我们知道德宗贞元七年（791），也就是韦应物任苏州刺史两年时，便去官为民，实现了诗中"田里"所想，闲居于苏州永定寺内，大约一年以后与世长辞。

去年花里逢君别，①今日花开又一年。

世事茫茫难自料，春愁黯黯独成眠。[2]
身多疾病思田里，[3]邑有流亡愧俸钱。[4]
闻道欲来相问讯，[5]西楼望月几回圆。[6]

〔注释〕

①花里：花开季节，春季。

②春愁：因春季来临而引起的愁绪。黯黯：低沉暗淡、沮丧的样子。一作“忽忽”。

③思田里：想念田园乡里，即想到归隐。

④邑有流亡：指在自己管辖的地区内还有百姓流亡。邑，城市，这里指苏州。愧俸钱：感到惭愧的是自己食国家的俸禄，而没有把百姓安定下来。

⑤闻道：听说。问讯：探望。

⑥西楼：观风楼。

江 村

杜 甫

〔题解〕

《江村》作于唐肃宗上元元年(760)夏成都浣花溪畔。肃宗乾元二年(759)初夏，杜甫因为政治上受到挫折，同时也因为饥馑，弃官往秦州。杜甫在秦州不满四个月，衣食不能自给，于是在十月份，从秦州赴同谷。在同谷停留了一个月左右，又于十二月一日起程入蜀，年底到达成都。在成都西郊的浣花溪畔，依靠亲友的资助营建了一座草堂，终于过上了安定的生活。这就是此诗的写作背景。江村，就是江边的村庄。江是指锦江，岷江的支流，在成都西郊的一段又叫浣花溪。首联扣题写江村的环境，总言江村夏日的幽事之多。颔联、颈联承“事事幽”分别写物事与人事。颔联所写物事，出句与村相关，对句与江相关；颈联写人事，也是出句与村联系，对句与江相关，无论人事、物事，都是夏日江村所特有的。诗人在尾联中表示，只要身体健康就别无他求了，却也隐含着丝丝的怅然。这首诗写于长时间流离失所之后，终于获得安居的快乐心情，我们从所描写的诗歌形象中能够深刻地感受到这一点。

清江一曲抱村流，①长夏江村事事幽。②
自去自来堂上燕，③相亲相近水中鸥。④
老妻画纸为棋局，⑤稚子敲针作钓钩。⑥
多病所须惟药物，⑦微躯此外更何求？⑧

〔注释〕

①清江：清澈的江水。曲：曲折。抱：怀拥，环绕。
②长夏：长长的夏日。幽：宁静，安闲。
③自去自来：来去自由，无拘无束。堂上：一作“梁上”。
④相亲相近：相互亲近，形容鸥鸟亲近融洽的样子。
⑤画纸为棋局：在纸上画棋盘。
⑥稚子：年幼的儿子。敲针作钓钩：用缝衣服的针做的鱼钩。
⑦须：需要。惟：只是。
⑧微躯：微贱的身躯，是作者自谦之词。

夏 日

张 耒

〔题解〕

张耒（1054—1114），子文潜，号柯山，楚州淮阴（今江苏淮安淮阴）人。宋神宗熙宁六年（1073）举进士，授临淮博士。曾任秘书省正字、起居舍人、黄州通判、知兖州等职。北宋后期党争非常激烈，张耒也深陷其中，并因为被列入元祐党籍而一再受到罢官、外任的处分。自崇宁年间之后，赋闲，寓居陈州（今河南淮阳）。张耒善为文，十七岁所作《函关赋》已脍炙人口。为“苏门四学士”之一，诗风平淡自然，流丽晓畅，轻清闲远，多反映现实。苏轼曾说：“秦（观）得吾工，张（耒）得吾易。”这首《夏日》诗就表现了轻清闲远的艺术特征。《夏日》是作者《夏日三首》中的第一首，当为作者闲居陈州时所作。这首诗前六句写景。起句扣题写对江村夏日的总体印象，交代了时间、地点、气候特点，以领起全篇。以下三句具体描写了夏日白天所见景象。颈联写夜晚所见所闻。尾联表达了欲隐居的愿望。用两鬓久已斑白来说明自己早就衰老了，想要过隐居生活。

长夏江村风日清，①檐牙燕雀已生成。②
蝶衣晒粉花枝舞，③蛛网添丝屋角晴。
落落疏帘邀月影，④嘈嘈虚枕纳溪声。⑤
久斑两鬓如霜雪，⑥自欲樵渔过此生。⑦

〔注释〕

①清：清爽、晴朗。

②檐牙：指屋檐边缘呈牙齿状起装饰作用的瓦，这里代称屋檐。

③蝶衣：蝴蝶的翅膀。晒粉：蝴蝶的翅膀上多粉，故称蝴蝶张开翅膀为晒粉。

④落落：稀疏的样子。邀月影：月影透过帘子，好像受到邀请而来，为拟人的手法。

⑤嘈嘈：杂乱的声音，这里是用来形容溪水声之优美。虚枕：空心枕头。纳溪声：枕边传来了流水声。

⑥久斑：早已斑白。

⑦直欲：真想，真愿意。樵渔：砍柴打鱼，用以代指隐居生活。

辋川积雨

王　维

〔题解〕

诗题也作《积雨辋川庄作》，王维自唐天宝三载（744）至十五载（756），常居辋川，此诗当作于这一时期，具体时间难以确知。辋川，在今陕西蓝田南二十里，水出终南山辋谷，北流入霸水，为当时风景区，诗人在此有辋川别墅。积雨，指久雨。首联扣题写田家生活，勾画风景，实际上是侧重写农家生活的繁忙紧张。颔联写夏日原野上的美丽风光，这两句也引起了热烈的讨论，并且得到很高的评价，如清方东树《昭昧詹言》卷十六称："三、四写景极活现，万古不磨之句。"颈联写诗人在山中生活的日常，从中可见王维在辋川怀着与世无争的心态，过着清心寡欲的生活。尾联抒发自己的议论和感慨。可以看出，这首诗前两联写景如画，后两联融理入景，表达了人生短暂的感悟以及返璞归真、回归自然、与世无争的生活态度与思想境界。

积雨空林烟火迟，①蒸藜炊黍饷东菑。②
漠漠水田飞白鹭，③阴阴夏木啭黄鹂。④
山中习静观朝槿，⑤松下清斋折露葵。⑥
野老与人争席罢，⑦海鸥何事更相疑？⑧

〔注释〕

①积雨：久雨。空林：疏林。烟火迟：烟火缓缓上升。雨后空气湿度

大,气压低,又无风,因此烟火升得慢。

②藜:一年生草本植物,嫩叶可食,又名灰菜。黍:黍子,黄米,古时为主食。饷东菑:给在东边田里干活的人送饭。饷,送饭食到田头。东菑,东面的田地。菑,已经开垦了一年的田地,这里泛指农田。

③漠漠:形容广阔无边的样子。

④阴阴:树木浓郁繁盛的样子。夏木:高大的树木,犹乔木。夏,大。啭:小鸟婉转的鸣叫。黄鹂:黄莺。

⑤“山中”句:意思是深居山中,望着槿花的开落以修养宁静之性。习静,习养静寂的心性,也指习惯过幽静的生活。朝槿,木槿,这种植物仲夏始花,早晨开花,晚上枯萎,故称朝槿。古人常以此植物参悟人生枯荣无常之理。

⑥清斋:素食,长斋。露葵:经霜的葵菜。葵,一种草本植物,其嫩叶、嫩茎可食。为古代重要蔬菜,有“百菜之主”之称。

⑦野老:村野老人,此指作者自己。争席罢:不再争夺座次,指自己要隐退山林,与世无争。争席,典出《庄子·杂篇·寓言》,说杨朱跟从老子学道,路上旅舍主人欢迎他,客人都给他让座;学成归来,旅客们却不再让座,而与他“争席”,说明杨朱已得自然之道,与人们没有隔膜了。

⑧“海鸥”句:典出《列子·黄帝篇》,说海上有人与鸥鸟相亲近,互不猜疑。一天,父亲要他把海鸥捉回家来,他再去海滨时,海鸥便飞得远远的,他心术不正,破坏了和海鸥的亲密关系。这里借海鸥喻人事。何事,一作“何处”。

新竹

陆游

〔题解〕

陆游(1125—1210),字务观,号放翁,越州山阴(今浙江绍兴)人。宋高宗绍兴二十四年(1154),试礼部,主司置前列,秦桧黜之。后任福州宁德主簿、通判镇江府、宝章阁待制等职。南宋最著名的爱国诗人,为南宋四大家之一。

诗题也作《东湖新竹》,东湖在今浙江绍兴东南,为当时著名风景区,此诗当作于绍兴。首联扣题写东湖新竹。新栽的竹子,在主人谨慎小心的护持下,长势茂盛,映入水中。此联也写出了水的清、竹的凉,也是以水写竹。颔联细致描写竹林:第三句是写竹的高,风过高竹,清凉就到了。这是以风写竹。第四句是写竹的茂盛,遮蔽烈日,凉阴一片。这是以日写竹。颈联具体写新竹的成长情况:五句追述“解箨”“放梢”之初,新竹的生机盎然,生命力的旺盛。六句写新竹的竹梢长出新叶时,显得非常清新与茂盛。尾联卒章显志,憧憬了未来,将来归乡闲居之后,就要经常来到这里休息,可见对此处新竹是多么喜爱。

插棘编篱谨护持,①养成寒碧映涟漪。②
清风掠地秋先到,③赤日行天午不知。④
解箨时闻声簌簌,⑤放梢初见叶离离。⑥
归闲我欲频来此,⑦枕簟仍教到处随。⑧

〔注释〕

①插棘编篱:即用荆棘编成篱笆,指开始种竹时的情况。棘,有刺的草木。谨:小心。护持:卫护。

②寒碧:本指碧玉,因为碧玉晶莹有凉意,故称寒碧,这里用来比喻新竹。涟漪:细小的水波,这里指微波荡漾的水面。

③掠地:卷地,从地上刮来。秋:清凉。

④赤日:夏天的太阳。午:中午。

⑤解箨(tuò):竹壳脱落。箨,竹类躯干上生出的叶,俗称笋壳。竹竿生长过程中逐步脱落,称为解箨。簌簌:象声词,此形容笋壳脱落时的声音。

⑥放梢：竹梢生长伸展。梢，枝头末端。离离：茂盛的样子，这里指枝繁叶茂。

⑦归闲：回乡闲居。一作“官闲”。

⑧枕簟（diàn）：枕头与竹席。

夏夜宿表兄话旧

窦叔向

〔题解〕

窦叔向（？—约779），字遗直，京兆金城（今陕西兴平）人，唐代宗大历初举进士，历官国子博士、转运判官、江阴令。后贬为溧水令，没有多久就去世了。有诗名，善五言诗。

诗题也作《表兄话旧》，从诗歌内容来看，此诗当作于作者晚年。宿，留宿过夜。话旧，叙谈过去的事。首联扣题写夏夜情景，营造了一个与表兄话旧的气氛——花香伴酒香。中间两联高度概括了叙旧内容：收不到你们的信，全家人都惦记。最近发生的一桩桩一件件都是凄凉事。小孩子都长大了，亲友多半已经离开人世。尾联展望明朝告别的情景。这首诗，动人之处就在于真实地表达了自己的情感，句句丝丝入心，是人人意中所有之事，具有普遍性情感。明末金圣叹《贯华堂选批唐才子诗》称：“‘何曾’上加‘珍重’妙。此亦人人常有之事，偏能写得出来也。五、六是人人同有之事，是人人欲说之话，不叹他写得出来，叹他写来挑动‘明朝又别’四字，隐然言他日再归，便是儿童亦已凋零，亲友并无半在也。可不谓之大哀也哉！”

夜合花开香满庭，①夜深微雨醉初醒。
远书珍重何由达，②旧事凄凉不可听。③

去日儿童皆长大,[4]昔年亲友半凋零。[5]
明朝又是孤舟别,[6]愁见河桥酒幔青。[7]

〔注释〕

①夜合:合欢,落叶乔木,羽状叶对生,白天展开,黄昏时闭合。夜合花夏天开放,呈粉红色,清香袭人。

②远书:远方亲友来的书信。珍重:珍贵。何由达:何曾到达。一作"何曾达"。

③旧事:往事。不可听:听不进去。

④去日:离开的日子。皆:都。

⑤昔年:过去的年代。凋零:本指草木凋零,引申为人的死亡。

⑥明朝:明天一早。

⑦酒幔:从前酒店门前招客的幌子,能在风中飘扬,也称酒旗。

偶　成

程　颢

〔题解〕

此诗中所提到的"道"也就是"理""天理"。程颢认为理是永恒存在的,是天下万物都要遵循的普遍原则,而且是先于天下万物而存在的。《偶成》是《秋日偶成二首》其一,是一首表达诗人哲学思想的哲理诗。首联写诗人心境清闲,事事从容,睡醒之时,红日高照。颔联强调"静观"二字,万事万物,只要认真观察,潜心思考,就能明白其中的"道"或"理"。只有这样,四季佳景,才能和别人一样的享受。颈联进一步解释"自得"之境,高度概括了理学家的哲学思想。尾联从道德层面上来说明"道"与"理"。最后一句鼓励男儿努力做到这一点。

闲来无事不从容，[①]睡觉东窗日已红。[②]
万物静观皆自得，[③]四时佳兴与人同。[④]
道通天地有形外，[⑤]思入风云变态中。
富贵不淫贫贱乐，[⑥]男儿到此是豪雄。[⑦]

〔注释〕

①闲来：闲时。从容：悠闲舒适，不慌不忙。

②睡觉：一觉醒来。

③万物：天地间的事物。静观：仔细观察、静静地观察。自得：安逸舒适的样子。

④四时：指春、夏、秋、冬四季。佳兴：美好的兴致。

⑤道：中国古代的基本哲学概念，是超乎具体形体以外的范畴，大致相当于道理、真理。通：贯通。

⑥淫：放纵。

⑦到此：到达这个境界。豪雄：英雄豪杰。

游月陂

程　颢

〔题解〕

程颢长期生活在洛阳，月陂为洛阳当时著名的风景区。这首诗与前一首诗一样，写“静观自得”，但是作者把秋色、秋声、秋气、秋水描绘得形象动人，意境恬静清新，比上一首要好许多。首联扣题写游月陂。秋夜登月陂，心与物会，景与情融，自然涌出下一联。颔联写已到了秋凉季节，万物已经改颜，作者斟上美酒，冲冲凉意，乐在其中。这两句对仗工整而简练。“改”“开”二字有声有色。颈联写秋夜的闲、静，也通过这两字写出自己心境的从容自得。尾联表示要我行我素，超然物外。世上的事，纷纭变幻，但是无需计较，只要有美好的日子，就要约朋友、饮美酒、登高台。这首诗声韵和谐，对仗工整。在程颢笔下，月陂堤内外，林含情，水有意，泉有声，物体志。显然是作者追求超凡入圣、清静自如的理想境界。

月陂堤上四徘徊，①北有中天百尺台。②
万物已随秋气改，③一樽聊为晚凉开。④
水心云影闲相照，⑤林下泉声静自来。⑥
世事无端何足计，⑦但逢佳节约重陪。⑧

〔**注释**〕

①月陂：水泊名。因形如弯月，故名月陂，遗址在今洛阳洛水之南。四徘徊：谓东西南北来回行走。

②中天：半空中，形容台高。百尺台：是观览的地方，诗人登上百尺台观赏月陂美景也在情理之中。

③万物：统指宇宙间的一切事物。秋气：秋日萧条、肃杀之气。

④樽：酒杯，古代盛酒器。聊：暂且。

⑤水心：水中央。

⑥林下：树林之下。本指清幽处所，常代指隐居所在。

⑦无端：世间的事很繁杂，没有头绪，没有定准。何足计：哪里值得计较。

⑧但：只要。约：邀请。重陪：再次陪伴。

秋　兴

杜　甫

〔**题解**〕

唐代宗永泰元年(765)四月，严武卒，杜甫失去依靠，便于五月携家离开成都东下，经嘉州、戎州、泸州、渝州，在云安住了一段时间，于永泰二年(766)夏初移居夔州(今重庆奉节)。十一月改年号为大历，从“丛菊两开”来看，《秋兴》当作于大历二年(767)，因为大历三年(768)正月中旬，杜甫就已经出峡东下了。《秋兴》是一组八首相互联系的七律诗，格律精切、章法严谨，语言艺术的运用达到了纯熟的地步；感情深沉起伏，境界阔大雄浑，是杜甫晚年惨淡经营的杰作，标志着杜甫律诗发展的高峰。前人称《秋兴》为：“声韵雄畅，词采高华，气象冠冕，是真可虎视诗坛，独步一世。”

这是八首中的第一首，写夔州一带的秋景，寄寓诗人自伤漂泊、思念故园的心情。清浦起龙《读杜心解》称：“首章，八诗之纲领也，明写‘秋’景，虚含‘兴’意；实拈夔府，暗提京华。”诗的前四句写丧乱凋落的景象，写明时间、地点和巫山巫峡的秋景。后四句写悲秋的心情，抒发羁旅之思。总体看来“故园心”是画龙点睛之笔。

其一

玉露凋伤枫树林，①巫山巫峡气萧森。②
江间波浪兼天涌，③塞上风云接地阴。④
丛菊两开他日泪，⑤孤舟一系故园心。⑥
寒衣处处催刀尺，⑦白帝城高急暮砧。⑧

〔注释〕

①玉露：白露，霜。凋伤：摧残，使草木凋落衰败、枝叶凋零。

②巫山巫峡：指夔州(今奉节)一带的长江和峡谷。萧森：萧瑟阴森，形容深秋景色凄冷。

③兼天涌：连天涌起，形容波浪滔天的水势。

④塞上：边关险要的地方，这里指夔州地处边远，山势险要。接地阴：风云盖地。地阴，地面的阴暗气象。金圣叹《杜诗解》分析这两句：“流滞

巫山巫峡，而举目江间，但涌兼天之波浪；凝眸塞上，惟阴接地之风云。真为可痛可悲，使人心尽气绝。”

⑤从菊两开：两次见到菊花开放，即过了两个年头。杜甫去年秋天在云安，今年秋天在夔州，从离开成都算起，已历两秋，因此说两开。开，双关语，一是指菊花开，二是说泪眼开。他日：往日，指多年来的艰难岁月。

⑥一系：永系。故园：此处当指长安。

⑦处处：家家如此。催刀尺：指催人赶裁冬衣。

⑧白帝：白帝城，即今奉节城，在瞿塘峡上口北岸的山上，与夔门隔岸相对。急暮砧：黄昏时急促的捣衣声。砧，捣衣石，这里指捣衣时所发出的声音。

〔题解〕

《秋兴》八首是精心构思，有所分工的：第一首写暮，第二首写夜，此诗为第三首，写朝。这首诗可分为两部分。第一部分是前两联，主要是写夔州府早晨的景观：诗人早早地坐在江畔小楼中，沐浴清晨的阳光及在楼上所见的渔人与秋雁。第二部分紧承二联，主要抒写自己的感慨：第三联诗人借历史人物来写自己政治与文传上的失意。第四联写诗人不遇的愤慨：当年自己的同学辈，没有救国救民的志向，没有什么文才，可是一个个高官厚禄。明胡震亨《唐音癸签》卷四评末联道：“诗家虽讥刺中，要带一分含蓄，庶不失忠厚之旨。杜甫《秋兴》‘同学少年多不贱，五陵衣马自轻肥’着一‘自’字，以为怨之可也；以为羡之，亦可也。何等不露。”胡震亨的评语也可见出，这首诗的写作特点是含蓄，清赵臣瑗《山满楼笺注唐诗七言律》称此诗“其旨微，其文隐而不露，深得立言蕴藉之妙”。

其三

千家山郭静朝晖，①日日江楼坐翠微。②
信宿渔人还泛泛，③清秋燕子故飞飞。④

匡衡抗疏功名薄，⑤刘向传经心事违。⑥
同学少年多不贱，⑦五陵衣马自轻肥。⑧

〔注释〕

①山郭：靠山的城郭。静：安静、静穆。

②翠微：青绿的山色。

③信宿：再宿，连宿两夜。泛泛：仍在水上漂浮。

④清秋：深秋。飞飞：飞动的样子。

⑤匡衡：字稚圭，汉朝人。抗疏：指臣子对于君命或廷议有所抵制，上疏极谏。《汉书·匡衡传》记载，元帝初，匡衡数次上疏，颇得皇帝嘉赏，升任光禄大夫、太子少傅。而杜甫为左拾遗，曾上疏救房琯，结果反遭贬谪，被迫辞官，所以说“功名薄”。

⑥刘向：字子政，汉朝经学家。据《汉书·刘向传》记载，刘向在宣帝时，曾讲论五经于石渠阁；成帝时曾领校皇家图书馆的藏书。杜甫也有心做这项工作，结果却沾不上边。

⑦不贱：显贵。贱，贫贱。

⑧五陵：指长安西北的汉长陵、安陵、阳陵、茂陵、平陵，该地区是汉代贵族住宅区，这里借指唐代的贵族住宅区。衣马：一作“裘马”。轻肥：即轻裘肥马，指豪贵生活。

〔题解〕

此诗是杜甫对献《三大礼赋》及担任朝官左拾遗的回忆。唐肃宗至德二载(757)四月，杜甫潜至凤翔，拜谒肃宗，五月十六日，被任命为左拾遗，因房琯罢相，杜甫上疏救之，触怒肃宗，乾元元年(758)六月，被贬为华州司功参军。所以他在肃宗身边担任朝官约一年时间。这首诗写回忆经历过的朝仪之盛，也写如今回忆起来只能徒增愁绪。首联写宫中建筑的雄伟高大。颔联利用神话故事继续写皇宫的壮丽。颈联写作者担任左拾遗期间参加朝会所见到的盛况，有雉尾、有宫扇、有龙袍。尾联写回到现实,感叹往事如梦。这首诗在构思与结构方面的最大特点,就是用三联六句来写皇宫之壮丽,早朝之庄严,在最后一联的两句诗中,采用了对比的方法,写早朝之值得怀念,来反衬自己在垂暮之年独卧沧江之悲凉与孤独。

其五

蓬莱宫阙对南山,①承露金茎霄汉间。②
西望瑶池降王母,③东来紫气满函关。④
云移雉尾开宫扇,⑤日绕龙鳞识圣颜。⑥
一卧沧江惊岁晚,⑦几回青琐点朝班。⑧

〔注释〕

①蓬莱宫阙:指大明宫。蓬莱,汉宫名。唐高宗龙朔二年(662),重修大明宫,改名蓬莱宫。南山:终南山。

②承露金茎:指仙人承露盘下的铜柱。这里是借汉宫比拟唐宫。霄汉间:高入云霄,形容承露金茎极高。

③瑶池:神话传说中女神西王母的住地,在昆仑山。降王母:《穆天子传》等书记载有周穆王登昆仑山会西王母的传说。《汉武内传》则说西王母曾于某年七月七日飞降汉宫。

④东来紫气:用老子自洛阳入函谷关事。《列仙传》记载,老子西游至函谷关,关尹喜登楼而望,见东极有紫气西来,知道将有圣人过函谷关,后来果然见老子乘青牛车经过。函关,即函谷关。颈联借用典故极写都城长安城宫殿的宏伟气象。

⑤云移:指宫扇像云彩一样缓缓地移动。雉尾:指雉尾扇,用雉尾编成,是帝王仪仗的一种。唐玄宗开元年间,萧嵩上疏建议,皇帝每月朔、望日受朝于宣政殿,上座前,用羽扇障合,俯仰升降,不令众人看见,等到坐定之后,方令人撤去羽扇,后来定为朝仪。

⑥日绕龙鳞:指衮龙袍上蟠龙绕日的图案。圣颜:天子的容貌。

⑦一:介词,一自,自从。卧沧江:指卧病夔州。岁晚:秋天,暗指自己

已近晚年。

⑧几回:这是说立朝时间很短,只不过几回而已。点朝班:指上朝时,殿上依班次点名传呼百官朝见天子。

〔题解〕

此诗是诗人想念长安的昆明池发出的感叹,展示了唐朝当年强大的国力、壮丽的景物和富饶的物产,抒发了诗人的孤独寂寞和忧国之思。首联写昆明池的来历,它凿自汉代最鼎盛的时期。接下来写汉武帝国力的强大,武功赫赫,也似乎象征着唐代开元盛况。颔联写池边的标志性景物。从汉武帝至今,织女的机杼空对了多少个不眠之夜,而秋风一次又一次地吹动着池畔石鲸的鳞甲。颈联写池中之景。这是诗人想象战后昆明池边的景物,不禁想到它们在这秋季中凋零的命运,这也可说是唐王朝命运的秋天。尾联写诗人在现实生活中的处境。从想象中的长安回到现实中来,更见现实的冷酷无情。昆明湖永远在回忆中了,眼前只有茫茫巫山,重重关塞,只有一条盘空的鸟道,而今的自己又成了在无穷无尽的江湖上漂泊的渔翁。此诗在写作上的特点是用前六句的煊赫来反衬末两句的凄凉。

其七

昆明池水汉时功,①武帝旌旗在眼中。②
织女机丝虚夜月,③石鲸鳞甲动秋风。④
波漂菰米沉云黑,⑤露冷莲房坠粉红。⑥
关塞极天惟鸟道,⑦江湖满地一渔翁。⑧

〔注释〕

①昆明池:遗址在今西安西南斗门镇一带,汉武帝所建。《汉书·武帝

纪》载元狩三年(前120)汉武帝在长安仿昆明滇池而凿昆明池,以习水战。

②武帝:汉武帝,这里代指唐玄宗。唐玄宗为攻打南诏,曾在昆明池演习水兵。旌旗:指楼船上的军旗。

③织女:指汉代昆明池西岸的织女石像,俗称石婆。机丝:织机及机上之丝。虚夜月:空对着一天明月,也就是夜晚明亮的月光白白浪费了。

④石鲸:指昆明池中的石刻鲸鱼。汉代石鲸今尚在,现藏陕西历史博物馆。

⑤"波漂"句:是说菰米漂浮在昆明池面,影子倒映在水中,望过去黑压压一片,像乌云一样浓密。菰米,又称茭白,一种草本植物,生浅水中,叶似芦苇,根茎可食。秋天结实,皮黑褐色,状如米,故称菰米,又名雕胡米。漂:一作"飘"。

⑥莲房:即莲蓬。坠粉红:指秋季莲蓬成熟,花瓣片片坠落。

⑦"关塞"句:指从夔州北望长安,所见只有崇山峻岭,只恨自己没有双翼,不能飞越。关塞,险隘关口,这里指夔州。极天,形容极高。惟鸟道,只有飞鸟可通过的路,形容道路高峻险要。

⑧江湖满地:指漂泊江湖,苦无归宿。渔翁:杜甫自比。

月夜舟中

戴复古

〔**题解**〕

戴复古长期在外漂泊,这在他的诗中有鲜明的反映。《四库全书总目提要》云:"复古陆游门人,以诗鸣江湖间,方回《瀛奎律髓》称其豪健轻快,自成一家。"

诗题也作《月中泛舟》,通常泛舟游览是为了休闲消遣,寻找快乐,也很少在外面过夜。而从诗的最后一句来看,诗人是在断桥边停船过夜,表达了羁旅之思。首联扣题:写诗人在舟中所感受到的秋夜水面的明静。诗人一开始就"化实为虚",把月亮照在小船上写得若隐若现,依稀朦胧。颔联承上重点写舟:在这里诗人把梦魂与橹声巧妙地结合起来,梦是捉摸不定的,橹声也是摇曳不定,时有时无,增强了神秘感。诗人着意营造这种朦朦胧胧、若隐若现的感觉。颈联写诗人在舟中所见所闻:这一联推开了月、舟、人,着重写凄冷的环境。尾联写岸边情景:梦魂摇曳的橹声、鸿雁悲秋的哀鸣,一切都仿佛凝固在了“数点渔灯依古岸”的境界里,这时,甚至断桥旁露水滴在梧桐树叶上的声音都能听得清清楚楚。

满船明月浸虚空,①绿水无痕夜气冲。②
诗思浮沉樯影里,③梦魂摇曳橹声中。④
星辰冷落碧潭水,鸿雁悲鸣红蓼风。⑤
数点渔灯依古岸,⑥断桥垂露滴梧桐。⑦

〔注释〕

①浸虚空:月色笼罩着天空。浸,浸润,笼罩。虚空,天空。

②绿水无痕:形容水清浪平。冲:弥漫。

③诗思:诗歌创作过程中的情思。浮沉:隐现。樯:桅杆,代指船。

④摇曳:摇动,晃动。

⑤红蓼(liǎo)风:红蓼花开时吹的风,指秋风。红蓼,一年生草本植物,花开淡红色或淡绿色,有辣味,可入中药。

⑥渔灯:捕鱼船上的灯。

⑦断桥:残桥。

长安秋望

赵　嘏

〔题解〕

唐文宗大和六年(832),赵嘏入长安,次年省试落第后留寓长安。这首诗作于诗人滞留长安期间。诗题也作《长安秋夕》

《长安秋晚》,这首诗通过对长安深秋拂晓景色的描绘,抒写了诗人羁旅思归的深重愁思。首联扣题,写长安深秋景象。是对长安全景的总体描绘,拂晓登高所望见的景色:云雾凄清,缓缓飘动,宫阙壮观,景象迷蒙。颔联承上,写晓望长安深秋黎明时的景象,将诗人无限的凄凉之情,通过对寂静空旷之景作了极为细微含蓄的表达,把诗人深深的乡思浸润于特定的景物之中,成为千古名句。杜牧对此赞叹备至,称赵嘏为"赵倚楼"。颈联进一步描写了深秋时节的凄凉之景:紫菊半开,红莲落尽。尾联用两个典故,表达了归隐之心。

云物凄凉拂曙流,①汉家宫阙动高秋。②
残星几点雁横塞,③长笛一声人倚楼。④
紫艳半开篱菊静,⑤红衣落尽渚莲愁。⑥
鲈鱼正美不归去,⑦空戴南冠学楚囚。

〔注释〕

①云物:云雾。凄凉:指秋天到来后的那种乍冷未冷的微寒,也有萧索之意。拂曙:拂晓,天要亮还未亮的时候。流:指移动。

②汉家宫阙:指唐朝的宫殿。动高秋:形容宫殿高耸,好像触动高高的秋空。

③残星:天将亮时的星星。雁横塞:长空有飞越关塞的北雁经过。横,渡、越过。塞,关塞。

④长笛:古管乐器名,长一尺四寸。

⑤紫艳:艳丽的紫色,比喻菊花的色泽。篱:篱笆。

⑥红衣:指红色莲花的花瓣。渚:水中小块陆地。

⑦鲈鱼正美:西晋张翰,吴(治今江苏苏州)人。齐王司马冏执政时,张翰任大司马东曹掾,预知司马冏将败,又因秋风起想念故乡苏州莼菜、鲈鱼的美味,便弃官回家。不久,司马冏果然被杀。

新　秋

张　耒

〔题解〕

在苏轼门中，张耒的诗歌内容是最关怀现实的，“风格也最不作装饰，很平易舒坦”，“读他的七言律诗，常会起一种感觉，仿佛没有尝到陆游七律的味道，却已经老早开着他的香气，有一小部分模仿杜甫语气雄阔的七律又好像替明代的前后七子先透了消息”（钱锺书《宋诗选注》）。

本诗大部分内容是写诗人选取富有秋季特征的典型事物，写出了对秋意乍临的感受。首联破题，写季节变化的细微和难以觉察。颔联承上联次句，具体写诗人“欹枕”时对新秋的感受与所听到的捣衣声。颈联写诗人离枕后所见所闻。六句写萤火虫或高或低地在夜空中飞着，这也是富有秋夜特征的景物。尾联抒发怀才不遇的感慨。节候更替，必然引起诗人的迟暮之感，所以此处转折并不突兀。诗人壮志未泯，仍想有所作为。这首诗章法周密，体物细致，情景交融，遣词造句精当。

火云犹未敛奇峰，①欹枕初惊一叶风。②
几处园林萧瑟里，③谁家砧杵寂寥中。④
蝉声断续悲残月，⑤萤焰高低照暮空。⑥
赋就金门期再献，⑦夜深搔首叹飞蓬。⑧

〔注释〕

①火云：彩云，一说是火烧云，也可以理解为夏季炽热的云彩。敛：聚集。奇峰：奇特的山峰。

②欹枕:斜倚枕头。欹,倾斜,斜靠着。惊:出人意料。一叶风:传说立秋时节,梧桐就要落下第一片叶子,后人用此指代秋风。

③萧瑟:这里指树木被秋风吹拂所发出的声音。

④砧杵:捣衣具。砧,捣衣石。杵,捣衣棒。

⑤悲:采用了拟人的修辞手法,显然是诗人自己情感的一种反映。残月:指农历月底的月亮或月相。

⑥萤焰:萤火。

⑦金门:汉代宫殿门,又叫金马门。汉武帝得大宛马,乃命东门京以铜铸像,立马于鲁班门外,因称金马门。这里是说,想献策于朝廷,以求仕进,建功立业。

⑧飞蓬:指飘荡无定的蓬草。蓬草为多年生草本植物,秋后枯萎,随风乱飘。

中　秋

李　朴

〔题解〕

李朴(1063—1127),字先之,兴国(今江西兴国)人。宋哲宗绍圣元年(1094)进士,任为临江军司法、国子监教授、国子祭酒、秘书监等。李朴在当时很有才名,时人称章贡先生,《宋史》还为他立传,称他“自为小官,天下高其名”。李朴生性耿直,不畏权贵,忠勇敢言,晚年为自己写墓志铭“以天为心,以道为体,以时为用,其可已矣”,这其实就是他的政治主张。

这首诗描绘了中秋千里月明,碧空澄澈、万籁无声的景象,运用神话传说,表现了要以天下为己任,除恶务尽的决心。诗的前两联集中描写月亮的皎洁纯美及庄严肃穆:从不同的角度来写月亮,“皓魄”是写月亮的洁白,“宝镜”是写月亮的明亮,“当空”则把月亮推到读者眼前,“升”写出了月亮升起来的动态之美。可见作者造语的新奇。后两联则在前面的基础上，进一步炼意，使整首诗达到更新的境界：作者一反常规，要把玉兔、蟾蜍从月宫中赶出去，认为月亮那么纯洁，高尚，令人向往和敬慕，这些不洁净之物是对月亮的亵渎。清人俞琰《咏物诗选》说："诗能体物，每以物而兴怀。"这首咏物诗既工于描写中秋月的明亮与圆满，同时又表达了对现实社会的不满，希望政治清明，并希望为此而贡献出自己的力量。

皓魄当空宝镜升，①云间仙籁寂无声。②
平分秋色一轮满，③长伴云衢千里明。④
狡兔空从弦外落，⑤妖蟆休向眼前生。⑥
灵槎拟约同携手，⑦更待银河彻底清。

〔注释〕

①皓魄：月亮。魄，月初出或将没时的光。宝镜：形容中秋月之圆。

②仙籁：仙境的声音，比喻美妙的音乐。籁，泛指声音。

③平分秋色：中秋节是农历八月十五日，正好是秋季一半。

④伴：形象地说明了云彩飘动时，月亮在云中穿行的情景。

⑤"狡兔"句：传说月宫中有只洁白的玉兔跪地捣药，服其药可长生不老，这句写这只白兔很狡黠，在月缺时逃脱了。弦，指上弦月与下弦月之弦。

⑥"妖蟆"句：传说月宫中有只蛤蟆，能食月，使月亏，所以诗人称之为"妖蟆"。这句诗的意思是这个蛤蟆讨人厌，不要出现在月宫中。

⑦灵槎（chá）：仙人乘的木筏。槎，木筏。

九日蓝田崔氏庄

杜　甫

〔题解〕

唐肃宗乾元元年（758）五月，金紫光禄大夫房琯被贬为邠州刺史,六月,与房琯亲近的一批官员也遭贬,杜甫被贬为华州司功参军,管理该州的祭祀、礼乐、学校、选举、医筮、考课等文教工作,心情比较凄凉。这一年秋天,他曾赴距华州八十里的蓝田,拜访王维的表弟隐士崔兴宗,在九月九日重阳节写下了这首诗。诗题也作《九日蓝田会饮》,蓝田即今陕西蓝田。首联,诗人写心情曲折变化,第一句说年老逢秋的悲伤,还要安慰自己;第二句写与朋友对饮,亲情欢乐,心情由悲转欢。颔联写酒正酣时丢落了帽子,想到自己年老而衰的短发,只好强笑着请旁边人赶快帮自己把帽子重新戴好。"羞"和"笑"字,在自我解嘲中包含着深沉的悲伤。颈联没有承接上联的沉重,而转写登高所见山水景色,让人精神一振。尾联以抒情作结:酒醉中的诗人,手把茱萸感慨道:世事茫茫,难以预料,不知道明年的重阳节,谁还健在。宋杨万里《诚斋诗话》称此诗:"七言八句,一篇之中,句句皆奇;一句之中,字字皆奇。"

老去悲秋强自宽,①兴来今日尽君欢。②
羞将短发还吹帽,③笑倩旁人为正冠。④
蓝水远从千涧落,⑤玉山高并两峰寒。⑥
明年此会知谁健,⑦醉把茱萸仔细看。⑧

〔注释〕

①强自宽:勉强地宽解自己。

②兴:兴致。尽君欢:尽情与你欢乐。

③"羞将"句:这句用"孟嘉落帽"的典故。据王隐《晋书》记载:"孟嘉为桓温参军,九日游龙山,风至,吹嘉帽落,温命孙盛为文嘲之。"杜甫曾被授率府参军,又恰逢九月九日,此处以孟嘉自比还是恰当的。只是孟嘉落帽显示其蕴藉风流,而杜甫落帽是担心羞于被人见到头发稀疏的老态。

④"笑倩"句:强笑着请人将自己的帽子戴好,以免风吹帽落,被人嘲

笑。倩,请。正冠,把帽子戴端正。

⑤蓝水:即蓝溪,在蓝田山下。

⑥玉山:蓝田山,因为盛产玉,又称玉山。蓝天山与华山很近,所以说“高并两峰”。

⑦此会:这样的聚会。健:健康、健在。一作“在”。

⑧醉:一作“再”。把:拿、持。

秋 思

陆 游

〔题解〕

宋宁宗嘉泰三年(1203)陆游修孝宗、光宗两朝实录成,升宝章阁待制,致仕。陆游以《秋思》为题的诗颇多,据第六句“井梧摇落故园秋”可知,此诗当为陆游致仕后在家乡山阴(今浙江绍兴)所作。钱锺书在《宋诗选注》中评价陆游:“爱国情绪饱和在陆游的整个生命里,洋溢在他的全部作品里。”可是陆游晚年一些人讥讽他“燕饮颓放”,他不介意,自称为放翁。表面上看,诗人可以像这首诗的首联中所说的沙鸥一样江湖浪迹,忘掉一切烦恼,但对于陆游来说,他心中无时无刻不惦记着民族的兴亡、国家的盛衰。这首《秋思》典型地表现了他的这种心情。首联以沙鸥自比,表明自己不受利欲驱使。颔联承上看似写自己的清闲,但是内在感情是很深沉的。后两联联系紧密:颈联是写诗人看景色,其实是表现诗人的彻夜无眠。尾联说心情不好,但是还有心思凭高远眺,舒展一下昏花的老眼,希望与陈登、刘备等在百尺楼上共商国家大事。诗中的写景、抒情与议论无不表达了诗人英雄失路、报国无门的苦闷与悲伤。

利欲驱人万火牛，[1]江湖浪迹一沙鸥。[2]
日长似岁闲方觉，[3]事大如天醉亦休。[4]
砧杵敲残深巷月，井梧摇落故园秋。[5]
欲舒老眼无高处，[6]安得元龙百尺楼。[7]

〔注释〕

①“利欲”句：写利欲驱使人们像万头火牛一样朝前狂奔，无所顾忌。利欲，追求功名利禄的欲望。驱人，驱使人，赶逐。万火牛，战国时，齐将田单集中了千余头牛，在牛角上绑上刀，在牛尾上系上浸了油的芦苇，然后点火烧芦苇，驱牛入燕营，齐兵随之，大获全胜。

②浪迹：到处漫游，行踪不定。

③日长似岁：度日如年。方：才能、才会。觉：觉察、意识到。

④休：完结，忘却，这里作“忘了”解。

⑤井梧：水井边的梧桐树。一作“梧桐”。摇落：凋残、零落。

⑥舒：舒展，放开。

⑦元龙：陈元龙，即陈登，三国时人，素有扶世救民的志向。据《三国志·魏书·陈登传》记载：陈登，字元龙，曾任广陵太守，许汜拜访他，他让许汜睡下面的小床，而自己却睡上面的大床。许汜在刘备面前对陈登颇有贬词，刘备说：“君有国士之名，今天下大乱，帝主失所，望君忧国忘家，有救世之意。而君求田问舍，言无可采，是元龙所讳也，何缘当与君语！如小人，欲卧百尺楼上，卧君于地，何但上下床之间邪？”陈登因为两次战功，声名大振，曹操猜忌，将其内调，几年后郁郁而终，年仅三十九岁，壮志未酬。这里感慨虽拥有陈登心在天下的壮志，但功业难就。

南　邻

杜　甫

〔题解〕

杜甫于唐肃宗乾元二年(759)岁末至成都。次年，在成都西郊七里地浣花溪畔建了一座茅屋，即成都草堂，杜甫终于有了一个栖身之所，此诗作于杜甫生活在成都草堂期间。诗题也作《与朱山人》。南邻，指杜甫草堂南邻朱山人。这首诗通过对幽静环境的描写，衬托出朱山人与世无争的美好品德。首联介绍南邻的身份和家境。颔联写南邻一家人的其乐融融，还有他们对待动物的善意与喜爱，从侧面可以看出主人的接人之厚，待物之仁。颈联写诗人与朱山人在一起泛舟游玩的情景，这两句用流水对，非常自然。尾联简直就是一幅江村夜送图，结束了一天愉快的拜访之后，主客依依不舍。在白沙翠竹美景之中，主人长行相送，从日暮直到一轮新月升起。这山人月夜相送的场景，显示了隐居生活的自然、纯朴。这首诗实际上为我们创作了两幅画，前四句为江村访隐图，后四句为江村送别图。但是在杜甫笔下，前后却写得深浅有别，繁简不同。清人黄生在《唐诗摘钞》卷三中分析道："前段叙事，语简而意深；后段写景，语妙而意浅。盖前面将先生作人行径，逸韵高情，一一写出，却只是四句；后面不过只写一'别'字，却亦是四句。浅深繁简之间，便是一篇极有章法古文也。"

锦里先生乌角巾，①园收芋栗未全贫。②
惯看宾客儿童喜，③得食阶除鸟雀驯。④
秋水才深四五尺，⑤野航恰受两三人。⑥
白沙翠竹江村暮，⑦相送柴门月色新。⑧

〔注释〕

①锦里：指锦江附近的地方。乌角巾：隐士常戴的黑色头巾。黄生在《杜工部诗说》中说道："乌巾乃隐士之服，三字便见其高尚，赞人不用多语。"

②芋栗：芋头和板栗。未全贫：不算是很贫困，这里暗指朱山人安贫乐道。

③宾客：一作"门户"。

④阶除：指台阶和门前庭院。

⑤深:一作“添”。

⑥野航:野外水道里航行的船只。恰受:刚刚能够承受。清王嗣奭《杜臆》解释道:“‘野航’乃乡村过渡小船,所谓‘一苇航之’者,故‘恰受两三人’。”

⑦村:一作“山”。暮:一作“路”。

⑧送:一作“对”。柴门:一作“篱南”。月色新:月亮刚出来。

闻笛

赵嘏

〔题解〕

这首诗用拟人、夸张、通感、典故等手法生动形象地描绘出听笛的感受,赞扬吹笛人的技艺高超。首联扣题泛写所闻笛声,起句采用设问的方法,对吹笛人作了猜想,次句写笛声随风飘来,时断时续,点明了远处闻笛的特点。颔联承上用响遏行云和随月入窗正面描写笛声,将无形的笛声化为有形的形象。颈联转用典故,侧面烘托来写笛声。尾联则虚景写实,紧扣首联,用“余音嘹亮”和“人在否”二意勾画出一幅清空的艺术境界,给读者留下回味的余地。赵嘏这首诗专写笛声的妙处,篇幅虽然短小,但作者运用了多样的手法,从“闻”的角度对笛声进行全方位的扫描,使有限的形式有了充实的内容。诗的结构缜密,对仗工整,典故运用自如。

谁家吹笛画楼中,①断续声随断续风。②
响遏行云横碧落,③清和冷月到帘栊。④
兴来三弄有桓子,⑤赋就一篇怀马融。⑥
曲罢不知人在否,余音嘹亮尚飘空。⑦

〔注释〕

①画楼:雕梁画栋的楼阁。

②断续:断断续续。

③遏:止住。碧落:天空,道家称天空为碧落。

④清:清越,形容笛声清悠高扬。帘栊:挂着帘子的窗户。帘,窗帘。栊,窗棂。

⑤三弄:指《梅花三弄》。桓子:晋朝的桓伊,擅长吹笛,还擅长作曲。《梅花三弄》笛曲的最初创作者便是桓伊,后来由唐代颜师古改编为古琴曲,又名《梅花引》《玉龙引》。《世说新语》记载,桓伊路过清溪时应王徽之的要求吹奏,奏毕,只听见空中笛声嘹亮,而人已经杳然不见。

⑥马融:汉朝人,也喜好音乐,他闻名天下的《长笛赋》就是描写音乐的一篇名作。

⑦尚:还,依旧。

冬　景

刘克庄

〔题解〕

刘克庄的诗作多是讽刺时事,反映民间疾苦的,像《冬景》这样专写个人生活的消闲之作很少见。诗题也作《晚秋》,从"竹外秋声渐作威"句明言"秋声",可见所写为晚秋、初冬景色。首联写深秋时节,天气转寒:早晨醒来,窗外天色晴朗,令人欣喜,可是林间传来的风声却带来阵阵寒意。颔联写准备过冬:唤人来收拾屋子安置取暖设备,整理寒衣。颈联写享用深秋的美食:想到还有新酿成的美酒、香喷喷的螃蟹,心里美滋滋的。尾联上句继续描写深秋的美景,园里开满了木芙蓉与菊花,下句写今年冬天要好好赏玩一番了,这是对自己的祝愿,也是对朋友的期待。整首诗字里行间表现出一种满足、闲适、自得的心情。刘克庄写晚秋、初冬的诗歌,通常都描写萧瑟的景物,抒发悲凉的情怀,此诗却采用欣赏的态度,流露出及时行乐的旷达情怀。

晴窗早觉爱朝曦,①竹外秋声渐作威。
命仆安排新暖阁,②呼童熨贴旧寒衣。
叶浮嫩绿酒初熟,③橙切香黄蟹正肥。④
蓉菊满园皆可羡,⑤赏心从此莫相违。⑥

〔注释〕

①晴窗:明亮的窗户。早觉:早醒。朝曦:早晨的阳光。

②仆:仆人。暖阁:安装火炉等取暖设备的房间。

③叶浮嫩绿:比喻新酒的酒色就像浮在水里的叶子那样鲜绿清亮。

④橙切香黄:比喻初冬的螃蟹正肥,煮熟以后像刚切开的橙子那样色泽鲜黄、味道甘美。

⑤蓉菊:木芙蓉、菊花。可羡:值得玩赏。

⑥赏心:畅快的心情。

冬　至

杜　甫

〔题解〕

唐代宗永泰元年(765)四月,严武卒。五月,杜甫携家东下,经嘉州、戎州、渝州,至云安养病。永泰二年(766)夏初,移居夔州,得到夔州都督柏茂琳的照顾,主管东屯公田百顷,生活又暂时安定下来。《冬至》作于杜甫生活在夔州期间。诗题又作《小至》。小至是冬至的后一日。这首诗写冬至阳生,春天要来的种种情形，表现了诗人因节令变化而产生的喜悦和对美好前景的憧憬。首联扣题，总言天时人事：写冬至刚过，春天就到来了。颔联承上运用比喻分写冬至的人事：写春天到了，刺绣姑娘也可以多做点针线活了，报节令的葭管中的浮灰也随着阳气飞出。颈联展望即将到来的早春美景：柳尖的嫩芽似乎正等着腊月的来到，展开绿叶，装点水畔的风景，迎着寒气的梅花体现了山峦生气勃勃的春意。尾联点出题意，这是杜诗中常见的手法，以怀念故乡作结。宋人胡仔《苕溪渔隐丛话》指出杜诗风格的多样性："其诗有平淡简易者，有绮丽精确者，有严重威武若三军之帅者，有奋迅驰骤若泛驾之马者，有淡泊闲静若山谷隐士者，有风流蕴藉若贵介公子者。"这首诗风格平淡简易，与同时期所作的《登高》风格完全不同。

天时人事日相催，①冬至阳生春又来。②
刺绣五纹添弱线，③吹葭六管动飞灰。④
岸容待腊将舒柳，⑤山意冲寒欲放梅。⑥
云物不殊乡国异，⑦教儿且覆掌中杯。⑧

〔注释〕

①"天时"句：写天时与人事都在迅速发展变化着。

②冬至：节令名。农历二十四节气中的第二十二个节气，时间在每年阳历十二月二十一日至二十三日之间，这一天是北半球全年中白天最短、黑夜最长的一天。

③五纹：指五色彩线。仇兆鳌《杜诗详注》云："唐宫中以女工揆日之长短，冬至后，日晷渐长，比常日增一线之功。"添弱线：古代女工刺绣，因冬至后，白天渐长，就可以多绣几根丝线。弱线，细线。

④葭：初生的芦苇。此指芦苇内的薄膜，可蒙在管乐器的孔上。六管：六律、六吕的合称。六律为阳，应一、三、五、七、九、十一六个月。六吕为阴，应二、四、六、八、十、十二六个月。动飞灰：据说古时为了预测时令

变化，将芦苇茎中的薄膜制成灰，放在律管内，每到节气到来，律管内的灰就相应飞出。飞灰，一作“浮灰”。

⑤岸容：河边的物色。腊：腊月，农历十二月。舒柳：柳树将发新芽，舒展枝条。

⑥冲寒：迎着寒气，冲破寒气。

⑦云物：景物。乡国：家乡。

⑧覆杯：仇兆鳌《杜诗详注》卷十八解释道：“鲍照《三日》诗‘临流竞覆杯’，此覆杯是快饮也。公《坠马》诗云‘喧呼且覆杯中绿’，知此诗乃尽饮之义。”覆，倾，倒。这里形容饮酒速度之快。

山园小梅

林　逋

〔题解〕

林逋(908—1028)，字君复，宋仁宗赐谥号“和靖先生”，钱塘(今浙江杭州)人。幼时刻苦好学，通晓经史百家，曾浪游江淮，后归隐杭州西湖孤山，居二十余年，未尝入城市。无妻无子，爱植梅养鹤，人称“梅妻鹤子”。林逋的诗风格澄澈淡远，“用一种细碎小巧的笔法来写清苦而又幽静的隐居生涯”(钱锺书《宋诗选注》)，所写多反映隐逸生活和闲适情趣。《隆平集》也说：“林逋喜为诗，澄澹峭特，多奇句。既就稿辄弃之，好事者往往窃记，所传尚三百余首。”

诗题一作《梅花》。这首诗，首联开门见山，抒发了诗人对梅花的赞美。在对比中突出梅花不畏严寒，独领风骚的品格。颔联承上写小梅的“暄妍”与“风情”，这是全诗最为人称道的一句，宋朱淑真《吊林和靖》云：“当时寂寞南窗下，两句诗成万古名。”前人以为这句深得梅花之魂，写尽了梅花的冰清玉洁、幽独娴静、神清骨秀。颈联转用霜禽、粉蝶对梅花的喜爱，来反衬梅花的美丽。尾联直抒胸臆，无须酒乐，低声的吟诵才与梅花的高洁端庄、幽独超逸相映生辉。

众芳摇落独暄妍，[①]占尽风情向小园。
疏影横斜水清浅，[②]暗香浮动月黄昏。[③]
霜禽欲下先偷眼，[④]粉蝶如知合断魂。[⑤]
幸有微吟可相狎，[⑥]不须檀板共金樽。[⑦]

〔注释〕

①众芳：百花。暄妍：天气和暖，景物明媚。这里是形容梅花鲜艳夺目。

②疏影横斜：梅花疏疏落落，斜横的枝干投在水中的影子。疏影，指梅枝的形态非常舒朗。

③暗香浮动：梅花散发的清幽香味在飘动。暗香，幽香，清香。黄昏：指月色朦胧，与上句"清浅"相对应，有双关义。

④霜禽：羽毛白色的禽鸟，比如鸥、鹭、鹤之类的鸟。偷眼：偷偷地窥看。

⑤合：应该。断魂：形容神往的痴呆模样。

⑥微吟：轻声念新作的诗。狎：玩赏，亲近。

⑦檀板：檀木制成的拍板，歌唱或演奏时用以打拍子，这里借指文娱演出。共：与。金樽：珍贵的酒杯，这里借指美酒。

左迁至蓝关示侄孙湘

韩　愈

〔题解〕

唐元和十四年（819）正月，宪宗派人到凤翔（今陕西凤翔）法门寺迎佛骨入宫供奉，韩愈上《论佛骨表》劝谏，触怒宪宗，被贬为潮州（今广东潮州）刺史。韩愈在赴潮州途中到达蓝关时，他的侄孙韩湘赶来送行,他写了这首诗。诗题也作《自咏》。左迁,降职,贬官,指作者被贬到潮州。蓝关,即蓝田关,在今陕西蓝田东南。湘,韩愈的侄孙韩湘,字北渚,韩愈之侄,韩老成的长子,长庆三年(823 年)进士,任大理丞。韩湘此时 27 岁,尚未登科第,远道赶来送韩愈。首联直截了当地说明了自己获罪的原因:句中"朝奏"与"夕贬","九重天"与"路八千"正好形成了鲜明的对比,说明受到处分之迅速与严厉,也表明了皇权之神圣和不可冒犯。颔联议论:写诗人在受到皇帝处分之后,仍然坚持认为自己的出发点是为国家"除弊事",而且明确表示对此毫不后悔。写得理直气壮,气势磅礴。颈联即景抒情:这两句连接紧密,天气恶劣,山道险阻,加上潮州为瘴疠之地,命运难测。可以见出诗人对家眷的牵挂,对潮州贬所的忧惧。这两句写景真切,抒情含蓄丰富,是韩愈诗中最为人传诵的两句。尾联两句收束并且兼应题目,婉转地表达了被贬潮州的顾虑与愤激之情。高步瀛在《唐宋诗举要》卷五称此诗:"大气盘旋,以文章之法行之,然已开宋诗一派矣。"整首诗流转自如,可见韩愈风格。

一封朝奏九重天,①夕贬潮州路八千。②
欲为圣明除弊事,③敢将衰朽惜残年。④
云横秦岭家何在?⑤雪拥蓝关马不前。⑥
知汝远来应有意,⑦好收吾骨瘴江边。⑧

〔注释〕

①一封:指一封奏章,即《论佛骨表》。朝奏:早晨送呈奏章。九重天:古称天有九层,第九层最高,此指朝廷、皇帝。

②潮州:一作"潮阳"。路八千:泛指路途遥远。八千,是指长安到潮州的距离,不是确数,为了说明路途遥远。

③"欲为"二句:想替皇帝除去有害的事,哪能因衰老就吝惜残余的生

命。圣明，皇帝。弊事，政治上的弊端，指迎佛骨事。

④敢：岂敢，岂肯。一作“肯”。衰朽：体弱年迈。惜残年：顾惜晚年的生命。残年，剩余岁月，当时韩愈已经五十二岁。

⑤秦岭：这里泛指陕西南部的山岭。

⑥拥：阻塞。蓝关：蓝田关，今在陕西蓝田东南。马不前：马不前进，这里用马写对家乡的留恋，显示了征途的艰难，这实际上也是韩愈自己心情的写照。

⑦汝：你，指韩湘。应有意：应知道我此去凶多吉少。

⑧“好收”句：意思是自己必死于潮州，向韩湘交代后事。瘴江边，指贬所潮州。瘴江，指岭南瘴气弥漫的江流。

干 戈

王 中

〔题解〕

王中，生卒年不详，字积翁，南宋人。南宋张端义《贵耳集》卷下述该诗本事云：“辛卯岁（1231），北来人数百辈暂寓于襄阳府九华寺，有一人题诗于壁云，虽未为绝唱，读之亦使人增感也。”诗题也作《题襄阳光孝寺壁》。首联一开始用设问领起，感叹身处乱世，一事无成。“一事无成”与“两鬓丝”正好形成鲜明对比，很沉痛。颔联引用两位古人的故事，表达了他们虽然所处时代不同，但同样生逢乱世，无法施展抱负。颈联进一步写自己当下困苦的处境，用了曹操的《短歌行》的典故。尾联表达了自己的理想，诗人不满动荡不安的现实社会，但又不能撒手人寰，就幻想两全其美，既能脱离不幸，又可以返回太平时，反映了对和平安宁生活的向往。此联用了刘玄石饮酒，一醉千日的典故。整首诗表现了人们对战乱的厌倦情绪，也反映了人们对国家太平的向往。

干戈未定欲何之，[①]一事无成两鬓丝。[②]
踪迹大纲王粲传，[③]情怀小样杜陵诗。[④]
鹡鸰音断人千里，[⑤]乌鹊巢寒月一枝。[⑥]
安得中山千日酒，[⑦]酩然直到太平时。[⑧]

〔注释〕

①干戈：古代两种兵器，这里借指战争。欲何之：想要到哪里去？之，去、往、到。

②两鬓丝：两个鬓角的头发白如蚕丝，是衰老的反映。

③踪迹：脚印、行迹，行为。大纲：大致、大的方面。王粲：字仲宣，山东高平人，生于汉末，是建安七子中成就最高的作家，能诗善赋。王粲曾经由长安避乱到荆州，以《七哀诗》抒写自己的途中见闻。

④小样：略似。杜陵：杜甫，生逢安史之乱，早年立志做贤臣，为国泰民安做贡献，后来却长期漂泊，用自己的诗篇，显示了唐代由盛转衰的历史过程。

⑤鹡鸰：也写作脊令，是一种体型比较小的水鸟，喜欢集体觅食。《诗经·小雅·常棣》云："脊令在原，兄弟急难。"作为水鸟却落在平原，可谓流离失所，它的兄弟急于相救，因此将脊令比喻成兄弟。

⑥乌鹊：化用曹操《短歌行》："明月星稀，乌鹊南飞。绕树三匝，何枝可依？"说明自己漂泊不定。

⑦千日酒：张华《博物志》卷五记载：从前刘玄石在中山酒家买酒，中山酒家误将千日酒给了他。刘玄石回家之后，饮酒大醉，家人以为他死了，就把他埋葬了。三年后，酒家想起这件事，到刘玄石家中，赶紧开棺，刘玄石酒醒复活。

⑧酩然：大醉的样子。

归 隐

陈 抟

〔题解〕

陈抟(tuán)(906—989),字图南,自号扶摇子,亳州真源(今河南鹿邑)人。生于唐末五代,唐亡后,五代十国十分混乱,政权更迭不休。诗人也曾应仕不第,后决心弃名归隐,先隐居武当山九室岩二十余年,后又隐居华山云台观。后周时曾被征入京师,任命他为谏议大夫,他不肯接受,周世宗赐号白云先生。宋初也曾两次至京师,宋太宗赐号希夷先生。

这首诗作于诗人落第之后,从诗中描绘的情景看,陈抟的归隐与那些企图走终南捷径的士人不同,他是在动乱的社会现实中急流勇退的。他的诗言志、言情都很诚挚,采取多侧面、多角度的对比,突出归隐之乐趣。首联紧扣题目,写对往事的回顾,痛下决心,见出诗人的决心很大,情真意切。颔联写诗人对仕进的缺陷做了理性思考,在荣与睡、富与贫的对比中,诗人取其后,弃其前。颈联写诗人对现实生活的一切热情都已经降到了零度,不抱一丝一毫的希望。尾联表示重新归隐,带上熟读多遍的旧书,到当年隐居的青山,闻花香,听鸟语。

十年踪迹走红尘,①回首青山入梦频。②
紫绶纵荣争及睡,③朱门虽富不如贫。④
愁闻剑戟扶危主,⑤闷听笙歌聒醉人。⑥
携取琴书归旧隐,⑦野花啼鸟一般春。

〔注释〕

①红尘：人世间。

②回首：回想、回忆起。频：频繁。

③紫绶：紫色的丝织绶带，用以系印纽或佩玉。古代用颜色的深浅来区分官阶的高低，只有官阶高的人才能用紫色。争及：怎及。争，同“怎”。

④朱门：豪门贵族常将大门油漆成朱红色，这里用朱门代称豪门贵族。这两句诗采用了互文的修辞手法。

⑤剑、戟：古代两种常用的兵器，这里借指战争、武力。扶危主：辅佐拯救危难中的君主。危主，危亡时的帝王。

⑥闷听：厌烦听，不喜听。笙歌：在这里泛指歌舞等文娱演出活动。笙，一种簧管乐器。聒：声音嘈杂，使人厌烦。

⑦琴书：一作“旧书”。旧隐：以前隐居的地方。

山中寡妇

杜荀鹤

〔题解〕

杜荀鹤（846—904），字彦之，号九华山人，池州石埭（今安徽石台）人。唐昭宗大顺二年（891）举进士，天祐元年（904），朱温奏为翰林学士、主客员外郎，遇疾，十日左右就辞世了。杜荀鹤在晚唐诗坛享有盛名，被赞为“诗家之雄杰”，与皮日休和聂夷中一起，被誉为晚唐三大现实主义诗人。他的诗歌绝大多数是描写现实社会的，因此成就诗名。杜荀鹤写诗爱苦吟，但“绝不像贾岛那么紧缩瘦硬，而是写得流利晓畅”（葛兆光《唐诗选注》）。杜荀鹤的诗平实通俗，自成一体，宋严羽《沧浪诗话·诗体》专门列有“杜荀鹤体”，将其放在整个晚唐五代，与李商隐体和杜牧体鼎足而三。虽然杜荀鹤的诗歌创作远未达到这种高度，但是从诗体创新的角度，可见他的诗歌还是自成体系的。

诗题也作《时世行》《时世行赠田妇》，该诗集中描写了山中寡妇的形象，并借以揭露封建社会的战争、赋税与徭役给人民带来的灾难，既简洁又确切。宋蔡正孙《诗林广记》评价："此诗备言民生之憔悴，国政之烦苛，可谓曲尽其情矣。采民风者，观之其能动心否乎？"首联写山中寡妇的处境与外貌。颔联写她贫困的原因是赋税过重，后赋税虽有变化，但从未废除。颈联通过典型的生活细节，描写了山中寡妇的痛苦生活。尾联写由于官府对人民的剥削和压迫无孔不入，无处不在，所以山中寡妇的悲惨命运是无法改变的，她即使逃到深山更深处，也逃避不了官府的赋税与徭役。

夫因兵死守蓬茅，①麻苎衣衫鬓发焦。②
桑柘废来犹纳税，③田园荒后尚征苗。④
时挑野菜和根煮，⑤旋斫生柴带叶烧。⑥
任是深山更深处，⑦也应无计避征徭。⑧

〔注释〕

①蓬茅：茅草盖的房子，形容房子的简陋。

②麻苎衣衫：以粗糙的麻布制成的衣衫。麻苎，大麻与苎麻，其表皮可以制成粗糙的麻布。鬓发焦：因吃不饱，身体缺乏营养而头发变成枯黄色。焦，焦黄。

③柘(zhè)：树木名，叶子可以喂蚕。废来：荒废。

④后：一作"尽"。征苗：征收农业税。唐代宗广德二年(764)，政府规定向每亩苗征收税钱十五文，用于发放官俸，号青苗钱。

⑤挑：拣。和根：带着根。

⑥旋：不久。斫(zhuó)：砍。生柴：刚从树上砍下来的湿柴。

⑦任是:任凭是。

⑧无计:没有办法。征徭:赋税和徭役。

送天师

朱 权

〔题解〕

朱权(1378—1448),明太祖朱元璋第十七子。十四岁被封为宁王,十七岁就藩大宁(今内蒙古赤峰宁城)。明成祖永乐元年(1403)二月,徙居南昌,兵权被夺,只能韬光养晦,免于朱棣的迫害,死后谥号献,人称宁献王。朱权神资秀朗,慧心敏悟,精于义学,旁通释老,在戏剧创作与研究等诸多方面都卓有成就,著有十二种杂剧与《太和正音谱》等著作。

天师,当指东汉道教徒,五斗米教的创始人张道陵的第四十三代传人张宇初。朱权曾拜他为师,研习道教著作。这首诗描写天师府印及其佩饰,并运用神话传说盛赞天师的尊贵身份和法力不凡,表现了诗人对道教的推崇。首联扣题写送天师,第一句抓住了深秋清晨的景物特征,来衬托诗人殷勤送客的心情。颔联称颂张天师的穿着和法物,表现了对天师的仰慕,抒发了不忍离别的心情。颈联称颂张天师的本领,写得神乎其神,煞有介事,不仅表现了天师的仙气十足,更进一步体现了诗人对天师的仰慕心情。尾联更富于浪漫主义色彩,既点出了送天师的原因,也进一步写天师的风度高雅。

霜落芝城柳影疏,①殷勤送客出鄱湖。②
黄金甲锁雷霆印,③红锦韬缠日月符。④
天上晓行骑只鹤,⑤人间夜宿解双凫。⑥

匆匆归到神仙府,[⑦]为问蟠桃熟也无。[⑧]

〔注释〕

①芝城:在江西鄱阳,因城北有芝山,便称为芝城。

②殷勤:表达出朱权对张天师很客气、很尊重。出鄱湖:指天师将渡过鄱阳湖回到龙虎山。

③黄金甲:精美的装印斗的外套。雷霆印:具有雷霆那么大威力的印。

④红锦韬:装符表的红丝套。缠:缠绕,这里是收藏的意思。符:指道士在黄色纸或帛上画的图形或符号,据说能够请神劾鬼、降妖镇魔、治病除灾。

⑤"天上"句:写天师早晨骑一只仙鹤在天上飞行。古代有不少仙人骑鹤的传说。鹤,仙鹤,传说中仙人的坐骑。

⑥"人间"句:天师晚上睡觉所解下的实际上是变为双凫的鞋子。据《后汉书·王乔传》,东汉时叶县县令王乔有神术,将两鞋化为双凫,乘坐它们飞往京师。

⑦神仙府:指张天师所居龙虎山道观。

⑧蟠桃:传说中的仙桃。

送毛伯温

朱厚熜

〔题解〕

朱厚熜(cōng)(1507—1567),明嘉靖皇帝,庙号世宗,在位四十五年。登位初期励精图治,使朝政为之一新。后因迷信道教,祈求长生,长期不视朝政,由严嵩独揽大权,导致政治腐败,国势日趋衰落。嘉靖十五年(1536),安南(今越南)世孙黎宁派人入朝,向明世宗禀报莫登庸叛逆。嘉靖十八年(1539),明世宗诏命毛伯温为兵部尚书兼右都御史率兵南征,并写此诗为之壮行。毛伯温第二年进驻南宁,兵不血刃而使安南平定。毛伯温(1482—1545),字汝厉,吉水(今江西吉水)人,正德进士。这首诗描绘出毛伯温的英雄气概,王师的声威浩荡,用麒麟和蝼蚁做对比,形象地写出了出师必胜的信心,体现了帝王的恢宏气度。这首诗起笔有些粗俗,但是也有以下可取之处:一是开门见山地点明了主题,说明了事由,营造了出征的氛围。二是开头不事雕琢,确定了全诗豪放洒脱的格调。三是一下子就把一个佩带宝刀,骑跨骏马,英姿勃发的主将形象推到读者面前,字里行间表现出作者的赞誉之情。

大将南征胆气豪,[1]腰横秋水雁翎刀。[2]
风吹鼍鼓山河动,[3]电闪旌旗日月高。[4]
天上麒麟原有种,[6]穴中蝼蚁岂能逃。[6]
太平待诏归来日,[7]朕与先生解战袍。[8]

〔注释〕

①大将:指毛伯温。

②横:横挎。秋水:形容刀剑如秋水般明亮闪光。雁翎刀:为南宋军器,于乾道年间制造的一种形如大雁翎羽的刀类兵器,盛行于明朝时期。这里代称宝刀。

③鼍鼓:用鼍皮,即扬子鳄鱼皮蒙制的鼓,鼓声特别响亮。

④旌旗:指挥作战的军旗。

⑤麒麟:一种传说中的神兽,这里用比喻来称赞毛伯温的杰出才干。

⑥蝼蚁:蝼蛄和蚂蚁,这里用来比喻安南叛军不堪一击。

⑦诏:皇帝的诏令。

⑧朕:皇帝的自称。先生:指毛伯温。